Klaus Modick
Bestseller

Roman

Kiepenheuer
& Witsch

Informationen zum Fälschungsfall George Forestier habe ich Hans-Jürgen Schmitts Aufsatz *Der Fall George Forestier* (in: Karl Corino (Hg.): *Gefälscht!* Nördlingen 1988) entnommen. Zu danken habe ich Rupprecht Siebecke für juristische Erläuterungen, Thommie Bayer für eine rettende Idee, Hermann Kinder für kollegialen Zuspruch und Matthias Bischoff fürs Lektorat.

Verlag Kiepenheuer & Witsch, FSC® N001512

1. Auflage 2015

© 2015, Verlag Kiepenheuer & Witsch, Köln
Alle Rechte vorbehalten. Kein Teil des Werkes darf in
irgendeiner Form (durch Fotografie, Mikrofilm oder
ein anderes Verfahren) ohne schriftliche Genehmigung
des Verlages reproduziert oder unter Verwendung
elektronischer Systeme verarbeitet, vervielfältigt oder
verbreitet werden.
Umschlaggestaltung: Barbara Thoben, Köln
Umschlagmotiv: © plainpicture/Anja Weber-Decker
Gesetzt aus der Chaparral
Satz: Buch-Werkstatt GmbH, Bad Aibling
Druck und Bindung: CPI books GmbH, Leck
ISBN 978-3-462-04853-7

Mais ne suffit-il pas que tu sois l'apparence
Pour réjouir un cœur qui fuit la vérité?
Qu'importe ta bêtise ou ton indifférence?
Masque ou décor, salut! J'adore ta beauté.

Charles Baudelaire

1

Höchste Zeit, die Wahrheit zu sagen. »Nichts als die Wahrheit« (Dieter Bohlen). Um falschen Erwartungen vorzubeugen, gebe ich allerdings zu bedenken, dass es »die« Wahrheit nicht gibt, sondern bestenfalls meine subjektive Wahrheit der leidigen und extrem dumm gelaufenen Affäre. Die »volle« oder »ganze« Wahrheit ergäbe sich vielleicht, wenn alle Beteiligten ihre Sicht der Sache darlegten; aber es wäre von mir zu viel verlangt und Ihnen als Leser nicht zuzumuten, all diese Hochstapler und Schwadroneure, Schaumschläger und Betriebsnudeln noch einmal zu Wort kommen zu lassen.

Die »reine« Wahrheit also? Unmöglich. Außer in der Waschmittelwerbung ist auf dieser Welt rein gar nichts rein, nicht einmal das sprichwörtliche Glas Wasser, das bekanntlich von Bakterien nur so wimmelt. Die »nackte« Wahrheit womöglich? Kommt nicht infrage! Das Wort »nackt« hat mir noch nie gefallen. Es klingt brutal und hoffnungslos unerotisch, verbirgt nichts, verspricht also auch nichts, lähmt die Fantasie, vernichtet die Verlockung und damit das Begehren. Davon scheinen sogar diejenigen eine Vorstellung zu haben, von denen man es am wenigsten erwarten würde: die FKK-Freaks. Sie bemänteln ihr bloßes Treiben ja nicht etwa mit dem Begriff Nacktkörperkultur, sondern bemühen die Freikörperkultur (Kultur!) oder, beinah schon schamhaft bedeckt, den Nudismus.

Nehmen wir als beliebiges Beispiel die Nacktschnecke. In Kräuter- und Gemüsebeeten treibt sie ihr schleimiges Unwesen und unersättliches Vernichtungswerk, und bei allem Respekt vor der Kreatur als solcher will es mir einfach nicht gelingen, die gemeine Nacktschnecke mit Nachsicht zu behandeln. Ich meine, allein schon der Name! Gut, in der Natur könnte man derlei tolerant durchwinken, aber sieht's denn im kulturellen Bereich besser aus? Aufs sogenannte Regietheater beispielsweise muss ich leider später noch ausführlicher zu sprechen kommen.

Wenn mein Hausarzt beim jährlichen Rundumcheck zu mir sagen würde: Bitte ziehen Sie sich mal nackt aus, würde ich mich gleich wieder anziehen und die 10 Euro Praxisgebühr zurückverlangen. Das weiß oder ahnt der Arzt natürlich und sagt also vorsichtshalber: Bitte machen Sie sich ganz frei. Diese Formulierung darf man allerdings auch nicht allzu streng beim Wort nehmen, weil man sonst zügig depressiv werden könnte. Man strebt sein ganzes Leben danach, sich frei zu machen und frei zu werden, beispielsweise von den sogenannten gesellschaftlichen Zwängen, vom chronischen Ärger über die Literaturkritik oder von seinen Schulden bei der Bank, sucht seit Kant emsig nach dem Ausgang aus der selbst verschuldeten Unmündigkeit und rennt dabei, wenn man Glück hat, offene Türen ein. Wenn man Pech hat, also meistens, geht man aber nur mit dem Kopf durch die Wand und landet dann in irgendeinem Nebenzimmer. Vor der nächsten Wand.

Trotzdem mache ich mich lieber ganz frei als nackt. Oder gar splitternackt. Splitterfasernackt. Es entbehrt jeder Logik, aber das widerliche Wort ist tatsächlich steigerungsfähig, so unsinnig steigerungsfähig wie Wahrheit, reine Wahrheit, nackte Wahrheit. Ich meine, wahr ist wahr, und nackter als nackt geht doch gar nicht. Das wäre sonst ja schon fast Obduktion und Vivisektion. Übrigens klingt die Sache nicht nur übel, sondern sieht auch fast immer unerfreulich aus. Selbst die schönsten Frauen – ich komme auf das Thema gleich noch ausführlicher, Geduld! – wirken erotischer, wenn sie, wie minimalistisch auch immer, bekleidet sind statt, Entschuldigung, nackt ausgezogen. Angezogen, jedenfalls ein bisschen angezogen, wirkt einfach anziehender.

Okay, ich weiß natürlich, dass die Floskeln von der »ganzen«, »reinen« und »nackten Wahrheit« nur Metaphern sind. Ich musste aber diese kleinkarierte Klärung der Begriffe vorausschicken, damit Sie erstens wissen, was ich unter Wahrheit verstehe, und sich zweitens nicht der Illusion hingeben, dass ich mir hier, wiederum metaphorisch gesprochen, die Brust aufreiße, um mit Herzblut zu schreiben, oder gar, wie man so sagt, die Hosen herunterlasse, um Ihnen Einblicke ins säuische Getümmel meiner Obsessionen zu gewähren. In eigener Sache kann ich höchst diskret sein. Für diesen Bericht habe ich gute Gründe, aber irgendwelche nackten Wahrheiten meiner Abgründe dürften der Wahrheitsfindung entschieden abträglich sein. Von bizarren, der Mitteilung werten sexuellen Fantasien werde ich im Übrigen auch gar nicht verfolgt, und meine erotischen Wunschvorstellungen regen sich auf einem eher unspektakulären Niveau. Zum Beispiel finde ich Frauen mit kleinem Busen ungleich attraktiver als Trägerinnen quellender Oberweiten, was mich etwa von Heimito von Doderer unterscheidet, der ja geradezu närrisch nach üppigen Großeutern war, weshalb das Titelkürzel seines Romans *Die Dämonen*, DD nämlich, häufig als Kürzel für »Dicke Damen« interpretiert wurde. Auch sein Faible für Sahnetorten, das tiefenpsychologisch vermutlich mit seinem Busenfetischismus verkoppelt war, ist mir fremd: Ich bevorzuge ofenfrischen Butterkuchen ohne Sahne. Ich meine, nichts gegen Doderer, der zwar nicht alle Tassen im Schrank hatte, aber erstklassige Romane und Tagebücher geschrieben hat, worin er mir nun wiederum geistesverwandt ist; aber das, was mich sonst noch mit ihm verbindet, lasse ich auf sich beruhen, sonst komme ich zu spät oder gar nicht auf den Punkt. Zwar habe ich die Wahrheit versprochen, und die ist nicht unkompliziert, aber langweilen möchte ich Sie natürlich auch nicht, obwohl die Wahrheit meistens entsetzlich langweilig und unglaubwürdig ist. Um sie interessant und glaubwürdig zu machen, saugt sich unsereiner Fiktionen aus den Fingern. Um wahr zu wirken, muss die Wirklichkeit gefälscht werden. Das ist das ganze Geheimnis der Literatur. Und im Fall meines Bestsellers hat es ja im Grunde auch bestens funktioniert. Dass die Welt, die betrogen werden will, empört »Betrug« schreit, wenn sie dahinterkommt, erfolgreich betrogen worden zu sein, empfinde ich als schizophren – aber um auf den Punkt zu kommen, greife ich jetzt vor, was den Punkt auch zuverlässig verfehlt.

Wo war ich stehen geblieben? Richtig: Obsessionen, erotische Fantasien, Wunschvorstellungen, dieser ganze heikle Komplex. Er wird zwar im Folgenden keine leitmotivische Rolle spielen oder als billiger Sex-sells-Running-Gag fungieren, aber wenn ich schon davon spreche beziehungsweise schreibe, darf *sie* nicht unerwähnt bleiben. Welche sie? Isabelle Adjani natürlich. Wer sonst? Wenn ich in meinen Wunschvorstellungen hegte, was man die Traumfrau zu nennen pflegt, dann wär's Isabelle Adjani. Eine Traumfrau hege ich aber allein schon deswegen nicht, weil das eine aus den besten Teilen diverser schöner, interessanter, kluger, humorvoller und reicher Frauen aus verschiedenen Epochen zusammengepuzzelte Person ergäbe, im besten Fall also das Produkt einer mental-virtuellen Vollkommenheitschirurgie, vermutlich aber doch eher eine Art weibliches Anti-Frankenstein-Monster. Und dem würden dann jene kleinen Schönheitsfehler abgehen, die man am Ende mehr liebt als alle Perfektion – es sei denn, man würde diese Fehler gleich mit implantieren, wobei man sich vermutlich aber auch gewaltig verheben könnte.

Besser, man nimmt's, wie's kommt, beispielsweise in Gestalt von Isabelle Adjani in jüngeren Jahren, also etwa um die dreißig, und zwar in dem Film *Die Frau nebenan*. Haben Sie den gesehen? Die männliche Hauptrolle spielt wie in allen französischen Filmen Gérard Depardieu, auf den ich wegen dieses Films beziehungsweise wegen Isabelle Adjani wütend eifersüchtig war, und Regie führte Claude Sautet oder Eric Rohmer, einer dieser Nouvelle-Vague-Weichzeichner jedenfalls. Bevor ich Ihnen aber jetzt was Falsches erzähle, google ich das mal schnell nach. Momentchen bitte –

Entschuldigung! Der Regisseur war selbstverständlich François Truffaut. Wer sonst? Und die weibliche Hauptrolle spielt gar nicht Isabelle Adjani, sondern Fanny Ardant, was mich jetzt zwar ein bisschen verwirrt, aber Fanny Ardant sieht in dem Streifen natürlich auch hinreißend aus. Und Adjani und Ardant kann man durchaus schon mal verwechseln. Mir geht es hier aber eigentlich nicht um den Film als solchen und auch nicht darum, ob die Adjani besser aussieht als die Ardant beziehungsweise umgekehrt, sondern nur um eine einzige Einstellung. Isabelle, Entschuldigung, Fanny Ardant sitzt da im Zwielicht aufgestellter Jalousien (Sie wissen ja, was

»jalousie« auf Französisch heißt!) in einem Hotelzimmer auf der Bettkante, hat ein Herrenhemd an, das nicht zugeknöpft ist und also zugleich verhüllt und enthüllt, die Beine im Schneidersitz übereinandergeschlagen, und blickt mit leicht geöffneten Lippen herausfordernd und dennoch distanziert in die Kamera. Und genau diese laszive Pose und dieser zwischen Verachtung und Gier changierende Blick, genau dies Bild muss sich mir als Ur- oder Idealvorstellung erotischer Verführungsmacht und sinnlichen Begehrens so tief eingegraben haben, dass ich es bis zu jenem Moment vergaß, als es unverhofft für einen flüchtigen Augenblick zu Fleisch und Blut zu werden schien.

2

Ich komme also zur Sache oder jedenfalls zu einem Teilaspekt der Sache. Ob die Episode im ICE nach München überhaupt dazugehört, vermag ich im Rückblick nicht mehr zweifelsfrei zu entscheiden, aber da ich nun den Komplex Obsessionen etc. pp. kamikazeartig losgetreten habe, komme ich im Dienst der Wahrheitsfindung um die Schilderung dieser unverhofften Begegnung nicht mehr herum. Ist sie erst einmal auf die Bürste gedrückt, kriegt man die Zahnpasta nicht wieder in die Tube. Und ob man meine Bahnbekanntschaft als Beginn des Dramas verstehen kann, als den Moment, der den Stein ins Rollen brachte und schließlich die Lawine auslöste, ist mir auch nicht ganz klar. Aber, wie sagt das chinesische Sprichwort doch so treffend: Wenn in Shanghai ein Sack Reis umfällt, schlägt in Peking ein Schmetterling mit den Flügeln. Oder so ähnlich. Jedenfalls werfen große Ereignisse stets unscheinbare Schatten voraus, die zu erkennen nicht jedem gegeben ist – doch haben wir Schriftsteller für derlei ein untrügliches Sensorium. Und außerdem: Mit irgendetwas muss man schließlich anfangen, auch wenn's schwerfällt. Der Anfang fällt deswegen schwer, weil er den ersten Spatenstich jenes Kanals bildet, der aus dem Ozean des Möglichen und Unerzählten eine Geschichte oder einen Roman oder auch nur einen kargen Bericht wie diesen ableiten will. Und wenn dann der Autor als Kanalarbeiter an der falschen Stelle zu graben beginnt und statt auf den Ozean schließlich auf die trüben Teiche namens Alles-schon-mal-dagewesen trifft – gar nicht auszudenken.

Über den raffinierten und tiefen Doppelsinn der letzten drei Worte bitte ich Sie einen Moment zu meditieren. Gar nicht auszudenken! Ja, eben! Die besten Geschichten kann man sich gar nicht ausdenken. Sie liegen auf der Straße oder sitzen, wie in meinem Fall, im ICE oder in der Seniorenresidenz, vulgo Altersheim. Apropos Altersheim: Schon der alte Fontane wusste: Finden ist besser als erfinden. Das korrespondiert jetzt auch wieder auf verwickelte Weise mit dem oben angeschnittenen Wahrheitsproblem, aber ich möchte die Angelegenheit nicht unnötig verkomplizieren oder in die Länge ziehen, sonst könnten Sie noch auf die Idee kommen, ich bekäme für diesen Bericht schnödes Zeilenhonorar. Ich bekomme dafür vermutlich genauso viel wie für das ominöse Werk, über dessen Entstehungsgeschichte hier in rückhaltloser Offenheit berichtet wird – nämlich gar nichts. Aber die Wahrheit ist sowieso unbezahlbar.

Also dann. Sitzen Sie bequem? Ich eher nicht, weil die Höhenverstellung meines Schreibtischsessels defekt ist. Über den Zusammenhang zwischen Körperhaltungen beim Schreiben und stilistischen Eigenarten, Schreibhaltungen, wenn man so will, haben meines Wissens weder die Germanistik noch die Orthopädie (oder wer immer dafür zuständig wäre) getrennt oder interdisziplinär als orthopädische Literaturwissenschaft jemals seriös geforscht. Doktoranden, aufgepasst: weiße Flecken auf der Landkarte! Mal sehen, vielleicht komme ich auf das Problem später noch einmal zurück. Nichts darf umkommen, wie meine Großmutter zu sagen pflegte.

Im ICE nach München saß ich damals allerdings sehr

bequem, hatte seit Bremen Hauptbahnhof ein Abteil für mich allein und behauptete meinen Anspruch auf flächendeckende Privatsphäre, indem ich mir die Schuhe auszog, die Füße auf den gegenüberliegenden Sitz legte, die beiden Sitze links von mir mit Reisetasche und Trenchcoat und den Sitz rechts von mir mit Zeitungen belegte. Um auch den Sitz rechts gegenüber als besetzt zu markieren, griff ich in die Reisetasche und zog den erstbesten Gegenstand heraus, nämlich meine Kulturtasche. Ich habe schon öfter ergebnislos darüber nachgedacht, warum ein Behältnis für Zahnbürste und -pasta, Seife und Shampoo, Bullrich-Salz und Aspirin, also die sogenannten Toilettenartikel (auch so ein Wort!), zur hochstaplerischen Bezeichnung Kulturtasche, gelegentlich noch dumpfer: Kulturbeutel, avancieren konnte, als seien Sodbrennen und Kopfschmerzen Zeichen von Unkultur. Über diesen Missbrauch des Kulturbegriffs könnte man einen längeren Essay verfassen, aber der würde an dieser Stelle »den Rahmen der vorliegenden Arbeit sprengen«, um mal zu dieser streng akademischen Formulierung zu greifen, mit der ich mich schon bei der Abfassung meiner Dissertation um Fragen herumlaviert hatte, deren Beantwortung unzumutbare Recherchen erfordert hätten.

Außerdem bin ich ein erklärter Feind ausufernder Exkurse und hege Misstrauen gegen jedermann, nicht nur gegen einschlägige Schriftstellerkollegen, der mit seinem Anliegen oder Thema nicht pfeilgerade zur Sache kommt, sondern ebenso bedeutungsfrei wie selbstverliebt vor sich hin schwadroniert und einem, wie's im Teenagerslang nicht unzutreffend heißt, das Ohr abtextet. Es sind ja genau diese Leute, die sich in leeren Restaurants stets noch an den einzigen, von uns besetzten Tisch quetschen oder eben in halb leeren Zügen wie diesem ICE so lange durch die Waggons streifen, bis sie in uns das würdige Opfer ihrer Redseligkeit erspäht haben und uns mit einem munterbeiläufigen »Ist hier noch frei?« unentrinnbar auf Leib und Seele rücken. Die Redseligen tarnen sich zwar anfangs durch allerlei Scheinaktivitäten, indem sie noch eine Weile demonstrativ gelangweilt im Bahn-Magazin blättern oder ihre Stullen von der Stange, neudeutsch: Sandwiches, auspacken, diese aber nicht etwa stumm verzehren, sondern unverzüglich darauf hinweisen, wie köstlich der Schinken-Mozzarella-Rucola-Belag sei, den es in dieser sensationellen Qualität nur beim *Leinebäcker* am Hannoveraner Hauptbahnhof gebe, einfach sensationell, dann aber mit einem »Ich fahre übrigens bis Frankfurt« schnell zupackender werden und die von uns erwartete, aber vorerst verweigerte Replik mit einem »Und Sie?« erpressen. Und dann sagen wir »München« und sitzen in der Falle, und nach mehr oder minder ausufernden Monologen der Redseligen kommt unausweichlich die Frage: »Und was machen Sie so beruflich?« Sagen Sie dann nie, unter keinen Umständen, dass Sie Schriftsteller sind, weil die nächste Frage des Grauens entweder »Ach! Und was schreiben Sie denn Schönes?«, lauten wird oder aber: »Müsste ich Sie dann nicht kennen?« Der Kollege Helmut Krausser hat in einem seiner Tagebücher darauf hingewiesen, dass diese Fragen besonders zuverlässig auch an nächtlichen Hotelbars auf den Tresen gezerrt werden, und er habe es sich zur Gewohnheit gemacht, seinen Beruf in solchen Fällen als Pornoproduzent anzugeben, was die Redseligen unverzüglich zum Verstummen bringe, sei es vor Entrüstung, sei es vor Peinlichkeit, das eigene Interesse an Pornografie einzugestehen. Pornoproduzent ist natürlich schwer zu toppen, aber ich habe durchaus positive Erfahrungen mit der Professionsangabe Esperanto-Übersetzer gemacht, die meistens lediglich ein ahnungsvoll gemeintes, also komplett ahnungsloses Kopfnicken der Redseligen hervorruft. Auf des Esperantos mächtige Mitreisende bin ich noch nie getroffen, und es hat sich auch noch kein Redseliger zu behaupten getraut, schon mal eine Urlaubsreise nach Esperanto gemacht zu haben. Eigentlich schade.

Meine mittels Kulturtasche et cetera ausgesandten Besetzt-Signale gelten besonders auch den Bundeswehrspacken, wenn sie mit Aldi-Bier im Marschgepäck rudel- und rottenweise ins Wochenende abrücken, statt, wie unlängst ein Bundesverteidigungsminister feierlich gelobt hat, Deutschlands Freiheit am Hindukusch oder Horn von Afrika zu verteidigen.

Atzender als unsere weltweit operierende Schutztruppe sind nur noch die Handybekloppten, die ihre Lieben daheim alle fünf Minuten über die Fortschritte ihrer An- oder Abreise informieren: »Schatz? Bist du das? – Die Verbindung ist grad schlecht! Funkloch oder was!« Hierbei gilt übrigens die Regel: Je tiefer oder breiter »das Funkloch oder was«, desto schriller und waggongreifender die Stimme des Telefonierenden. »Ja, nö, alles prima! – Wollte nur sagen, dass ich pünktlich ankomme. – In Kassel steig ich dann um, gell! – Nö, ja, ach so, nö, alles wie besprochen. – Kassel kommt gleich. Schatz? – Schatz?! – Scheißfunkloch!«

Im Zug zu schreiben, habe ich mir längst abgewöhnt, nicht nur wegen der Handyclowns, Wochenendstoßtrupps und Labersäcke, sondern wegen der notorisch Neugierigen und brachial Besserwissenden, die einem seitlich auf den Laptop schielen und mit Bemerkungen wie »Sind Sie etwa Dichter?« jeden Rest von Inspiration vernichten. Eine Mitreisende, die sich als Oberstudienrätin für Deutsch und Geschichte geoutet hatte, glotzte einmal eine Weile ungeniert auf meinen Monitor, schüttelte dabei mehrfach missbilligend den Kopf, schnalzte wie warnend mit der Zunge, tippte schließlich mit dem Zeigefinger auf den Monitor und zischte scharf: »Dass mit Es-Zett schreibt man jetzt mit Doppel-Es. Und zusammenschreiben wird nicht mehr zusammengeschrieben. Gerade Leute wie Sie sollten sich dem Fortschritt nicht verschließen.« Verschließen sprach sie dabei mit deutlich akzentuiertem Doppel-Es aus. Was sie mit »Leute wie Sie« meinte, erfuhr ich nicht, weil ich wortlos den Laptop zuklappte und mich auf ein Bier ins Bordbistro verdrückte. Es war jedenfalls mein letzter Versuch, in einem Zuge (man beachte den Doppelsinn!) literarisch produktiv zu werden.

Aber lesen! Lesen in der Bahn kann schön sein. Endlich hat man Zeit und Muße für die dicken Schinken, die man längst hätte lesen wollen, vor deren Umfang (Proust) oder schwer merkbaren Namen (Dostojewski) man aber bislang zurückschreckte; die man hätte lesen sollen, weil die Literaturkritik sie uns als »wichtig«, »bedeutsam« oder »innovativ« andiente, die man aber eigentlich nie lesen wollte; und die man hätte lesen müssen, weil sie in der Fernsehsendung *Lesen!* zur nationalen Pflichtlektüre ausposaunt wurden.

Diesmal hatte ich mir aus der Kategorie »wollen« Walter Kempowskis Tagebuch *Alkor* eingepackt, allerdings mit schwer schlechtem Gewissen, weil sich aus der Kategorie »sollen« in meinem Arbeitszimmer auch noch Kempowskis *Echolot* wie eine Waggonladung Braunkohlebriketts stapelte. Daran kann ich mich vielleicht mal im Alter wärmen. Und lesen müssen muss man eh nicht; dann lieber doof.

Mit den besockten Füßen auf dem gegenüberliegenden Sitz hatte ich es mir also recht kommod gemacht, zog das Buch aus der Reisetasche und klappte es auf, als auch schon die Schiebetür zum Abteil aufgerissen wurde. Der Zugbegleiter, vulgo Schaffner, »Personalwechsel!« rief, nein: schrie er, als sei ausgerechnet mein Privatabteil ein voll besetzter Großraumwaggon. »Die Fahrausweise bitte!!«

Gegen Kommandotöne bin ich allergisch (ungedient!); diese Allergie wirkt kettenreaktionär und weckte in mir auch sogleich den unbestechlichen Sprachpuristen. »Wieso Plural?«, murmelte ich.

»Hä?« Der Mann sah mich verständnislos an, als hätte ich Esperanto gesprochen.

»Einzahl«, dolmetschte ich, »*der* Fahrausweis«, und reichte ihm ungnädig mein Ticket.

Er besah es sich mit hochgezogenen Augenbrauen, als handelte es sich um eine perfide Fälschung – was ich, im Nachhinein betrachtet, als Omen kommender Dinge hätte verstehen müssen, als einen jener Schatten, die große Ereignisse vorauswerfen und für die unsereiner, ich sagte es bereits, ein untrügliches Sensorium hat. Aber damals ließ es mich wohl im Stich.

»Dann bräuchte ich auch noch Ihre Bahn-Card«, sagte der Schaffner schnöde und misstrauisch.

Die Korrektur, dass es nicht bräuchte, sondern brauchte zu heißen habe, verkniff ich mir. War ich denn der Deutschlehrer dieses Mannes?

Er starrte auf die Karte, stutzte, sah mir verblüfft ins Gesicht, blickte wieder auf die Karte, zuckte mit den Achseln, stempelte das Ticket ab und reichte es mir mit der Bahn-Card zurück, wobei sich auf seinem Gesicht ein impertinentes Grinsen breitmachte. »Na dann, gute Reise«, sagte er, warf einen missbilligenden Blick auf meine hochgelegten Füße und rammte amtlich die Schiebetür hinter sich zu.

Was gab's denn da zu grinsen? Ach so, das Foto. Beim Ausfüllen des Bahn-Card-Antrags hatte ich kein akzeptables aktuelles Passbild zur Hand gehabt. In meinem Alter sind aktuelle Passbilder nie akzeptabel. In diesen maschinellen Fotokabuffs kann man sich drehen und wenden, seriös blicken oder heitere Miene machen wie man will – das Ergebnis sieht immer aus, als hätte man im Irish Pub sieben Nächte durchgesoffen, und entspricht verdächtig der Kategorie Verbrecheralbum. Und ich habe auch keine Lust mehr, mir bei professionellen Fotografen, oder schlimmer: jungen professionellen Fotografinnen, Sprüche wie »Mal sehen, was sich da noch machen lässt« anzuhören. Solche Sätze kenne ich hinlänglich vom chronisch sinnloser werdenden Friseurbesuch. Für die Bahn-Card nahm ich einfach einen angegilbten Abzug des Fotos, das vor zwanzig Jahren als Autorenporträt die Novelle *Ferne Farne* geziert hatte (mein literarisches Debüt: immer noch lieferbar in der Erstauflage, immer noch sehr lesenswert). Leute, die mich schon lange kennen, also zum Beispiel ich selbst, erkennen mich darauf auch zuverlässig wieder, aber fantasielose Banausen wie dieser Bahnschaffner sehen offenbar einen anderen. Sich *after all those years* selber treu zu bleiben, ist ein rein innerer Wert, dem unser Äußeres leider zu spotten scheint. Entschuldigung, ich gerate ins Philosophieren, was ja vielleicht eine Alterserscheinung ist.

Trost oder zumindest Ablenkung suchend, schlug ich wieder Kempowskis Tagebuch auf, gruselte mich leicht bei seinem notorischen Verfolgungswahn, der eine Verschwörungstheorie der angeblich den Kulturbetrieb diktierenden »Linken« gegen sein Werk unterstellt, obwohl »links« heutzutage nur noch da ist, wo der Daumen rechts ist, bewunderte aber seine Meisterschaft im Klagen ohne zu leiden und seinen Anspruch, nationale Pflichtlektüre zu werden. Mit der Welt versöhnt sei er erst, wenn jeder, aber auch wirklich jeder des Lesens mächtige Deutsche seine Werke lese. Meine Erfolgshoffnungen sind bescheidener. Ganz Deutschland müsste es gar nicht sein; die Einwohnerzahl meiner Heimatstadt würde reichen – allerdings müsste ich dann darauf bestehen, dass meine Bücher nicht nur gelesen, sondern auch gekauft werden. Büchereiausleihen zählen nicht und schon gar nicht privat weiterverliehene Exemplare, die man dann, wenn überhaupt, berieben, verschmuddelt und bestoßen zurückbekommt. Bei einem der Einfachheit halber angenommenen Ladenverkaufspreis von 20 Euro ergäbe sich ein Honorarertrag von zirka – hoppla, jetzt hätte ich mich mit diesen schnöden Mammondetails fast verplaudert, denn wenn die komplette Stadt kauft und liest, lesen natürlich auch die Sachbearbeiter vom Finanzamt mit. Sagen wir mal so: Es würde reichen. Jedenfalls finanziell.

Doch lebt der Mensch, wie die Bibel weiß, nicht vom Brot allein, und der Dichter, wie der Dichter weiß, nicht allein von seinen Tantiemen. Mein wiederkehrender Traum vom literarischen Ruhm und erfüllten Dichterglück, den ich trotz erklärter Selbstdiskretion hier preisgebe, weil er den Punkt berührt, auf den unumwunden zu kommen ich versprochen habe, sieht so aus: Ich sitze allein in einem Bahnabteil, als plötzlich die schönste Frau der Welt hereinkommt. Also zum Beispiel die junge Isabelle Adjani oder meinetwegen auch Fanny Ardant. Sie würdigt mich kaum eines Blicks, fragt nicht einmal, ob der Platz mir schräg gegenüber noch frei sei, sondern lässt sich dort in selbstbewusster Unnahbarkeit nieder, zieht umstandslos ein Buch aus der Tasche und beginnt zu lesen. Und jetzt kommt's! Es ist natürlich nicht irgendein Buch, sondern einer meiner Romane, sagen wir mal *Novemberblues*. Mit angehaltenem Atem beobachte ich, dass schon nach wenigen Augenblicken ein verklärtes Lächeln wie ein Sonnenaufgang über ihr Gesicht zieht, dass mit jeder Seite ihre Wangen eine bezauberndere Röte annehmen und schließlich glühen, dass sie hin und wieder leise, zustimmende Glücksseufzer ausstößt. Und so weiter. Dass sie also mein Buch liebt. Liebt!

Und dann sage ich plötzlich so feinfühlig, beiläufig und sonor wie möglich ins köstliche Schweigen: »Gefällt Ihnen das Buch?«

Sie blickt mich indigniert über den Seitenrand an, aufgestört aus der Bekanntschaft mit dem Schriftsteller, den sie so sehr liebt, überlegt einen Moment, ob sie sich auf das einlassen soll, was sie für die öde Fangfrage eines Redseligen halten muss, kann aber die Liebe zu diesem Schriftsteller auch nicht einfach verleugnen, sagt also: »Es ist das schönste Buch, das ich je gelesen habe«, und liest weiter.

Da das Vergnügen in der Verzögerung hegt, setze ich noch eine Fermate von einer halben Seite und lasse dann ganz unprätentiös die Bombe platzen: »Und ich habe es geschrieben.«

Sie lässt das Buch auf die Knie sinken, mustert mich mitleidig und leicht misstrauisch wie einen harmlosen Irren, der sich für Shakespeare hält, stutzt dann jedoch und schlägt das Buch auf der hinteren Innenklappe auf. Das Autorenfoto ist zwar keine zwanzig Jahre alt, aber doch noch sehr viel jugendfrischer als meine Leibhaftigkeit, und trotzdem huscht über ihr himmlisches Antlitz jetzt das staunende Lächeln des Wiedererkennens: »Sie sind es«, stammelt sie, »Sie sind es tatsächlich. Lukas –« Und ihre Stimme versagt in süßem Erschrecken.

»Domcik«, sage ich cool, »ganz recht. Ich bin Lukas Domcik.«

Wie's weitergeht, darf ich Ihren eigenen Fantasien überlassen. In seinem *Reigen* hätte jedenfalls Arthur Schnitzler nach derlei Vorgeplänkel schon bald folgende schöne Gedankenstrichzeile geschrieben:

Okay, ich weiß natürlich: Nicht wegen seiner Person, sondern wegen seines Werks geliebt und begehrt zu werden, gehört gleichfalls zu den Alterserscheinungen von Schriftstellern, denen die Bücher gewissermaßen zu tertiären Geschlechtsmerkmalen geworden sind. Dies in der gebotenen Kürze vorausgeschickt, können Sie aber vielleicht nachvollziehen, was in mir vor- und abging, als sich in Kassel-Wilhelmshöhe die Abteiltür öffnete und mein indignierter Blick, der »alles restlos besetzt« signalisieren sollte, die unfassbar blauen Augen der in diesem Moment schönsten Frau der Welt traf. Die Frage, ob bei mir vielleicht noch ein Platz frei sei, war noch gar nicht ganz zu Ende gesprochen, als ich bereits mein komplettes Platzhalter-Geraffel beiseitegeräumt hatte.

»Aber ich bitte Sie«, schleimte ich einladend.

»Sehr liebenswürdig«, frostete sie, ließ sich auf dem Sitz nieder, der eben noch für meine Kulturtasche reserviert gewesen war, und stellte einen kleinen Koffer neben sich ab. Über einem türkisfarbenen T-Shirt, unter dem sich zart solche Rundungen abzeichneten, die einen wie Doderer nie interessiert hätten, trug sie ein weißes, offen stehendes Herrenhemd, dazu auf schmalen Hüften sehr formvorteilhafte Jeans. Während ich noch fieber-, wenn nicht schon wahnhaft überlegte, wie ich sie ins Gespräch locken könnte, ohne mich als senil-lüsternen Redseligen zu outen, streifte sie mit lässiger Gebärde ihre flachen Pumps von den Füßen und schob die untergeschlagenen Beine unter die Oberschenkel. So saß sie im Schneidersitz vor mir wie – Sie ahnen es längst – Fanny Ardant in *Die Frau nebenan*, jenes Urbild meiner erotischen Fantasien also. Der Anblick brachte mich offenbar um den Verstand, denn als sie nun ihr Köfferchen öffnete und ein Buch herauszog, war ich mir absolut sicher, dass es sich nur um eins meiner unsterblichen Werke handeln konnte. Doch als sie es aufschlug und vor ihre blauen Augen führte, so dass ich den Titel erkannte, kam ich mir vor wie ein Ballon, dem die Heißluft entweicht. Vermutlich habe ich sogar ein entsprechendes Zischen oder Stöhnen von mir gegeben, denn sie warf mir einen angeekelten Blick zu, schüttelte fast unmerklich den Kopf und »vertiefte sich« dann in ein Buch von Guido Knopp mit dem Titel *Die Frauen des Führers* oder so ähnlich.

Auf Knopp und Konsorten muss ich im Folgenden leider noch sehr viel ausführlicher zu sprechen kommen. An dieser Stelle mag genügen, dass ich mein Gepäck nahm, grußlos das Abteil verließ und nach einigem Suchen noch einen Platz in einem anderen Abteil fand, zwischen zwei Redseligen, zwei alkoholisierten Wehrpflichtigen und einem, wie sich auf Insistieren eines Redseligen herausstellte, Pornoproduzenten.

3

Von der eher schlecht besuchten Lesung aus München zurückkehrend, fand ich entsprechend übellaunig zwei Nachrichten auf dem Küchentisch vor. Die erste war von meiner Frau Anne, die übrigens vor gut zwanzig Jahren auch schon mal die schönste Frau der Welt gewesen war. Die Notiz besagte, dass sie wegen ihrer Damendoppelkopfrunde erst spät nach Haus kommen würde. Die zweite war ein Einschreiben vom Amtsgericht Berchtesgaden, das meine Stimmung beträchtlich hob. Es wurde mir nämlich eröffnet, dass ich gemäß allerlei einschlägiger Paragrafen als Alleinerbe des Nachlasses der am 12. April 2005 in der Seniorenresidenz *Maria Hilf* in Berchtesgaden verstorbenen Frau Emma Theodora Elfriede Westerbrink-Klingenbeil, geboren am 30. März 1910 in Rüstringen, anzusehen sei und mich innerhalb einer Frist von vier Wochen zu äußern hätte, ob ich das Erbe antreten wolle.

Emma Theodora Elfriede Westerbrink-Klingenbeil? In irgendeinem dusteren Winkel meines Oberstübchens wirbelte der Name Staub auf, wollte mir aber nichts Genaues sagen. Nachdem ich mich rat- und weitgehend verständnislos durch das juristische Kauderwelsch des Schreibens buchstabiert hatte, verstand ich ein Wort jedoch sehr deutlich. Und siehe, das Wort nahm, je länger ich es ansah, eine immer verlockendere Strahlkraft an:

Alleinerbe. Wer immer diese Frau gewesen sein mochte, aus welchem Grund auch immer sie mich zu ihrem Erben eingesetzt hatte – ich war es, und zwar ich allein! Seniorenresidenz in Berchtesgaden klang irgendwie edel und teuer, jedenfalls teurer als Diakonisches Altersheim in meinetwegen Magdeburg. Frau Westerbrink-Klingenbeil musste wohlhabend gewesen sein, mindestens, vermutlich reich, vielleicht sogar unermesslich reich. Anders als »nackt« und »wahr«, ließ »reich« sich also beliebig superlativieren. Schon der aparte Name roch geradezu nach einem riesigen Vermögen. Emma Theodora Elfriede. So hieß doch keine Arme! Und ein Doppelname wie Westerbrink-Klingenbeil klang verdächtig nach bekennendem FDP-Mitglied – also besserverdienend.

Blieb die Frage, warum die betuchte Unbekannte ausgerechnet mich in den warmen Regen ihres Nachlasses stellte. Bei genauerem Nachdenken gab es darauf nur eine Antwort: Es musste sich um eine Verehrerin handeln, eine Mäzenatin, eine begeisterte Leserin, die auf diese Weise dem Autor, dem sie so viele glückliche Stunden Lesezeit in der Behaglichkeit ihrer Seniorenresidenz zu verdanken hatte, posthum ihre Referenz aussprach. So etwas kam ja vor, und zwar nicht nur posthum. Hatte der Multimillionär Reemtsma nicht seinerzeit Arno Schmidt eine stattliche Rente zukommen lassen, auf dass der chronisch klamme, mir darin verwandte Kollege fürderhin seine Zettelkästen füllen konnte, ohne dabei stets ans leere Konto zu denken? Warum sollte nicht, was dem einen armen Poeten sein Reemtsma war, dem anderen seine Emma Theodora Elfriede werden?

Um Licht in den Paragrafendschungel des Schreibens zu bringen, rief ich bei meinem Anwalt an, der jedoch laut Kanzleitelefonistin »zu Gericht« und erst morgen Vormittag wieder erreichbar war. Meine Erbschaft wollte gleichwohl gefeiert werden, und so kreuzte ich schon am frühen Abend im *Bühnen-Bistro* am Theater auf. Bei der zwangsverordneten Umstellung von D-Mark auf Euro hatte Egon, der Wirt, wie fast jeder Gastronom der Einfachheit halber einen Umtauschkurs von 1:1 walten lassen, was zur schlagartigen Verdoppelung sämtlicher Preise geführt hatte. Ein Gläschen mäßigen Weins kostete nun so viel wie eine Flasche besseren Weins in der Weinhandlung. Egons Stammkundschaft hatte Boykott geschworen, war aber einer nach dem anderen meineidig geworden, da die Preise anderswo auch auf Euronorm gebracht worden waren, und hatte sich sukzessive und komplett wieder im *Bühnen-Bistro* eingefunden. Um das Gesicht des unbeugsamen Boykotteurs nicht ganz zu verlieren, hatte ich allerdings meine Trinkgewohnheiten insofern umgestellt, als ich bei Egon den Wein verweigerte und nur noch Bier orderte. Dieser Umstand erklärt die Ungläubigkeit, ja Fassungslosigkeit, in die ich Egon stürzte, als ich an diesem Abend seine rhetorische Frage, ob's ein Halber vom Fass sein solle, nicht routiniert abnickte, sondern mit dem Wort »Champagner« konterte.

»Hä?«, sagte er.

»Und zwar 'ne Flasche«, sagte ich und setzte mich auf einen Barhocker.

»Hausmarke oder was?« Stoiker Egon hatte sich schon wieder in der Gewalt beziehungsweise wahrte, da es jetzt ja um Champagner ging, die Contenance.

»Den teuersten.«

Egon zog die Augenbrauen hoch, zuckte die Achseln, durchsuchte die Kühlschränke hinterm Tresen und hielt mir schließlich eine Flasche 1996er Dom Pérignon vor die Nase. »240 Euro«, sagte er. »Teureren hab ich leider nicht.«

»Macht nichts«, sagte ich gnädig.

Während er Eiswürfel in einen Flaschenkühler lud, konnte ich ihm ansehen, wie es in ihm arbeitete, und wettete mit mir selbst, dass die unvermeidliche Frage in der Lottofloskel serviert werden würde.

Auf Egon war Verlass. »Hast du etwa im Lotto gewonnen oder wie?« Er entkorkte die Flasche, goss eine Schale voll und setzte sie mir vor.

Ich schüttelte schweigend den Kopf und schlürfte genüsslich ein Schlückchen. Nicht übel.

»Oder endlich den Weltbestseller geschrieben, den du immer schon mal schreiben wolltest?«, hakte Egon nach, was ich unfair fand. Die Sache war nämlich die, dass ich die Manuskriptablieferung meines vorvorletzten Romans *Fünf Fenster* so feucht und lange im *Bühnen-Bistro* gefeiert hatte, bis ich in einer vom Alk freigeschwemmten Größenwahnattacke gelallt haben soll, das werde nun garantiert »voll der geile Wellbessler«. Ich konnte mich an diese hoffnungsfrohe Prognose zwar nicht mehr erinnern, aber da es mehrere Ohrenzeugen gab, wurde sie mir gelegentlich mitfühlend bis hämisch nachgetragen, insbesondere nachdem eine Kritik dem Roman attestiert hatte, Heimatliteratur zu sein. Egons Spitze lockte mich jedoch nicht aus der Reserve. Den Grund für meine Champagnerlaune behielt ich eisern für mich, sonst hätte ich in kürzester Frist sämtliche Schnorrer der Stadt, wenn nicht gar des Landes am Hals gehabt. Geteilte Freude mag ja doppelte Freude sein, aber geteilter Reichtum macht arm.

Ich hatte lange genug in Hamburg gelebt, um mich an die hanseatische Lebensweisheit zu erinnern: Geld hat man, aber man spricht nicht drüber. So zählte ich nur stillvergnügt die in der Schale aufsteigenden Champagnerperlen. Jede signalisierte einen Tausender. Vielleicht sogar Zehntausender. Nach der dritten Schale und hundertzwölften oder hundertdreizehnten Perle verzählte ich mich, gab es auf und überlegte, was ich mit dem ganzen Schotter eigentlich anfangen wollte. Endlich würde ich das Leben eines Großschriftstellers führen, das mir gemäße Leben also. Die Erstwohnsitzvilla am Comer See. Oder am Lago Maggiore. Nebenbei ein paar kleinere Niederlassungen. Wohnungen mit Dachterrasse am römischen Campo dei Fiori und im Pariser Le Marais, Apartment im New Yorker Greenwich Village. Meine studierenden Kinder Marie (viertes Semester Jura in Göttingen) und Till (erstes Semester Wirtschaftswissenschaft in Freiburg) hätten nun Wahlfreiheit zwischen Harvard, Yale, Princeton, Oxford. Die Studiengebühren nur noch Peanuts. Das BAföG-Almosen konnte uns gestohlen bleiben. Die Künstlersozialkasse konnte mir den Buckel runterrutschen. Was ich da monatlich an die Vermögensvernichtungsmaschine namens Rentenkasse abdrücken musste, war sowieso nichts als staatlich legalisierter Raub. Ab jetzt jedoch: Existenzangst ade! Weil Geld endlich mal eine wirkliche Rolle spielte, würde Geld in meinem Leben ab sofort keine Rolle mehr spielen.

Und dann das gewaltige, zweitausendseitige Werk schreiben, das ich immer schon schreiben wollte, das aus Geldmangel aber noch nie übers Stadium einer Größenwahnfantasie hinausgekommen war. Die literarische Welt würde in Ehrfurcht erstarren. Oder, noch besser, gar nicht mehr schreiben. Nichts mehr. Nie wieder. Die Erlösung! Ich meine, wer schreibt schon gern? Sich Romane auszudenken ist das zweitschönste Vergnügen.

Inspiration. Sie zu schreiben artet leider in saure Arbeit aus. Transpiration. Mir fiel die Anekdote von André Gide ein, in der ein Nachwuchsschriftsteller den verehrten Meister darum bittet, sein Manuskript zu lesen und zu beurteilen. Sollte Gides Urteil negativ ausfallen, verspricht der Debütant in spe feierlich, nie wieder etwas zu schreiben. »Was?«, ruft da Gide aus. »Sie könnten zu schreiben aufhören und tun es nicht?« Zwar war die Planstelle des Schweigers im Literaturbetrieb durch Wolfgang Koeppen besetzt, aber der war ja nun auch schon eine Weile tot. Über die Gründe meines Schweigens würden die Feuilletons rätseln und erneut das Ende der Fiktionen verkünden. Abhandlungen und Dissertationen über den tieferen Sinn des Ungesagten würden verfasst. Das Nicht-Geschriebene würde mein Opus Magnum, mein Autoren-Ich würde immer geheimnisumwitterter werden und schließlich zur Inkarnation der Leerstelle an und für sich avancieren.

Die Champagnerschale war leer. Auf meinen Wink dienerte Egon herbei und füllte nach. Auch er schien bereits über mein Schweigen nachzudenken und streifte mich mit einem fast ehrfürchtigen Blick.

Andererseits bestand natürlich die Gefahr, dass in der Literaturkritik meine Verfolger vom Dienst, die gemäß Ernst Jünger ab einem gewissen Niveau jeder hat, mein Schweigen bejubeln würden. Oder, noch schlimmer, kein Schwein würde bemerken, dass ich nicht mehr schriebe. Keine Sau würde ein neues Buch von mir erwarten. Niemandem würde etwas fehlen, gäbe es keine Bücher mehr von mir. Nicht gut. Sogar ziemlich übel. Also vermutlich doch weiterschreiben. Aber ohne materielle Sorgen, ohne Rücksicht auf den Verlag, ohne Vorschussgeschacher, ohne Furcht vor den Halbjahresabrechnungen, ohne –

Einer Engelserscheinung gleich schwebte in diesem Moment eine Frau hinter den Tresen. Da ich Ihnen bereits gesteckt habe, was ich meine, wenn ich an die schönste Frau der Welt denke, mag es als Personenbeschreibung genügen, dass es die schönste Frau der Welt war. Wenn nicht noch schöner. Also ungefähr so schön wie eine erfundene Gestalt – oder, um mit Gottfried Keller zu sprechen: »Süße Frauenbilder zu erfinden, wie die bittere Erde sie nicht hegt.« Nur eben nicht erfunden, sondern real dreidimensional existierend und mich anlächelnd. »Es ist noch etwas in der Flasche«, sagte sie mit leicht fremdländischem Akzent. »Soll ich nachschenken?«

Ich starrte, nein: glotzte sie an. Meine Zunge versteinert. Ich nickte und brachte mühsam ein heiseres »Ja, bitte« über die Lippen.

Sie leerte die Flasche in die Schale, wandte sich dann ab, füllte Weingläser, setzte sie auf ein Tablett und ging damit zu den Tischen im Gastraum. Eine neue Kellnerin also.

»Wo«, stammelte ich Egon entgegen, der mit gelangweiltem Gesichtsausdruck Bier zapfte, »wo hast du *die* denn auf getrieben?«

»Wen?«, fragte Egon, was mich noch fassungsloser machte. Wie konnte man bei *der* bloß noch *wen* fragen?

»Die Serviererin natürlich.«

»Ach so, die, ja, das ist Rätschel. Kommt aus England. Studentin, macht irgendwas am Theater hier. Praktikum oder so. Oder Schauspielschülerin oder was weiß ich.«

»Rätschel?«

Er nickte. »Schreibt sich glaub ich RACHEL. Oder so ähnlich.«

»Ah«, sagte ich, »Rachel«, und ließ mir den Namen über die Zunge rollen wie zuvor den Champagner. Der Name war noch köstlicher.

»Dein Typ oder was?«, erkundigte sich Egon deutlich desinteressiert.

»Äh, ja beziehungsweise also, ich mein, irgendwie schon –«

»Meiner nicht«, sagte er. »Die ist mir zu ötärisch oder wie das heißt.«

»Ätherisch«, sagte ich, »ja, ätherisch ist das richtige Klischee.«

»Aber nicht für mich«, sagte Egon apodiktisch, denn seine drei letzten Frauen oder Freundinnen waren allesamt von ausladenderer Statur gewesen, walkürenhafte Blondinen, und auch seine gegenwärtige Lebensabschnittspartnerin Renate, die Bistroküche und Egon fest im Griff hatte, gehorchte diesem altdeutschen Schönheitsideal: Frauen wie Stilmöbel aus massiver Eiche. Rachel war das genaue Gegenteil. Federleichter Schritt, schwarz gelockte Haarflut, schlank wie eine junge Birke beziehungsweise, angesichts ihrer fast vorderorientalischen Gesichtszüge, wie eine Zeder.

»Und die kommt echt aus England?«, vergewisserte ich mich.

Egon nickte. »Ja doch. Spricht aber gut Deutsch. Arbeitet auch gut. Dreimal die Woche oder so. Die Gäste mögen sie.«

»Das kann ich mir denken«, sagte ich und war auf sämtliche Gäste eifersüchtig. Eigentlich ging ich viel zu selten ins *Bühnen-Bistro*.

»Und was ist jetzt mit dir?«, fragte Egon. »Dein Schampus ist alle. Trinkst du jetzt endlich mal 'n ordentlichen Halben oder was?«

Ich trank sogar noch zwei. Und dann noch ein kleines Pils. Und dann noch eins. Klebte am Tresen wie ein Magnet an der Kühlschranktür. Konnte mich einfach nicht losreißen von diesem Anblick und ging erst, als Rachel entschwebt war und Egon die Stühle krachend auf die Tische wuchtete.

4

Rechtsanwalt und Notar Dr. Siegfried Becker las das Einschreiben des Amtsgerichts, murmelte dabei »aha« und »soso«, lehnte sich dann in seinem Schreibtischsessel zurück, schob die Lesebrille auf seine Halbglatze und sagte: »Eigentlich müssten Sie die Dame kennen. Diese«, er schob sich die Brille wieder auf die Nase, »Emma Theodora Elfriede Westerbrink-Klingenbeil.«

»Wieso?«, sagte ich. »Der Name kommt mir zwar irgendwie bekannt vor, aber ich kann ihn nicht einordnen.«

»Sie müssen mit ihr verwandt sein.«

»Verwandt? Ich?«

Dr. Becker nickte. Man habe es hier mit gesetzlicher Erbfolge zu tun. Offenbar sei es zu keiner gewillkürten Erbfolge aufgrund einer Verfügung von Todes wegen, also Testament oder Erbvertrag, gekommen. Die Erbfolge der Verwandten beruhe auf dem gesetzlichen Ordnungssystem, das die Paragrafen 1924 bis 1929 BGB regelten. Das Nachlassgericht gehe in diesem Fall davon aus, dass ich vermutlich als gesetzlicher Erbe der dritten Ordnung zu gelten habe, als da wären die Großeltern des Erblassers und deren Abkömmlinge, also zum Beispiel Onkel und Tanten des Erblassers.

»Erblasser wäre also diese –«

»Erblasser sind immer die Erblassten«, sagte Becker und lachte über seinen Kalauer, den er vermutlich in jeder Erbangelegenheit einsetzte, um die Atmosphäre zu lockern.

Ich lachte höflich mit. »Aber Onkel, Tanten und so weiter«, sagte ich, »kommen nicht infrage. Die kenne oder kannte ich alle genau.«

Es könnten auch deren Abkömmlinge sein, also Nichten, Neffen, Vettern, Cousinen oder sogar entferntere Voreltern und deren Abkömmlinge, wobei dann aber zu überlegen wäre, ob es sich nicht bereits um die vierte Ordnung handele.

»Und wie weit reicht das zurück?«

»Im Zweifel bis Adam und Eva«, sagte Becker trocken. »Ich habe mal von einem Fall gehört, da ging's immerhin bis Martin Luther zurück. Ablasshandel«, er lachte, »Erblasshändel.« Der Mann hatte vielleicht Ernst Jandl gelesen.

»Und woher weiß das Nachlassgericht«, fragte ich prosaisch, »dass ich mit der Verstorbenen verwandt bin? Wenn ich selbst es nicht mal weiß?«

»Die sind da genealogisch sehr findig«, schmunzelte Becker. »Kann ja gut sein, dass der Erblasser Schulden hinterlässt. Die möchte man natürlich gern eingetrieben haben. Und zwar«, er machte eine Kunstpause, »und zwar von Ihnen. So werden dann aus den erblassten Erblassern manchmal krasse Erblasten.«

Auch wenn er eingeübt und routiniert klang, lappte der letzte Satz natürlich schon fast ins Literarische, aber ich konnte ihn nicht goutieren und schon gar nicht darüber lachen. Statt märchenhafter Reichtümer ein Schuldenberg? Das war ja unerhört. »Ich soll für die Schulden einer mir unbekannten Person aufkommen? Das ist ja wohl – Schulden hab ich selbst schon genug.«

Auf solche, von ihm mit vermutlich leicht sadistischer

Freude provozierten Ausbrüche war der Anwalt natürlich vorbereitet und erklärte mir paragrafenfest und ausnahmsweise kalauerfrei, dass ich das Erbe nicht antreten müsse, sondern jederzeit ausschlagen könne. Er empfahl mir, erst einmal zu erkunden, worin das Erbe überhaupt bestehe, indem ich in der Seniorenresidenz anriefe und dann, wenn die Gegebenheiten es erforderlich machen sollten, dort persönlich vorspräche. Vielleicht wisse man dort auch etwas über den Verwandtschaftsgrad. »Man weiß ja nie«, lächelte er sybillinisch, »vielleicht rede ich gerade mit einem zukünftigen Multimillionär.«

Der Multimillionär hatte gesessen! Wieder zu Hause, griff ich unverzüglich zum Telefon, ließ mir über die Auskunft die Nummer in Berchtesgaden geben und rief dort an.

»Grüß Gott. Katholische Seniorenresidenz *Maria Hilf*.« Eine ganz junge, weibliche Stimme mit bayrischem Akzent und Betonung auf katholisch, als wollte sie mir damit etwas sagen. »Was kann ich für Sie tun?«

Ich grüßte preußisch mit Guten Tag und nannte brav meinen Namen. »Es handelt sich um die Nachlassangelegenheit Westerbrink-Klingenbeil, eine Ihrer Heiminsassinnen beziehungsweise ehemaligen Heiminsassinnen. Sie ist verstorben und –«

»Es heißt Hausbewohnerin«, sagte die junge Stimme streng. »Ich verbinde Sie mit unserer Direktion.«

Es klickte und piepte in der Leitung. Die Betonung auf katholisch klang mir noch im Ohr. Irgendetwas dämmerte unklar. »Direktion *Maria Hilf*. Schwester Hertha. Mit wem spreche ich bitte?«

Erneut mein Name und mein Anliegen, diesmal korrekt mit Hausbewohnerin. Nachlassangelegenheit Westerbrink-Klingenbeil. Ich sei der Erbe, ein Verwandter, entfernt zwar nur, aber –

»Aha, aha«, sagte Schwester Hertha, »dann rufen Sie gewiss wegen der Beisetzungskosten an –«

»Beisetzungs–?«

»– deren Begleichung noch aussteht.«

»– kosten??«

»Uns lag bislang keine Anschrift des oder der Erben vor, an die wir die Rechnung hätten schicken können.«

»Rechnung? Ich wollte eigentlich nur –«

»Gewiss doch, die Akte liegt hier noch. Moment bitte. – So, da hätten wir's schon. Es handelt sich um zweitausendachthundert Euro.«

»Zweitausend –«

»Zweitausendachthundert Euro und achtundsechzig Cent, ganz recht. Wie war doch noch mal gleich Ihr Name?«

»Ich, äh, also hören Sie, es geht erst einmal nur darum, festzustellen, ob ich überhaupt, also ob ich –«

»Ob Sie das Erbe antreten oder ausschlagen wollen«, sagte Schwester Hertha kühl und geschäftsmäßig. Mit Leuten meines Anliegens hatte sie es vermutlich häufiger zu tun und kam meiner nächsten Frage auch gleich zuvor, indem sie sagte, dass der Nachlass aus Mobiliar, Damengarderobe, Büchern, »persönlichen Utensilien« (was immer damit gemeint sein mochte, eine Kulturtasche vielleicht) und einem verschlossenen Koffer bestehe.

»Ein verschlossener Koffer?«

»Wahrscheinlich hat die Verstorbene den Schlüssel versteckt. Sie war gegen Ende doch etwas, nun ja, wunderlich. Ach«, seufzte die Direktorin, »die gute, alte Thea –«

»Thea?«

»Frau Westerbrink-Klingenbeil. Emma Theodora Elfriede. Sie nannte sich selbst nur Thea, und so wurde sie hier auch von allen genannt.«

In mir arbeitete etwas, drängte, dräute, drückte aus dem Vergessen ins Halbdunkel vager Erinnerungen. Thea – Katholisch – Der Groschen fiel. Ja doch, natürlich! »Tante Thea!«, rief ich ins Telefon.

»Ach, das war Ihre Tante?«

»Ja, beziehungsweise nein, nicht direkt, ich weiß gar nicht genau, wie das verwandtschaftliche Verhältnis ist. Kompliziert jedenfalls. Und sehr entfernt. Aber in unserer Familie wurde manchmal von einer Tante Thea geredet.«

»Na, sehen Sie«, sagte Schwester Hertha und schien am Telefon zu lächeln. »Dann wären die Verhältnisse ja geklärt, und ich kann Ihnen die Rechnung zustell–«

»Moment, Moment«, beeilte ich mich. »Was ist denn in dem Koffer?«

»Das wissen wir nicht so genau. Er ist ja verschlossen und Eigentum des rechtmäßigen Erben. Also Ihr Eigentum. Vorausgesetzt, Sie haben einen Erbschein. Wenn Sie aber einen Erbschein haben, müssen Sie auch für die Kosten der Beisetzung auf–«

»Das ist doch absurd«, sagte ich. »Um festzustellen, was mein Erbe ist, brauche ich einen Erbschein, und wenn ich dann feststelle, dass mein Erbe nur aus unbezahlten Rechnungen und Schulden besteht, ist es zu spät, das Erbe auszuschlagen, weil ich einen Erbschein habe.«

»Schulden hatte Thea nicht«, sagte Schwester Hertha besänftigend. »Sonst hätte sie es sich gar nicht leisten können, hier –, ich meine, davon hätten wir gewusst.«

»Hatte sie denn, wie soll ich sagen –?«

»Vermögen?« Schwester Hertha kannte ihre Pappenheimer. »Schwer zu sagen. Sie bezog eine recht ansehnliche Pension über ihren verstorbenen Ehemann, aber mehr kann ich Ihnen dazu telefonisch wirklich nicht sagen. Ich verstehe Ihr Problem sehr gut. Sie sind ja nicht der Erste, der dies Problem hat. Das liegt in der Natur der Sache und unseres Hauses. Ich mache Ihnen einen Vorschlag. Besuchen Sie uns hier in Berchtesgaden und weisen sich durch das Schreiben des Amtsgerichts als potenzieller Erbe aus. Dann können Sie in meinem Beisein den Koffer öffnen und anschließend entscheiden, ob Sie das Erbe antreten wollen oder nicht.«

Ich überlegte einen Moment. Die Direktorin wollte nicht auf den Beisetzungskosten sitzen bleiben. Das war verständlich. Ich wollte die Katze nicht im Sack kaufen. Das war auch verständlich. Ihr Vorschlag war ein Geschäft, auf gegenseitigen Interessen beruhend. Faire Sache. »Einverstanden«, sagte ich.

Sie bat darum, mein Erscheinen rechtzeitig anzumelden, und sagte zum Abschied »Servus«.

Obwohl bei derlei Familiensagas die Leichen üblicherweise im Keller zu liegen pflegen, stieg ich auf den Dachboden, weil dort ein verstaubter Karton mit Familiendokumenten aus dem Nachlass meiner Eltern auf den Kuss des Prinzen wartete, um aus seinem Dornröschenschlaf geweckt zu werden. Einer meiner Großonkel hatte allerlei Ahnenforschung betrieben und diverse Stammbäume angelegt. Aus beigelegten Briefen ging hervor, dass er auch etymologisch der Herkunft unseres Familiennamens nachgespürt hatte. Offenbar war ihm der slawische Einschlag des Namens allzu ungermanisch vorgekommen. Jedenfalls hatte er mit Sprachwissenschaftlern korrespondiert und sich im März 1933 von einem Leipziger Professor sogar ein Gutachten stellen lassen, demzufolge sich der Name Domcik vermutlich aus einer »Germanisierung der Wortbestandteile Dom und CIC ergeben« hätte. »CIC« stehe dabei für Codex Iuris Canonici, also das kanonische Kirchenrecht, woraus zu folgern sei, dass der Erstträger unseres Namens »im Hochmittelalter deutscher Domherr mit juristischen Befugnissen« gewesen sein müsse. Der Professor äußerte abschließend die Hoffnung, meinem Großonkel mit seinen »dem völkischen Gedanken verpflichteten Forschungsergebnissen« gedient zu haben, hatte seinem Schreiben gleich die Rechnung fürs Gutachten über stolze 350 Reichsmark beigefügt und sich mit »Heil Hitler!« empfohlen. Außerdem gab es mehrere Exemplare der braunscheckigen Familienstammbücher mit aufgedrucktem Hakenkreuz, die während des Tausendjährigen Reichs von jedermann geführt werden mussten.

In abgelegenen Verzweigungen der vergilbten, stockfleckigen Stammbäume und nur mühsam nachzuvollziehenden, teilweise auch schwer entzifferbaren Frakturenträgen in den Stammbüchern, tauchte der Name Westerbrink tatsächlich auf, nicht jedoch der per Bindestrich angehängte Name Klingenbeil, der möglicherweise auf den verstorbenen Gatten der Dame zurückzuführen war, von dem und dessen verheißungsvoller Pension Schwester Hertha gesprochen hatte. Soweit ich aus den unvollständigen und wirren Unterlagen schlau wurde, war Emma Theodora Elfriede Westerbrink-Klingenbeil eine Cousine zweiten oder dritten Grades meines Vaters, und zwar aus der ersten Ehe seiner früh verstorbenen Stiefmutter, die dann in zweiter Ehe meinen Großvater geheiratet hatte. Oder so ähnlich. In welchem Verwandtschaftsverhältnis ich demnach zu dieser Frau stand, war gar nicht mehr auszudenken, geschweige denn auszudrücken, vermutlich nicht einmal mit der Terminologie einer »dem völkischen Gedanken verpflichteten« Ahnenforschung. Aber immerhin: Respekt vor den genealogischen Spürnasen vom Nachlassgericht.

Ein einziges Mal bin ich Tante Thea auch persönlich begegnet. Jedenfalls erinnerte ich mich bei genauerem Nachdenken immer lebhafter an ein Familienfest Anfang der Sechzigerjahre. Da es sich um ein ungewöhnlich großes Fest gehandelt hatte, zu dem auch weit entfernte Verwandte geladen worden waren und sogar erschienen, musste es sich um den siebzigsten Geburtstag meiner Großmutter väterlicherseits gehandelt haben, die 1893 geboren wurde. 1963 war das also. Ich war damals zwölf Jahre alt und brachte vor versammelter Mannschaft meiner Oma ein Ständchen auf der Blockflöte. Es wurden auch allerlei Reden auf die rüstige Jubilarin gehalten, und Onkel Wilhelm mit seiner berüchtigten dichterischen Ader trug ein witzig gemeintes Gedicht vor, über das sogar höflich gelacht wurde. Der peinliche bis skandalöse Höhepunkt des Abends war jedoch der Auftritt von, Sie ahnen es schon, Tante Thea. Sie ließ nämlich eine Rede vom Stapel, die zwar als sentimentale Eloge auf ihre Tante um sechs Ecken begann, aber als Erweckungspredigt voll missionarischen Zorns und Eifers endete. Um den Eklat zu verstehen, müssen Sie wissen, dass meine Familie bis in die kleinsten und entferntesten Verästelungen ihres Stammbaums lupenrein protestantisch ist und war. Falls es den namensspendenden, juristisch orientierten Domherrn überhaupt je gegeben haben sollte, hatte der ja vor Martin Luthers Zeiten gewirkt, und seine Nachkommen hatten dem Papismus dann komplett abgeschworen. Zwar war auch gelegentlich katholisch eingeheiratet worden, und Mitte des neunzehnten Jahrhunderts soll sich Gerüchten zufolge sogar eine Jüdin in unsere Sippe verirrt haben, aber derlei abweichendes Verhalten war nach spätestens zwei Generationen gründlich evangelisch assimiliert, was als Beweis für die Überzeugungskraft des norddeutschen Protestantismus galt. Evangelische Pastoren gab es in fast jeder Generation, und auch beim besagten Fest müssen mindestens zwei anwesend gewesen sein.

Und nun also: Auftritt Tante Thea! Mit meinen zwölf Jahren verstand ich damals nur bruchstückhaft, worum es eigentlich ging, und an den genauen Wortlaut kann ich mich schon gar nicht erinnern, aber das Wesentliche habe ich behalten. Nachdem sie ihre Schwipptante mit einigen stereotypen Glückwunschformeln abgefloskelt hatte, nutzte Tante Thea die einmalige Gelegenheit einer Familienvollversammlung zu einer Erklärung, warum sie seit Ende der Vierzigerjahre allen familiären Kontakten aus dem Weg gegangen sei: Erstens hatte sie, die sogenannte Kriegerwitwe, im Jahre 1947 zum zweiten Mal geheiratet und ihrem Namen den Namen ihres neuen Ehemanns, also Klingenbeil, hinzugefügt, doch war dieser Georg Klingenbeil vor drei Jahren verstorben. Das Publikum, das von dieser Ehe nicht die geringste Ahnung hatte, war noch gar nicht recht entschieden, ob man staunen oder sich echauffieren oder Tante Thea für die nunmehr doppelte Witwenschaft bedauern sollte, als sie schon die zweite, weitaus sprengkräftigere Bombe platzen ließ. Sie war zum Katholizismus konvertiert! Ich entsinne mich an empörtes Gemurmel und fassungslose Gesichter. Hatte Thea den Verstand verloren? Da sie in Kenntnis unseres Radikalprotestantismus mit dieser Reaktion gerechnet haben musste, war ihre Eröffnung als pure Provokation zu verstehen, die sie dann gezielt auf die Spitze trieb, indem sie ihrem zweiten Exgatten, Gott hab ihn selig, und dem Heiligen Geist persönlich dafür dankte, ihr den Weg zum allein selig machenden Glauben gewiesen zu haben. »Es gibt«, sagte sie, und an diesen einen Satz kann ich mich wortwörtlich erinnern, weil ich ihn überhaupt nicht begriff, »es gibt jenseits der heiligen katholischen Kirche keine Wahrheit.« Und dann bekreuzigte sie sich, blickte mit einem zwischen Blödigkeit und Verklärung changierenden Lächeln in die Runde und setzte sich wieder.

Totenstille im Saal. Meine Großmutter griff leichenblass zu ihren Herztabletten. Schließlich schaute einer der anwesenden Pastoren demonstrativ auf die Uhr und sagte ins betretene Schweigen: »Für die Kinder ist es jetzt Zeit.« Wahrscheinlich sagte er das nur, weil irgendjemand irgendetwas sagen musste. Die allgemeine Erstarrung löste sich dann auch in rumorendes Murmeln und Tuscheln auf, aber wir Kinder fanden es wahnsinnig ungerecht, dass wir die Party ausgerechnet in dem Moment verlassen sollten, als sie interessant zu werden versprach. Über den weiteren Verlauf des Festes verloren meine Eltern mir gegenüber nie ein Wort, und der Name Tante Theas galt in unserer Familie seither als Unwort.

Ende der Sechzigerjahre hat mein Vater mir dann allerdings einmal allerlei Details aus Tante Theas vorkatholischem Leben aufgetischt. Und das kam so: Erfüllt von gründlich unverdauter, dafür aber umso besserwisserischerer Ideologiekritik und spätpubertär-moralisierendem Abrechnertum gegenüber der des Faschismus verdächtigen Elterngeneration hatte auch ich meine Eltern wieder einmal in eine dieser Diskussionen gezwungen, die seinerzeit vermutlich in jeder bürgerlichen Familie durchdekliniert wurden. Sie führten fast immer zu einer fatalen Verhinderung der Zeugenschaft, weil die verstrickten Mütter und Väter, mit falschen Fragen und kurzschlüssigen Vorverurteilungen konfrontiert, ihre Erfahrungen gar nicht äußern konnten, ohne gleich zu Kriegsverbrechern oder Altnazis gestempelt zu werden. Der Rest war dann gekränktes Schweigen. So auch bei uns.

Nachdem wir uns jedoch eine Weile angeschwiegen hatten, sagte mein Vater plötzlich: »In unserer Familie gab es keine überzeugten Nazis. Mit einer Ausnahme. Thea.« Und dann erzählte er, dass seine saubere Stiefcousine zweiten Grades, die inzwischen bekanntlich im Schoß der katholischen Kirche in Deckung gegangen war, bereits 1931, als Einundzwanzigjährige also, Mitglied der NSDAP geworden sei. Ab 1933 habe sie dann schnell Karriere gemacht und es zu einer Führungsposition im BDM gebracht. Eine glühendere Nationalsozialistin als sie habe mein Vater nie kennengelernt. An Hitler habe sie geglaubt wie an den Heiland. Anfang der Vierzigerjahre habe sie sich sogar darum beworben, als Gebärmaschine in einer der Lebensborn-Zuchtanstalten dem Führer reinrassigen Heldennachwuchs zu schenken, sei aber aus Altersgründen abgewiesen worden. Gleich im Anschluss habe sie einen Offizier der Waffen-SS geheiratet, der kurz vor Kriegsende von einem russischen Militärgericht hingerichtet worden sei, was Thea zur Kriegerwitwe gemacht habe. Dann schwieg mein Vater wieder eine Weile, bis er schließlich sagte: »Und jetzt hat sie einen anderen Führer gefunden.«

Ob das die Wahrheit über Tante Thea war oder eine verspätete Rache dafür, dass sie damals den siebzigsten

Geburtstag meiner Großmutter ruiniert hatte, wusste ich nicht. Aber wer weiß, dachte ich, als ich den Karton mit den genealogischen Trümmern wieder verschnürte, was da wohl so alles in Tante Theas Koffer steckt?

5

Es roch nach kaltem Malzkaffee und Desinfektionsmitteln, aufgewärmtem Blumenkohl, welken Schnittblumen und der süßlichen Würze von Räucherstäbchen. Räucherstäbchen? Im Altersheim, pardon, in der Seniorenresidenz? Sollten etwa schon erste Veteranen der Flower-Power-Generation ihren Einzug ins Love-and-Peace-Endlager *Maria Hilf* gehalten haben? Hockten hier irgendwo hinter den klinisch-weißen Schleiflacktüren des Flurs ein paar ergraute, privat versicherte Uralthippies, ließen zu Sitar-Gezitter den Joint auf Krankenschein kreisen und meditierten vorahnungsvoll über dem Tibetanischen Totenbuch als finalem Reiseführer?

»Hier, bitte«, sagte Schwester Hertha resolut und reichte mir ein Papiertaschentuch, das sie aus den Tiefen ihres Ordenskleids hervorgezaubert hatte.

»Ich, äh, danke, aber was soll ich –«

»Sie schnüffeln so, als hätten Sie sich erkältet. Oder ist es die Rührung wegen Ihrer verschiedenen Tante?«

»Es ist nur – dieser Geruch.«

»Welcher Geruch?« Unter der gestärkten Haube warf sie mir einen tadelnden Blick zu, als hätte ich nicht Geruch, sondern Gestank gesagt. »Hier entlang bitte.« Sie deutete nach links, wo der Flur sich vor einem großen Fenster gabelte, dessen Bleiverglasung eine auf einer Wolke schwebende, von jubilierenden Engeln umsegelte

Madonna zeigte. Der Geruch war jetzt noch intensiver geworden. »Da rechts geht's zu unserer Hauskapelle. Sie liegt«, hier machte Schwester Hertha eine offenbar wohlkalkulierte Kunstpause und verzog das Gesicht zu einem routinierten Schmunzeln, das vermutlich verschmitzt wirken sollte, »am Ende des Ganges.«

»Ach so.« Mir dämmerte es olfaktorisch, »Weihrauch. Der Ge-, der Duft, meine ich. Das ist ja Weihrauch.«

»Ganz recht. Und zwar«, wiederholte sie, »am Ende des Ganges.«

Nun dämmerte mir's auch kalauerisch, fiel mir doch prompt der Text eines albernen Schlagers aus den Fünfzigerjahren ein: Kalkutta liegt am Ganges, Paris liegt an der Seine, doch dass ich so verliebt bin, das liegt an Madeleine. Auch die Melodie war mir unangenehm präsent. Sogar den »Interpreten« wusste ich noch, nämlich Vico Torriani, der sich vom Kellner in einer Schweizer Pizzeria zum Schlagerzombie heruntergearbeitet hatte. Unfassbar eigentlich, welchen Schwachsinn man in seiner Erinnerung mit sich herumschleppt; irritierend, wie viel Schrott man in seinem Kopf deponiert, der dann ungerufen und zuverlässig im falschen Moment herausquillt; rätselhaft, was man noch alles weiß, ohne zu wissen, dass man es weiß. Damals dachte ich nicht weiter darüber nach, weil meine Aufmerksamkeit auf einen ganz bestimmten und konkreten Gegenstand fixiert war, Tante Theas Koffer nämlich. Indem ich jenen Moment nun aber schreibend rekonstruiere, geht mir auf, dass mich damals ein Schub unwillkürlicher Erinnerung überkommen haben muss, jene *mémoire involontaire*, der Marcel Proust sein komplettes Werk verdankte. Das lag nämlich auch an einer Madeleine, wenn auch nicht an einer Frau, sondern an dem Gebäck gleichen Namens, dessen Duft, als

Proust es in den Tee tunkte, ihm die ganze verlorene Zeit der Kindheit aus der Erinnerung aufsteigen ließ. Und bei mir hatte die Kombination von Weihrauchduft und Wortklang Ganges so stimulierend aufs unwillkürliche Erinnerungsvermögen gewirkt, dass mir eben jener unsägliche Schlager wieder eingefallen war. Es kann unmöglich Zufall sein, dass bei Proust wie bei mir Madeleine zum Zauberwort wurde – nur dass ich Vollidiot dem Erinnerungsreiz nicht nachging, der sonst gewiss auch mir meine komplette Kindheit mit allen Nuancen und Details ins Bewusstsein gespült hätte. Aber nein, ich war ja bis zur Blödigkeit versessen auf Tante Theas Reichtümer und schlug deshalb die Chance unendlicher Inspiration für einen Jahrhundertroman schnöde in den Wind bzw. in die Gerüche der Berchtesgadener Seniorenresidenz. Kalkutta liegt am Ganges, Paris liegt an der Seine, und wenn ich daran denke, dann kriege ich Migrän(e). Zugegeben, kein guter Reim, aber wenn ich daran denke, und ich denke oft daran, könnte ich mir vor Wut ins Knie beißen. Und vielleicht mache ich das eines Tages auch noch. Jetzt muss ich aber erst einmal die unselige Bestsellersache klarstellen und mit der Wahrheit heraus.

Und die wartete nicht in der weihrauchschwangeren Hauskapelle, sondern in der Gegenrichtung. Schwester Hertha lotste mich an Gummibäumen und Yucca-Palmen vorbei in einen anderen Gebäudetrakt. »Hier«, sagte sie, »befinden sich unsere Seniorenapartments für betreutes Wohnen der gehobeneren Kategorie. Komfortsuiten, eineinhalb bis zweieinhalb Zimmer mit jeweils eigenem Bad und integrierter Küchenzeile. Sämtliche Einheiten liegen nach Süden, verfügen über Balkon oder Terrasse und bieten ein eindrucksvolles Bergpanorama. Alles in behindertengerechter Ausstattung.« Die Direktorin schnurrte diese Objektbeschreibungen heraus wie eine smarte Immobilienmaklerin, die in mir einen potenziellen Käufer oder Mieter am Haken zu haben glaubte. Leerstände, setzte sie dann auch zielstrebig nach, gebe es praktisch nie. Auch die Suite, die meine »werte Frau Tante« bewohnt habe, werde ab kommender Woche wieder belegt sein. Die Warteliste des Hauses sei lang. Es gebe Bewerber, die sich bereits in meinem Alter vormerken ließen. »Der kluge Mann«, sagte sie wörtlich, »baut vor«, schmunzelte wieder und ergänzte: »Die kluge Frau erst recht.«

Woher sie denn eigentlich wisse, wie alt ich sei, wollte ich fragen, ließ es aber sein, weil der Spezialistenblick hinter Schwester Herthas enormer Hornbrille mir sagte, dass sie entsprechende Schätzungen jahr-, wenn nicht monatsgenau abzugeben im Stande wäre. Erfahrungswissen sozusagen. Es soll ja auch Weinkenner geben, die nicht nur Rebsorte und Jahrgang herausschmecken, sondern auch noch Bodenbeschaffenheit, Hanglage und durchschnittliche Sonnenscheindauer des entsprechenden Jahrs. Und Literaturkritiker, die bereits nach Lektüre der Verlagsvorschau wissen, ob ein Werk gelungen oder gescheitert, »relevant« oder vernachlässigbar ist.

Die Suite, die meine »werte Frau Tante« bewohnt hatte, war bis auf ein schlichtes Holzkruzifix an weißer Wand nirwanahaft leer. Hier roch es nur noch nach Desinfektionsmitteln.

»Unsere Gäste«, erklärte Schwester Hertha, »richten sich üblicherweise mit eigenem Mobiliar ein. Ihre Tante Thea hatte auch einige sehr schöne Stücke. Die haben wir zusammen mit dem restlichen Nachlass eingelagert.«

Ich nickte vor mich hin und ging zur Glastür, die auf einen Balkon führte. »Alpenpanorama also«, murmelte ich, was angesichts der den Horizont imposant füllenden, grau, grün und blau schimmernden Massive und zackighimmelstürmenden Gipfel wohl hoffnungslos matt und ignorant klang.

»Ihrer Tante war dieser Ausblick das Wichtigste. Oft hat sie hier still in ihrem schönen Rokoko-Sessel gesessen und das Panorama in sich aufgenommen, gegenüber dem der Mensch Bescheidenheit lernen und die Schönheit und Größe von Gottes Schöpfung ermessen kann.« Die Direktorin war neben mich getreten, tippte mit dem Zeigefinger gegen die Scheibe, nannte den Namen eines Berges, tippte zwei Zentimeter weiter erneut gegen die Scheibe, nannte einen weiteren Namen, doch nach dem vierten oder fünften Tippen hatte ich den ersten Namen schon wieder vergessen. Nach Lektionen in alpiner Geografie und Bescheidenheitspredigten war mir nicht zumute. Ich wollte ganz im Gegenteil endlich den Nachlass sichten, von dem ich mir das Ende meiner Bescheidenheit versprach.

Um dennoch ein Quentchen Interesse oder gar Ergriffenheit zu heucheln, fragte ich schließlich, ohne darüber nachzudenken, nach dem einzigen Ort, der mir in der Berchtesgadener Region ein Begriff war: »Und wo liegt der Obersalzberg?«

Schwester Herthas routinierte Munterkeit und lebhaft-ausladende Gestik gerann schlagartig. Sie erstarrte gewissermaßen zu einer Obersalzsäule und warf mir einen misstrauischen Blick zu, als wollte sie sagen: Ach, so einer sind Sie also! Indem die Direktorin sich von der Balkontür abwandte, machte sie noch eine wegwerfende Handbewegung in Richtung Größe und Schönheit von Gottes Schöpfung und sagte vage: »Gleich da hinten rechts.« Hätten die amerikanischen Bomberpiloten, die vierzehn Tage vor Kriegsende Hitlers Berghof in Trümmer gelegt hatten, Schwester Hertha nach dem Obersalzberg gefragt, hätten sie ihr Ziel garantiert verfehlt.

Ich allerdings war so zielgenau wie besinnungslos ins Fettnäpfchen deutscher Geschichte getreten, das an diesem Ort, wie konnte es anders sein, natürlich ein gigantischer Fettcontainer war. Hielt sie mich etwa für einen Nazinostalgiker? Nur weil ich mich nach dem Obersalzberg erkundigt hatte? Das besagte doch gar nichts. Die Frage konnte ebenso gut Ausdruck des tadellosen Antifaschismus eines schwerst betroffenen Vergangenheitsbewältigers aus der Generation ideologiekritischer Nazisöhne sein. Oder schleppte die Direktorin auf der eiskalten Schulter, die sie mir plötzlich zeigte, womöglich etwas herum, was mit Tante Thea zu tun hatte? Nach dem, was mein Vater über sie erzählt hatte, war sie ja eine fanatische Nationalsozialistin gewesen, die dann nicht minder fanatisch zum Kreuz des allein selig machenden Glaubens gekrochen war. Solche Konvertierungen waren vermutlich häufiger vorgekommen, und hinter den weißen Schleiflacktüren saßen keine kiffenden Althippies, sondern in Deckung gegangene, allerletzte Altnazis, die im Anblick des Obersalzbergs von ihrer großen Zeit im Tausendjährigen Reich träumten. Vielleicht war es dann umgekehrt so, dass Schwester Hertha mich für eine Art Nazijäger hielt, der ihrer Klientel ans Leder wollte und mit seiner harmlos klingenden Frage nach dem Obersalzberg nur mal auf den Busch geklopft hatte?

Mein Verdacht verstärkte sich noch, nachdem sie angekündigt hatte, mir nunmehr den Nachlass präsentieren zu wollen und mich auf dem Weg zur Rezeption unvermittelt fragte: »Und was machen Sie so beruflich?«

Mit meiner vorgestanzten Abwimmelantwort Esperanto-Übersetzer hätte ich die Frau nur unnötig gegen mich aufgebracht, von Pornoproduzent zu schweigen. Ich zögerte einen Moment. Die Wahrheit auszusprechen, führt bekanntlich fast immer zu Verstimmungen, und in dieser Situation würde das vermutlich erst recht so sein. Denn angesichts der ständig steigenden Flut von Vergangenheitsbewältigungsliteratur und florierender Holocaustindustrie musste ich den Verdacht, im Schatten des Obersalzbergs irgendwelchen investigativen Impulsen nachzugehen, als Schriftsteller gewiss noch weit stärker erregen, als hätte ich mich als Staatsanwalt ausgegeben. Am Ende würde man mich womöglich noch für den als Lukas Domcik verkleideten Günther Wallraff halten. Keine schöne Vorstellung. Also die Wahrheit. Zähneknirschend.

»Beruflich mache ich Schriftstellen«, versetzte ich schließlich absichtsvoll verquer, um der Dämlichkeit der Frage zumindest sprachlich Paroli zu bieten.

Wieder traf mich Schwester Herthas Ach-so-einer-sind-Sie-also-Blick, der jedoch rasch einem wissenden Lächeln und verständnisinnigen Nicken wich. »Das liegt bei Ihnen also in der Familie«, sagte sie.

»Wie meinen Sie das?«

»Nun ja«, sagte sie versonnen, »die gute Thea, Ihre werte Frau Tante, die hat ja auch an ihren Memoiren geschrieben. Zumindest hat sie davon gesprochen, sie schreiben zu wollen.«

»Ihre – Memoiren?«

»Erinnerungen, ganz recht. Manchmal nannte sie das auch ihre Lebensbeichte. Neben unseren Gymnastik-, Handarbeits- und Bastelgruppen bieten wir auch gelegentlich Kurse für kreatives Schreiben an. Es ist ja immer gut, wenn unsere Senioren derlei Schönes tun. Vor allem Lyrik. Obwohl Ihre Tante eher prosaisch war. Bei diesen

Schreibkursen hat sie jedenfalls voller Begeisterung mitgemacht. Sie hat sogar ganz gern mal ein gutes Buch gelesen. Luise Rinser, Ernst Wiechert, Agnes Miegel, Werner Bergengruen, diese Richtung halt. Und bis zuletzt immer wieder alles von Guido Knopp. Kennen Sie den? Diesen Fernsehaufklärer?«

»Und ob«, sagte ich, beeilte mich aber zu versichern, dass ich ihn nicht persönlich kenne, erinnerte mich schaudernd und dennoch entsagungsvoll an die Lektüre meiner Bahnbekanntschaft und dachte an die Stapelware, die einem in jeder besseren und schlechteren Buchhandlung Weg und Blick versperrt: *Die Frauen des Führers; Die Hitler-Briefmarke als Sammelobjekt; Orgien unterm Hakenkreuz: Die große Skandalgeschichte des Dritten Reichs; Goebbels' gesammelte Geliebte; Blondie, Gefährtin des Bösen; Hitlers geheimer Diätplan; Hitlers lebenslustige Cousinen.* Diese Richtung halt. »Zum Kotzen«, nuschelte ich vor mich hin.

»Wie bitte?«, erkundigte sich die Direktorin pikiert.

»Zu komisch«, sagte ich akzentuiert, »einfach zu komisch, dass Tante Thea ihre Memoiren –«

»Wieso komisch?«, fragte Schwester Hertha. »Sie schreiben doch auch.«

Das klang nun schon verdächtig nach einer gezielten Beleidigung, aber bevor ich mich über meine mangelnde Schlagfertigkeit ärgern konnte, hatten wir bereits die Eingangshalle der Seniorenresidenz erreicht, wo uns ein junger Mann in Jeans und T-Shirt mit dem Aufdruck *When I'm Sixty-Four* erwartete.

»Das«, wurde er mir vorgestellt, »ist unser Herr Jürgens. Er kümmert sich um fast alles, also auch ums Nachlasslager. Wir wüssten gar nicht, was wir ohne ihn machen sollten.«

Als ich ihm die Hand gab, fragte ich, ob er hier seinen Zivildienst ableistete.

»Schön wär's«, sagte er mit schiefem Grinsen, »Ein-Euro-Job.«

»Ach so«, sagte ich, als ob mir klar sei, was das überhaupt bedeutete. Solche Grausamkeiten gab es also tatsächlich.

In einem VW-Bus chauffierte unser Herr Jürgens Schwester Hertha und mich zu einer Lagerhalle in einem Gewerbegebiet an der Berchtesgadener Peripherie. Der vordere Teil der Halle war mit Containern, Kisten und Kartons auf Paletten und allerlei Gartengeräten und Maschinen belegt; der hintere Teil war durch eine Metallgitterwand abgetrennt, in der sich eine Tür mit Vorhängeschloss befand. Unser Ein-Euro-Mann zückte einen gewichtigen Schlüsselbund, öffnete die Tür und führte uns zielstrebig durch ein Labyrinth aus gestapelten Umzugskartons und Mobiliar, das, zu kleineren und größeren Haufen zusammengestellt, teilweise mit stockig müffelnden Decken verhängt war.

»Hier«, sagte Jürgens schließlich, blieb vor einem dieser trostlosen Stapel stehen und deutete auf den Namenszug, der mit lila Filzschreiber auf etwa ein Dutzend Umzugskartons gekritzelt war: Westerbrink-Klingenbeil. Ergänzt war der Namenszug jeweils mit Inhaltsmarkierungen der einzelnen Kartons. Viermal Garderobe. Dreimal Haushaltswaren. Einmal Bücher. Dreimal Diverses. Einmal Persönliches. Anders als Tisch, Stühle, Couch, Garderobenständer und eine Kommode waren drei Gegenstände des Stapels mit Decken verhängt, und als Jürgens sie nun wegzog, wusste ich sogleich den Grund für die pfleglichere Behandlung. Zum Vorschein kam nämlich kein Flohmarktramsch, sondern erstens ein Jugendstilsekretär aus Mahagoni mit Elfenbeinintarsien; zweitens ein gerahmtes Ölgemälde etwa im Format DIN A3, ersichtlich von einem Hobbymaler auf altmeisterliche Detailtreue gequält, das einen kleinen Bergbauernhof zeigte; sowie drittens der zierliche Rokokosessel, von dem Schwester Hertha schon erzählt hatte.

Ein paar Sekunden standen wir schweigend und ratlos. Im harten Neonlicht der Lagerhalle tanzte der aufgewirbelte Staub über den materiellen Resten von Tante Theas Erdenwallen. Der Koffer, wollte ich fragen, wo ist denn nun der Koffer? Aber weil mir das irgendwie pietätlos und raffgierig vorkam, verzog ich lediglich das Gesicht zu einer Grimasse, die Ergriffenheit signalisieren sollte.

Schwester Hertha schien aber über telepathische Fähigkeiten zu verfügen, denn kaum hatte ich mir die Frage verbissen, sagte sie ohne Umschweife: »Der Koffer befindet sich übrigens im Karton Persönliches. Herr Jürgens, wenn Sie mal bitte so freundlich sein wollen.«

Ein-Euro-Jürgens hob Persönliches vom Stapel, stellte den Karton vor uns auf den Betonboden, klappte ihn auf und zog einen braunen, bestoßenen, abgewetzten und eingedellten Lederkoffer mit Messingbeschlägen heraus.

»Öffnen«, befahl Schwester Hertha.

Ihr Faktotum zog einen Schraubenzieher aus der Tasche und erbrach damit mühelos die beiden Schlösser. Der Deckel des prall gefüllten Koffers sprang auf. Papiere quollen heraus.

Mit vor Aufregung trockenem Mund und weichen Knien trat ich näher. Was barg dieser Hort? Welche Schätze harrten meiner als rechtmäßigem Erben? Unterlagen über Schweizer Nummernkonten? Aktienpakete? Oder, eingedenk Tante Theas braunstichiger Biografie, zumindest doch Dinge, die in der gegenwärtigen Betroffenheitsbesoffenheit gewinnbringend zu verscherbeln wären. Beispielsweise Lagepläne fürs legendäre Nazigold. Da könnte man ja womöglich sogar auf eigene Faust zum Schatzsucher werden. Oder Hermann Görings intime Tagebücher. Der *stern* würde ein Vermögen dafür auf den Tisch legen. Oder Aktstudien aus dem Lebensborn. Guido Knopp und der *Playboy* würden sich um die Rechte reißen. Ich schob mir die Lesebrille auf die Nase.

Die Direktorin blickte gelangweilt, ihr Mann fürs Grobe desinteressiert. Diese Ignoranten erwarteten offensichtlich nichts als Altpapier. Meine Hände zitterten jedoch, als ich nach den Papieren griff, mit Gummibändern zusammengehaltene Stapel linierten Briefpapiers, beschrieben mit blauer Tinte in krakeliger, kaum entzifferbarer Greisenschrift. Das konnte unmöglich alles sein. Ich durchwühlte den weiteren Inhalt des Kartons Persönliches. Rechnungen. Kaufverträge. Versicherungsbescheinigungen. Krankenkassenunterlagen. Stapelweise Kreuzworträtselhefte. Ansichtskarten. Und jede Menge bräunlicher Staub, der, von meinen hektischen Bewegungen aufgewirbelt, in der Zugluft der Halle verwehte.

»Ich habe es Ihnen ja gesagt.« In Schwester Herthas gleichgültiger Stimme schien ein Hauch Spott oder Schadenfreude mitzuschwingen, aber vielleicht bildete ich mir das in meiner Enttäuschung auch nur ein. Durfte sie überhaupt schadenfroh sein? Galt den Katholiken Schadenfreude nicht als lässliche Sünde? Und schreibt man lässlich nicht eigentlich mit ß? Egal, ich bin protestantisch sozialisiert, und die sogenannte neue Rechtschreibung geht mir sowieso voll am Arsch vorbei.

»Gesagt? Was denn gesagt?«

Die Direktorin griff nach einem der mit Gummibändern gebändigten Manuskriptstapel und klopfte mit der flachen Hand darauf herum, als klopfe sie jemandem, mir zum Beispiel, tröstend auf die Schulter. »Ihre Tante hat ihre Memoiren geschrieben.«

Ich ließ mich in den Rokokosessel fallen und fuhr mir mit staubschwarzen Händen durch Gesicht und Haare. Aus der Traum vom Reichtum. Zerplatzt die Seifenblase einer sorgenfreien Zukunft. Memoiren aus dem Seniorenkurs Kreatives Schreiben. Außer Spesen nichts gewesen – zugegeben, eine wenig originelle Formulierung, aber manchmal trifft ein gutes Klischee die Realität eben doch schmerzlich genau. So, wie es illusionsfördernde Lügen gibt, gibt es auch wahrheitsfördernde Klischees. Und die sollte man als verantwortungsbewusster Autor nicht unterschlagen.

»Nun lassen Sie mal nicht den Kopf hängen«, sagte die Direktorin. »Wir setzen uns jetzt in aller Ruhe in meinem Büro zusammen und finden eine vernünftige Lösung.«

Schwester Hertha marschierte resolut voran, ich folgte wie in Trance. Unser Herr Jürgens schloss hinter uns wieder ab, was abzuschließen war, und trug mir Tante Theas Koffer hinterher, als hätte ich ihn darum gebeten.

Wieder in der Seniorenresidenz *Maria Hilf* angekommen, führte die Direktorin mich in ihr Büro, ließ Kaffee kommen, zauberte aus ihrem Schreibtisch sogar eine Flasche Weinbrand *Mariacron* hervor, schenkte ein Glas ein und nickte mir aufmunternd zu. Nachdem ich mir den seifig schmeckenden Verschnitt als Erste-Hilfe-Maßnahme hinter die Binde gekippt und einen tiefen Seufzer getan hatte, blätterte Schwester Hertha in einem Aktenordner und erklärte knapp, präzise und offenbar bestens vorbereitet, was sie unter einer vernünftigen Lösung verstand. Für den unwahrscheinlichen Fall, dass ich die Erbschaft anzunehmen gewillt sei, kämen Kosten von gut

4000 Euro auf mich zu, nämlich, wie bereits bekannt, die Beisetzungskosten zuzüglich, wie mir bislang nicht bekannt, Kosten für die Räumung und Säuberung der Komfortsuite, für den Abtransport des Nachlasses und dessen fachgerechte Einlagerung sowie diverse Verwaltungs-, Bearbeitungs- und Abwicklungsgebühren.

»Wenn Sie sich mal vergewissern wollen«, sagte sie und schob mir den Ordner zu. Ich winkte stöhnend ab. Sie schob mir die Flasche hin. Ich griff zu.

Gegen dies Soll stehe jedoch auch ein gewisses Haben, und zwar in Form von Mahagonisekretär, Rokokosessel und Gemälde. Für diese Wertgegenstände habe man vorsorglich die Expertise eines Antiquitätenfachmanns eingeholt, der zufolge die beiden Möbelstücke mit zirka jeweils 1000 Euro, das Bild mit maximal 2000 Euro zu veranschlagen seien, womit sich summa summarum ein Saldo von quasi plus/minus null ergebe. Die Seniorenresidenz sei bereit, die entsprechenden Transaktionen durchzuführen, mein Einverständnis vorausgesetzt. Sollte ich allerdings wider Erwarten die Erbschaft antreten wollen, sei die Begleichung der Kosten in einer Frist von –

So oder so ähnlich redete die fromme Frau seelenruhig auf mich ein wie mein Steuerberater, dessen Winkelzügen ich aber immer nur insoweit folgen kann, als am Ende ein Steuer-, also naturgesetzliches Minus für mich herauskommt. Hier lag die Sache zwar nur unwesentlich erfreulicher, aber immerhin weitaus simpler: Der Nachlass deckte die Kosten. Schlug ich die Erbschaft aus, hatte ich mit der leidigen Sache nichts mehr zu tun. Nahm ich sie an, saß ich auf den Kosten, aber auch auf den Möbeln und dem Bild und musste zusehen, wie ich sie kostendeckend versilbern konnte. Und auch den wertlosen Teil des Nachlasses hätte ich zu entsorgen, wodurch weitere Kosten entstünden. Wie ich's auch drehte und wendete, es war und blieb ein Nullsummenspiel, vorausgesetzt, die Expertise war seriös.

Hier bewies Schwester Hertha ein weiteres Mal ihre telepathische Begabung, die vielleicht auch nur schnöde Routine war, indem sie den Ordner an einer anderen Stelle aufschlug. »Wenn Sie sich mal anschauen wollen, was unser Antiquitätenexperte errechnet –«

Nein, das wollte ich nicht. Ich wollte nur noch in mein Hotel, die Minibar plündern und mit Blick aufs Alpenpanorama oder die Champions League meinen Seelenfrieden finden. Oder zumindest mal danach suchen. »Ich nehme an«, murmelte ich matt.

»Wie bitte?« Schwester Hertha schien entgeistert. »Sie wollen die Erbschaft wirklich annehmen?«

»Nein, nicht die Erbschaft. Ich nehme Ihre Empfehlung an, die Erbschaft auszuschlagen.«

Und Schwester Herthas wohlwollendes Angebot, darauf einen weiteren *Mariacron* anzunehmen, schlug ich gleichfalls aus, rang mir ein paar Dankesformeln und Abschiedsfloskeln ab und machte mich in einem irgendwie semisomnambulen Zustand auf den Weg ins Freie.

In der stillen, stadteinwärts führenden Straße war die Luft rein, und ich atmete tief durch. Weiße Schäfchenwolken segelten tröstlich und milde im hohen Blau über den Gipfeln. Welcher von denen war doch noch gleich der Watzmann? Egal. Und welcher der Obersalzberg? Scheißegal. Alpenpanorama? Total scheißegal. Als Eingeborener der norddeutschen Tiefebene würde mir, anders als meinetwegen Nietzsche, die Bergwelt ewig fremd bleiben. Mein Seelenfrieden lag an Meeresstränden, rauschte in Brandungswellen wie meinetwegen – mein Name. Rief da nicht einer meinen Namen?

Aus meiner Meditation aufgeschreckt, schaute ich mich um und sah, dass mir Ein-Euro-Jürgens dienstgeilen Schritts auf den Fersen war. Er trug den Koffer. Schwester Hertha, keuchte er atemlos, als er zu mir aufgeschlossen hatte, habe befunden, dass dieser Teil des Nachlasses in meine Hände gehöre. Die, so Jürgens, »Männoaren« meiner Tante müssten für mich doch von hohem Wert sein. Ich sei, habe Schwester Hertha gesagt, in solchen Angelegenheiten eine »Konifere«. Von wegen Schriftsteller und so. Er überreichte mir den Koffer. Ich wusste nicht, wie mir geschah, noch was ich tat. Jürgens marschierte erledigter Dinge altenheimwärts. Ich stand, den Koffer in der Hand, wie angewurzelt, starrte in einen akkuraten Vorgarten, dessen korrekte Rasenrasur von einer Edeltanne bewacht wurde. Von einer Konifere.

6

Auf der Rückreise vom Alpenpanorama in meine angestammte norddeutsche Niederung machte ich Zwischenstation bei meinem Verlag in Frankfurt am Main. Zur umständlichen Bezeichnung »am Main« sehe ich mich aus Gründen deutschlandpolitischer Korrektheit genötigt. Im fünfundvierzigjährigen Frieden des Kalten Kriegs lag für überzeugte Westmenschen wie mich Frankfurt immer und ausschließlich am Main. Dass es auch noch ein Frankfurt an der Oder geben sollte, hatte man vielleicht ungläubig staunend mal im Geografieunterricht der gymnasialen Unterstufe raunen gehört, aber das lag damit jenseits der Mauer und also im fernsten Osten, ferner als Timbuktu oder Kalkutta am Ganges. Erst als die verblühten Landschaften mit Gebrauchtwagen, Bananen und harter D-Mark zum Beitritt in die grenzenlose Freiheit der BRD geködert worden waren, tauchte auch dies zweite Frankfurt als irgendwie real existierende Stadt aus den Braunkohleschwaden der DDR auf. Und seitdem sagt unsereiner eben immer artig »am Main«, meint er Frankfurt. Frankfurt an der Oder meint man ja nie und will da auch gar nicht hin. Sie ahnen vielleicht schon, dass mir das als »Vereinigung« oder gar »Wiedervereinigung« verkaufte, teuer und immer teurer erkaufte Deutsch-Deutschtum keine echte Herzensangelegenheit ist, und ich bin sowieso und grundsätzlich weit davon entfernt, aus meiner Mördergrube ein Herz zu machen. Ich meine, wenn da etwas zusammenwachsen soll, was angeblich zusammengehört, müssten doch auch Eupen, Malmedy, Nordschleswig, Mallorca und womöglich Sansibar und Samoa mitwachsen und endlich mal am runden Tisch über den Beitritt ins BRD-Paradies verhandeln. Ich stimme allerdings zu, dass die Mauer aus den Köpfen verschwinden muss; die Mauer muss vielmehr dahin, wo sie hingehört.

Da ich mich dummerweise zur Wahrheit durchgerungen habe, muss ich gleichwohl gestehen, dass selbst ich radikaler Nationalverweigerer mir in den ersten Tagen der nationalen Besoffenheit gewisse Hoffnungen, also Illusionen, hatte einflößen lassen, und zwar durch Ralf Scholz, seinerzeit noch Lektor beim Strohbold Verlag, inzwischen Verlagsleiter bei Lindbrunn, meinem jetzigen Stammverlag in Frankfurt AM MAIN. Die DDR, hatte Scholz nämlich erwartungstrunken prognostiziert, sei ein, wenn nicht gar *das* klassische Leseland, und durch den Beitritt erweitere sich der literarische Markt schlagartig um zirka sechzehn Millionen lesewütige Büchernarren. Die Auflagen literarischer Titel würden also zwangsläufig in die Höhe schnellen, weshalb der Verlag in naseweiser Voraussicht bereits enorme Posten Papier vorbestellte, sich jede Menge Druckereikapazität sicherte und in der Euphorie sich nicht einmal lumpen ließ, mir endlich einen halbwegs fairen Vorschuss auf meinen damals entstehenden Roman *Letzte Siesta* einzuräumen. Im Gegenzug verpflichtete ich mich dazu, »Mauerfall, Wiedervereinigung, die deutsche Frage, irgendetwas in der Art« (O-Ton Scholz) in den Text einzubauen, was ich dann auch mit folgendem Satz halbwegs souverän erledigte: »Als ich mich im Morgengrauen des dritten Oktobers der italienischen Grenze näherte, dämmerte mir, dass ich mein Land an einem Datum hinter mir ließ, das besser nicht hätte gewählt sein können.«

Inzwischen war freilich auch das böse Erwachen heraufgedämmert, dass die verbliebenen Bewohner des verheißungsvollen Leselands ihre literarische Identität eher an BILD und *Super Illu* statt an schöngeistigen Erzeugnissen herausBILDeten. Und als ich eines Tages die notorischen Klassikerausgaben des Aufbau Verlags bei *Ikea* in Billy-Bücherregalen entdeckte, wo sie als Deko-Material die vermutlich viel teureren Blindbände ablösten, war die bittere gesamtdeutsche Wahrheit ans Licht gekommen. Fast schon überflüssig, wenn ich in eigener Sache noch anmerke, dass der östlichste Punkt, den ich auf meinen Lesereisen bislang erreicht habe, das Literaturhaus in West-Berlin ist und die Verkaufszahlen meiner Werke in jenen düsteren Landstrichen noch mieser sind als in Eupen und Malmedy.

Im Hotel hatte ich gestern Abend noch ein bisschen in Tante Theas Koffer gestöbert: Vielleicht hatte sie zwischen all den Manuskripten ja doch noch einen Scheck oder dergleichen versteckt? Es gab auch ein ziemlich zerfleddertes Fotoalbum mit den üblichen Schnappschüssen – ein Scheck oder gar Bargeld fand sich aber nirgends. Und die Aufzeichnungen mochten als Dokumente beinhart-ewiggestriger Unverbesserlichkeit für einschlägig Interessierte nicht einmal völlig uninteressant sein, doch angesichts eines als »So-netten-Kranz« bezeichneten Konvoluts mit dem Titel »Unser Glaube ist eure Stärke«, dessen einzelne Sonette jeweils einem der übelsten Schwerverbrecher gewidmet waren (also Hitler, Eichmann, Göring, Goebbels etc.), musste ich unverzüglich kotzen, unter anderem *Mariacron*, und beschloss, den Koffer samt Inhalt diskret zu entsorgen.

Zuerst wollte ich ihn einfach im Hotel liegen lassen, aber da ich meine Heimatadresse im Meldeformular angegeben hatte, hätte man sich nach Sichtung des Inhalts eine peinliche Vorstellung meines Geisteszustands gemacht, mich womöglich für einen neonazistischen Propagandakurier gehalten und mir den Verfassungsschutz auf den Hals gehetzt, oder, schlimmer noch, mir den braunen Sondermüll unfrei nach Hause nachgeschickt. Auf dem Berchtesgadener Bahnhof suchte ich nach einem Müllcontainer, der groß genug gewesen wäre, den Koffer zu verdauen, fand aber nur die auf allen deutschen Bahnhöfen stehenden Kombicontainer, deren garantiert sortenreine Mülltrennung keinen Einwurfschacht für Koffer bietet. Als ich in München umsteigen musste, ließ ich die heiße Ware einfach im Gepäckgitter liegen, aber der Herr im Lodenjackett, der mir gegenübersaß, deutete, ohne von seiner Reiselektüre *Jagd und Hund* aufzuschauen, mit dem Zeigefinger nach oben und sagte, ich solle bloß nicht mein Gepäck vergessen: das könne der Bahn so passen. Da der Zug aus Berchtesgaden mit bahnüblicher Verspätung einfuhr, blieb mir beim hektischen Umsteigen keine Zeit, mich des Koffers zu entledigen. Ich schleppte ihn also mit in den ICE und verfiel dann bei einem miserablen Kaffee im Bordbistro auf den Gedanken, das Scheißding bei meiner Ankunft im Hauptbahnhof Frankfurt (Main!) in einem Schließfach zu deponieren und den Schließfachschlüssel im Main zu versenken. Wenn dann eines fernen Tages das Schließfach amtlich geöffnet werden würde, ließen sich zwar noch meine Fingerabdrücke auf dem Koffer nachweisen, aber so genau dürfte es der Verfassungsschutz dann ja wohl doch nicht mehr nehmen.

Aber Pustekuchen! Am Bahnsteigende erwartete mich

nämlich bereits Doris Wagner, Ralf Scholz' Sekretärin. Eigentlich habe der Chef mich persönlich abholen wollen, stecke aber noch in einer wichtigen Vertriebskonferenz. Und ich hatte mich schon in der Illusion gewiegt, die wichtige Konferenz werde mit mir stattfinden, obwohl ich es längst besser wusste: Wichtig sind in Verlagen nämlich Vertrieb, Herstellung, Buchhaltung, Vertreter, Werbe- und Presseabteilung und manchmal auch noch das Lektorat. Dann kommt lange gar nichts. Dann kommen vielleicht die Autoren, die einen Bestseller verzapft haben, oder die, denen man so horrende Vorschüsse gezahlt hat, dass man sie nun auf Biegen und Brechen zu Bestsellern machen muss, um die Vorschüsse zu amortisieren. Dann kommt wieder lange nichts. Dann kommen, falls vorhanden, Nobelpreisträger aus exotischen Ländern, von denen man bis zur Entscheidung der Jury gar nicht mehr wusste, dass man sie überhaupt im Programm hat. Dann wieder lange nichts. Dann aber natürlich die gut aussehenden jungen Debütantinnen aus dem unerschöpflichen Fräuleinwunder-Reservoir. Dann wieder nichts. Aber irgendwann hat man vielleicht auch mal Zeit für Autoren wie mich, die seit Jahrzehnten regelmäßig Bücher schreiben, den Misserfolg des letzten mit dem mäßigen Erfolg des nächsten ausgleichen (beziehungsweise umgekehrt) – ein Nullsummenspiel, das die Verlage mitspielen, weil diese berechenbaren Autoren Kontinuität und Profil der Programme prägen, in ihren Forderungen aber moderat und pflegeleicht und nicht beleidigt sind, wenn der Verlagsleiter seine Sekretärin zum Bahnhof schickt.

Ich hatte meine Reisetasche über die Schulter gehängt und trug den Koffer in der linken Hand, sodass ich die rechte frei hatte, um Doris zu begrüßen. Sie deutete auf den Koffer und fragte, ob ich darin etwa mein »neuestes Meisterwerk« transportiere. Dass die abgewetzte Schäbigkeit des Leders irgendwie pittoresk, wenn nicht gar bohemistisch wirkte, fiel mir erst jetzt auf, aber eine schnelle Antwort auf ihre Frage fiel mir nicht ein. Wenn Schlagfertigkeit das Rendezvous zwischen treffendem Wort und richtigem Augenblick ist, habe ich in meinem Leben zahlreiche Rendezvous verpasst: Schlagfertig bin ich immer erst, wenn es zu spät ist. Kann sein, dass ich nicht zuletzt deswegen Schriftsteller geworden bin, weil man schreibend länger nachdenken kann und das Rendezvous nicht verpasst. Hätte ich den Koffer jetzt in einem Schließfach deponiert, hätte das vermutlich genau die Aufmerksamkeit erregt, die ich vermeiden wollte, gegenüber Doris sowieso.

»Den, äh –«, stotterte ich, »da ist überhaupt nichts drin, weil –«

»Nichts?« Doris, deren Gesicht zu jeder Jahreszeit studiobraun, also kürbisfarben ist, was wohl irgendwie jetsettig wirken soll, sah mich verständnislos an. Schriftsteller, das wusste sie wohl, pflegen diverse, gelegentlich bizarre Eigenheiten und Marotten, aber dass ich einen leeren Koffer mit mir herumschleppte, lappte vermutlich schon ins Neurotische.

»Flohmarkt!«, fiel mir plötzlich ein. »Den hab ich gestern auf einem Flohmarkt gekauft. In Berch– äh, in Bayern.«

Das schien plausibel zu klingen, nickte Doris doch anerkennend vor sich hin und sagte: »Der ist aber auch wirklich sehr chic.«

Wir nahmen ein Taxi zum Verlag, wo die wichtige Konferenz offenbar ein Ende gefunden hatte, kam mir doch Ralf Scholz mit ausgebreiteten Armen entgegen. Er drückte mich, bevor ich noch mein Gepäck hatte absetzen können, schulterklopfend an seine Jovialität verströmende, zugleich respektgebietende Leibesfülle. Da wir uns seit fast zwanzig Jahren kennen, mögen und längst auf du und du sind, war diese vereinnahmende Herzlichkeit durchaus ungespielt, wenn auch nicht exklusiv. Fast alle Autoren, die mehr als zwei »Projekte« mit ihm »realisiert« (O-Ton Scholz) haben, werden von ihm derart umschlungen; bei Autorinnen reicht meistens schon das erste »realisierte Projekt«. Und seine Begrüßungsfloskel »Na endlich, mein Lieber, wir haben uns ja seit ewig nicht mehr gesehen« ist mit der Variante »meine Liebe« gleichfalls stereotyp. »Seit ewig« bedeutete in meinem konkreten Fall übrigens sechs Monate; auf der Buchmesse hatten wir zuletzt miteinander gesprochen, wenn man die notorisch vagen, hektischen Wortgeplänkel auf der Buchmesse denn als Gespräch bezeichnen mag; immerhin hatten wir uns dort zuletzt gesehen.

Kennengelernt hatte ich Ralf Scholz 1985. Als jungem Lektor bei Strohbold war ihm nicht entgangen, dass mein literarisches Debüt *Ferne Farne,* erschienen im Kleinstverlag Drucksache (Bergedorf), kraft freundlicher Rezensionen in mehreren überregionalen Feuilletons zu einem gewissen Kritikererfolg geworden war – Kritikererfolg will sagen, dass die Novelle wohlwollend besprochen wurde und sich kaum verkaufte, weswegen das an und für sich ganz hübsche Büchelchen heute immer noch als Erstausgabe lieferbar ist: Im Keller von Drucksache dürften noch weit über 1000 Exemplare davon träumen, von einer literarisch brennend interessierten Nachwelt aus ihrem Dornröschenschlaf geweckt zu werden. Kann ja noch kommen. Toi, toi, toi. Jedenfalls lockte Ralf Scholz mich alsbald zu Strohbold, indem er als Köder aufs nächste

Buch beziehungsweise »Projekt« einen Vorschuss bot, der zwar nur ein besseres Trinkgeld war, aber ich empfand es damals als enorm schmeichelhaft, überhaupt Geld für ein Manuskript zu bekommen, das noch gar nicht geschrieben war, sondern nur als Idee existierte.

Von allen Projekten einer Autorenlaufbahn, behauptete Scholz damals und behauptet es gegenüber Debütanten wahrscheinlich immer noch, sei das zweite Buch grundsätzlich das schwierigste, aber auch wichtigste. Ein gelungenes Debüt sei nur eine Art Versprechen, das man mit dem folgenden Werk einzulösen hätte. Das ist vielleicht auch gar nicht so falsch, aber nach all den Jahren und Büchern, die inzwischen hinter mir liegen, wird mir zunehmend klarer, dass unsereiner nie aus dem Stadium des Versprechens herauskommt. Das, was man mit einem Manuskript erreichen will, erreicht man nie, weil mit dem wachsenden Manuskript auch die eigenen Fähigkeiten und Ansprüche wachsen, sodass man, am Ende angekommen, eigentlich noch einmal von vorne beginnen müsste, ist man inzwischen doch irgendwie klüger, das heißt illusionsloser geworden. Aber dann drehte man sich permanent im Kreis, und wozu das führt, kann, wer sehr viel Zeit und Geduld hat, beispielsweise bei Robert Musil nachlesen. Ich hatte damals wenig Zeit und scharrte ungeduldig mit den Hufen, um schnurstracks den langen Marsch in die literarische Unsterblichkeit anzutreten. Außerdem war ich jung und brauchte das Geld. Und so schrieb ich in einem Zustand rauschhafter Bedenkenlosigkeit mein zweites Buch, den Roman *Kopfreise*, in knapp zwei Monaten.

Heute bin ich bedenklich älter und brauche das Geld immer noch, aber der jugendliche Leichtsinn, mit dem ich durch *Kopfreise* gespurtet war, ist mir gründlich abhandengekommen. Warum das so ist, wäre einen längeren Exkurs wert, aber weil ich zügig zur Sache kommen will, an dieser Stelle nur so viel: Die Selbstbegeisterung dünnt im Lauf der Jahre aus wie das Haupthaar, während zugleich die Selbstkritik wie das Körpergewicht zunimmt. Je älter man wird, desto schwerer fällt es zu lügen. Man wird skeptisch gegenüber den Fiktionen und will am Ende nichts als die Wahrheit. Ich weiß davon ein Lied zu singen und bringe es aus leidvoll gegebenem Anlass hier zu Gehör beziehungsweise Papier.

Unter Ralf Scholz' Lektorat schrieb ich übrigens noch drei weitere Romane, nämlich neben *Letzte Siesta,* dem bereits erwähnten, windigen Wendemanöver, noch *Die gelbe Glut* und *Nachtexpress nach Babylon,* letzteres Werk ein »Projekt«, das aus vielen sehr guten und einigen abenteuerlich peinlichen Gründen nie erschien; über den tragikomischen Fall ist an anderer Stelle ausgiebig bis weitschweifig (aber leider nicht immer wahrheitsgemäß) berichtet worden.* Kurz darauf verließ Ralf Scholz Strohbold, allerdings nicht, wie manche munkelten, wegen des Desasters mit *Nachtexpress nach Babylon,* sondern weil ihm bei Wischmüller & Kahn neben dem Cheflektorat ein deutlich besseres Gehalt angeboten wurde. Einige Jahre später brachte er es dann bei noch besserem Gehalt zum Verlagsleiter von Lindbrunn in Frankfurt/Main, wo er

---

* Vgl. dazu, wer Kalauer und Lügen mag: Klaus Modick: *Weg war weg. Romanverschnitt.* Reinbek bei Hamburg 1988/1991; Oldenburg 1998. Vgl. weiterhin, wer's eher theoretisch mag: Dieter Wrobel: *Postmodernes Chaos – Chaotische Postmoderne. Eine Studie zu Analogien zwischen Chaostheorie und deutschsprachiger Prosa der Postmoderne.* Bielefeld 1998. Vgl. außerdem, wer jetzt die postmodernen Faxen immer noch nicht dicke hat: Dirk Frank: *Narrative Gedankenspiele. Der metafiktionale Roman zwischen Modernismus und Postmodernismus.* Wiesbaden 2001

sich in einer seiner nostalgischen Anwandlungen meiner erinnerte und mich mit dem unwiderlegbaren Argument relativ solider Vorschüsse »zurück ins Boot holte« (O-Ton Scholz).

Seitdem macht er aus meinen Manuskripten wieder seine Projekte, und obwohl er vor lauter enorm wichtigen Konferenzen und sogenannten Strategiediskussionen keine Zeit zum Lektorieren mehr hat, lässt er es sich doch nicht nehmen, gelegentlich mit seinen »Lieben« über deren entstehende oder frisch eingelieferte Manuskripte zu plaudern. Dabei interessiert ihn weniger der stilistische Feinschliff als vielmehr »die Plotstruktur«. Seiner Meinung nach müsse sich unter den heutzutage herrschenden Marktbedingungen nämlich jedes erzählende Werk an folgender Frage messen lassen: »Was würde Hollywood dazu sagen?« Ausgerechnet Ralf Scholz, dem von der Ideologiekritik über Prager Strukturalismus und Pariser Poststrukturalismus bis hin zu Postmoderne, Postpostmoderne, Systemtheorie und Postkolonialismus keine Theorie zu verblasen gewesen war, um daran nicht ein weiteres Mal seine intellektuelle Belastbarkeit und wendige Zeitgeistigkeit unter Beweis zu stellen, ausgerechnet dieser ehemalige Prototyp des literarischen Widerständlers gegen Kulturindustrie, Massengeschmack und Unterhaltungshautgout hatte es sich als Verlagsleiter inzwischen mit der doch einigermaßen absurden Frage gemütlich gemacht, was Hollywood zur deutschen Gegenwartsliteratur sagen würde. Er war, mit einem Wort, vom Lektor zum Produktmanager geworden, der seine Verlagsbilanzen mit spitzerem Bleistift studierte als die Manuskripte seiner »Lieben«.

Da ich davon ausging, dass heute die »Plotstruktur« meines neuen Romanmanuskripts debattiert werden sollte, hatte ich mir für die unausweichliche Hollywoodfrage eine ebenso schlichte wie schlagendzutreffende Antwort ausgedacht. Sie lautete: Nix. Doch als wir nun im Verlagsleiterbüro Platz genommen hatten und von Doris mit Mineralwasser, Kaffee und Keksen verproviantiert worden waren, klopfte Ralf Scholz zwar mit den Fingerknöcheln auf mein Manuskript, das auf dem Konferenztisch lag – dies Knöchelklopfen gehörte zum üblichen Zeremoniell und fungierte als eine Art Gong, mit dem die vor uns liegenden Runden eingeläutet wurden –, aber die stereotype Frage blieb aus. Stattdessen sah Scholz mir fest in die Augen, nickte dabei vor sich hin, verzog das Gesicht irgendwie schmerzlich und sagte: »Wir machen das.«

Ich sagte gar nichts. Was sollte ich dazu auch sagen? Meine Überraschung hielt sich in überschaubaren Grenzen, nicht zuletzt deshalb, weil ich den größten Teil des Vorschusses längst erhalten und verbraten hatte. Was sollte der Verlag da auch anderes machen, als es zu machen?

Er schwieg ein paar Sekunden und sagte reichlich redundant: »Natürlich machen wir das.« Dann rührte er eine Weile nachdenklich in seiner Kaffeetasse herum und seufzte: »Autorenpflege.«

Das zutraulich klingende Wort ist ja nichts weiter als ein übler Euphemismus für jene Bücher, die ein Verlag nicht publizieren will, weil er sich keinen Erfolg davon verspricht, die er aber dennoch publiziert, um den Autor nicht zu vergrätzen und womöglich vom Hof zu treiben. Unter Autorenpflege segeln, ihrer grundsätzlichen Unverkäuflichkeit wegen, jede Form von Lyrik und insbesondere Essaybände, nicht jedoch Romane. Und das, was da zwischen uns auf dem Tisch lag, war ein Roman. Ein, wie ich fand, überaus unterhaltsamer Roman noch dazu.

»Autorenpflege?«, echote ich also ehrlich verblüfft.
Wieder nickte Scholz vor sich hin, diesmal irgendwie müde bis resigniert. »Wie du weißt, legt Lindbrunn größten Wert auf Verlagstreue. Und das als subjektiver und objektiver Genitiv zugleich, also Treue des Verlags zu seinen Autoren, aber eben auch Treue der Autoren zu ihrem Verlag.«

Verlagstreue? Ich musste mich wohl verhört haben, war doch diese eher altdeutsche Tugend eine aus ziemlich gründlich untergegangenen, patriarchalischen Zeiten, in denen man unter anderem noch wusste, was ein subjektiver und objektiver Genitiv ist. War es denn nicht gerade Ralf Scholz gewesen, der mich gleich zweimal per Scheckbuchdiplomatie von anderen Verlagen in Häuser gelotst hatte, die ihm zwar nicht gehörten, für die er aber arbeitete? Und was sollte man überhaupt mit einem Wort wie Verlagstreue anfangen, wenn die Untreuesten des gesamten Betriebs inzwischen die Verlagsmitarbeiter selbst waren? Kaum hat man sich in diesen »neoliberalen« (Günter Grass) Zeiten als Autor an einen Lektor oder Verlagsleiter gewöhnt, da heuert dieser schon beim nächsten Verlag an, wird Journalist, Literaturagent oder arbeitet sich womöglich gleich ganz nach unten durch und geht in die Politik. Ralf Scholz stand ja geradezu als leuchtendes beziehungsweise irrlichterndes Beispiel für dies Kommen und Gehen, diese allzu flotte Fluktuation, die vermutlich als Flexibilität zu einer Art zeitgenössischer Sekundärtugend avanciert ist. Und da außer bei ein paar versprengten Einhandseglern à la Drucksache kaum noch ein Verlag im Besitz seiner Mitarbeiter ist, gibt es zwar immer noch Verlage, aber keine Verleger mehr, sondern nur noch Verlagsmanager, Verlagsleiter, gut geölte Verlagsmaschinen, die sich heute hier und morgen dort in Position bringen, selbstredend bei deutlich verbesserten Bezügen. Verlagstreue? Fast hätte ich gelacht.

»Warum grinst du?«, fragte Ralf Scholz irritiert.

»Wo liegt das Problem?«, fragte ich zurück.

»Welches Problem?«, stellte er sich dumm.

»Das Problem mit meinem Manuskript. Du weißt so gut wie ich, dass es witzig, satirisch, ironisch und unterhaltsam ist, aber nicht trivial oder –«

»Eben drum«, unterbrach er meine hemmungslose Eigenhagiografie. »So etwas geht einfach nicht mehr. Die Leute haben das Gefühl, dass sie lange genug verarscht worden sind, dass man sie nicht ernst nimmt, dass man sich über sie lustig macht. Und das finden sie überhaupt nicht mehr lustig. Sie wollen wieder ernst genommen werden. Schluss mit lustig. Ende der Spaßgesellschaft.«

»Ach, komm schon, das glaubst du doch selbst nicht«, sagte ich. »Das sind doch nur so Sprüche von miesepetrigen Bedenkenträgern und Spielverderbern, die sich wichtig machen wollen und –«

»Was ich selbst glaube, tut gar nichts zur Sache; nicht einmal das, was ich mir wünsche oder was ich gern lese. Dein Manuskript«, er klopfte noch einmal auf den Stapel, »habe ich gern gelesen und mich bestens amüsiert. Ehrlich. Wichtig ist aber, was geht und was nicht geht. Was die Leute lesen wollen. Welche Bücher sie kaufen. Sieh dir doch die Bestsellerlisten an. Da gibt's nicht mehr viel zu lachen. Von der Bestenliste ganz zu schweigen. Da ist flächendeckend die neue Nachdenklichkeit ausgebrochen, auch wenn's bei genauerem Hinsehen oft nur die alte, doofe Betroffenheit ist. Die Lage ist ernst, die Zeiten sind schwer. Es herrscht allgemeine Verunsicherung. Darauf muss sich die Literatur einlassen, auf das, was unsere Gesellschaft umtreibt oder zugrunde richtet.«

»Willst du damit sagen, dass literarisch nicht mehr gelacht werden darf?«

»Wir machen ihn ja«, sagte er besänftigend, »wir machen deinen Roman. Aber nicht als Spitzentitel.«

»Also ohne Werbung?«

Scholz winkte müde ab. »Werbung ist teuer und bringt sowieso nichts.«

»Und wieso werden dann die Spitzentitel beworben?«

»Ach Gott, Lukas, manchmal bist du wirklich etwas zu spitzfindig. Schreib doch einfach mal wieder was, wie soll ich sagen –?«

Ralf Scholz ist so eloquent, dass er sogar den Papst evangelisch quatschen könnte. Dass er angeblich nicht wusste, wie er etwas sagen sollte, konnte eigentlich nur heißen, dass er es nicht sagen wollte. Vermutlich, weil es ihm peinlich war.

»Was Ernstes?«, half ich ihm aus der Verlegenheit. »Etwa einen Roman über Massenarbeitslosigkeit? Über Sterbehilfe? Über den staatlichen Rentenbetrug? Oder darf's was über die demografische Katastrophe sein? Über die Vogelgrippe? Vielleicht –«

»Vogelgrippe wäre gar nicht so übel«, sagte er trocken. »Epidemien sind immer gut, Pandemien noch besser. Oder Umwelt- und Naturkatastrophen. Tsunamis, globale Erwärmung, Erdbeben, die ganze Palette. Als Thriller natürlich. Mit Verschwörungstheorie und allen Schikanen. So, wie dieser Schätzing es mit *Der Schwarm* gemacht hat. Oder Ken –«

»Nein«, sagte ich. »Und nochmals nein!«

»Na schön, man soll Autoren nicht zu ihrem Glück zwingen. Aber du könntest doch mal einen historischen

Roman schreiben, so einen richtigen Schmöker. Wird im Buchhandel auch immer wieder gern genommen. Am besten geht nach wie vor Mittelalter, derzeit aber auch achtzehntes Jahrhundert. Reale, aber möglichst dramatische und tragische Hintergründe. Liebe und Intrige als Sahnehäubchen. Was richtig Opulentes. Ich glaube, das würde dir liegen.«

»Nein!«

»Tja, tja, tja.« Scholz nickte wieder vor sich hin. »Dann hätten wir da natürlich auch noch den absolut krisenfesten Dauerbrenner im Angebot.«

»Und der wäre?«

»Nationalsozialismus, Zweiter Weltkrieg, Holocaust, Widerstand –«

»Ich denke, die Literatur soll sich um das kümmern, was unsere Gesellschaft umtreibt, antreibt oder lähmt. Und jetzt kommst du mir hier mit Vergangenheitsbewältigung? Ausgelutschter geht's doch gar nicht mehr.«

»Ich rede nicht von Vergangenheitsbewältigung«, sagte Scholz entschieden, »ich rede von der Gegenwart. Die Nachkriegsgeschichte Deutschlands ist doch geprägt von den Folgen, und zwar bis heute. Das reicht von der deutschen Teilung bis zum Beitritt der DDR in die Bundesrepublik, das reicht von den Globkes und Filbingers über die NPD und Republikaner bis zu Neofaschismus und Ausländerhass, das reicht vom heiklen Verhältnis zu Israel über den absurden Streit ums Holocaust-Mahnmal bis hin zu den Schadenersatzforderungen aus Osteuropa oder Griechenland. Von wegen ausgelutscht! Denk doch nur mal an Lea Roshs Backenzahn! Die ununterbrochene Auseinandersetzung mit Krieg und Faschismus hat sehr handfeste politische Gründe und Hintergründe. Man kann das nicht einfach als Marotte gut meinender Vergangenheitsbewältiger und Zwangsneurose notorischer Betroffenheitsfanatiker abtun, die so furchtbar betroffen sind, dass sie beim Joggen nicht mal mehr richtig ausschwitzen mögen. Zugegeben, der ganze Komplex hat zwanghafte Züge, und wenn das Wort von der Holocaust-Industrie umgeht und Martin Walser sich gegen die Dauerpräsentation unserer Schande verwahrt, wird das Eis natürlich bedenklich dünn.«

»Na also«, murrte ich, »und du willst doch wohl nicht, dass ich da einbreche.«

Ralf Scholz schenkte uns Kaffee nach und ließ sich nicht beirren. »Wir haben in jedem Halbjahresprogramm mindestens ein bis zwei Titel zum Thema – Romane, Sachbücher, Erinnerungen. Das läuft alles befriedigend bis erfreulich, und manchmal wird's zum satten Seiler wie zum Beispiel dies Tagebuch aus einem sibirischen Straflager für BDM-Führerinnen, veröffentlicht unter Pseudonym, damit –«

»Jeder weiß, dass das 'ne Fälschung war«, unterbrach ich ihn.

Er zuckte mit den Schultern. »Ich weiß nur, dass wir davon weit über 50 000 Exemplare verkauft und eine Bombenpresse bekommen haben.«

»Ich fand das einfach nur abgeschmackt«, sagte ich. »Darf man bei dir eigentlich noch rauchen?«

»Autoren dürfen bei mir alles«, er schob einen Aschenbecher über den Tisch, »wenn's denn der Inspiration dient.« Und während ich mir eine Zigarette ansteckte, nahm er unbeirrt den Faden wieder auf. Fast hatte ich das Gefühl, er habe sich seinen Vortrag extra für mich zurechtgelegt. »Historische, psychologische, literarische und filmische Publikationen zum Thema boomen in allen Medien und Kanälen – zugegeben auf sehr unterschiedlichen intellektuellen und ästhetischen Niveaus und häufig unter jedem Niveau. Da spannt sich ein bedenkenswertes, meinetwegen auch höchst bedenkliches Spektrum, an dessen unterem Ende der Hype um die Hitlertagebücher des *stern* angesiedelt ist. Oder denk mal an die seriellen, keine Abgeschmacktheit scheuenden, pseudo-historischen TV-Hervorbringungen von diesem Kopp oder Knopp, der dem Publikum filmisches Propagandamaterial des Nazismus als authentische Quellen verkauft. Die Bücher zu den Filmen stapeln sich in allen Buchhandlungen. Und Bücher zum Thema sind grundsätzlich fernsehtauglich, Kulturjournale, Talkshows, die reißen sich um so etwas. Mit einem satirischen Roman wie deinem Manuskript hier kriegst du nur die literarischen Edelfans, aber keine Sendeplätze. Aber zwischen *Musikantenstadl* und *Tagesthemen* findet sich überall noch ein Plätzchen, an dem *Hitlers Paladine* paradieren oder ergraute Stalingradveteranen in die Schlacht um Einschaltquoten geworfen werden.«

»Du bist richtig zynisch«, sagte ich etwas matt. Unrecht hatte er ja nicht.

»Ich bin Verlagsleiter«, konterte er. »Und du bist mein Autor. Walsers Idiosynkrasie gegenüber dieser Inflation mag man teilen oder unverantwortlich finden – fest steht allemal, dass die Aufarbeitung der deutschen Schande zu einem kulturindustriellen Faktor ersten Ranges geworden ist, zu einer multimedialen Bonanza.«

»Und du willst mich also dazu bringen, in dieser Bonanza zu schürfen, bis man auf braune Scheißeadern stößt?« Irgendwie fand ich das empörend.

»Ohne diese Scheiße hätten es Böll und Grass nie zum Nobelpreis gebracht«, sagte er gelassen. »Das war deren Fundus.«

»Aber nicht meiner! Ich bin Jahrgang 1951, Gnade der späten Geburt, wenn du so willst. Ich kann nur aus meinen eigenen Erfahrungen schöpfen, kann nur über Sachen schreiben, zu denen ich eine gewisse Verwandtschaft empfinde, bei denen mir das Herz –«

»Verwandtschaft«, unterbrach er mich, »das ist das Stichwort. Du und ich, wir sind die Söhne-Generation. Traumatisiert und so weiter. In den Kellern unserer Familien liegen die Leichen doch noch überall und stinken zum Himmel. Die muss man jetzt mal anpacken. Sonst machen das die Enkel und Urenkel. Das geht schon los. Im nächsten Herbst realisier ich ein tolles Projekt mit einer zweiundzwanzigjährigen Debütantin. Deren Oma war Aufseherin in einem KZ, und mit der hat die Enkelin vor ihrem Tod Interviews geführt und auf Tonband aufgezeichnet, und diese Interviews hat sie, haben wir gemeinsam, jetzt bearbeitet. Das läuft dann in der Rubrik Dokufiktion. Startauflage 30 000 bis 40 000, mindestens. Werbung in sämtlichen – na ja, das tut jetzt nichts zur Sache. Und weißt du auch, was das Beste an dem ganzen Projekt ist?« Ich wusste es nicht, wollte es eigentlich auch gar nicht wissen, aber er sagte nach knapper Kunstpause zufrieden lächelnd: »Die ist absolut telegen, sieht sagenhaft gut aus. Die wird 'n Hit, 'n Medienereignis erster Güte. Willst du mal das Autorenfoto sehen? Von der Enkelin, meine ich.«

»Nein, danke«, sagte ich. Die dritte oder vierte Tasse Kaffee drückte mir dringlich auf die Blase, sodass ich mich auf den Weg zur Toilette machte.

»Und dann basteln wir gleich auch noch ein bisschen an deiner Plotstruktur herum«, rief er mir nach.

Als ich ihm gegenüber wieder am Tisch Platz genommen hatte, deutete er mit dem Finger in die Zimmerecke, in der ich mein Gepäck unter einer Fotogalerie bekannter, weniger bekannter und unbekannter Verlagsautoren abgestellt hatte. »Übrigens, was ich dich schon die ganze Zeit fragen wollte: Was für einen vergammelten Koffer schleppst du da eigentlich mit dir rum?«

7

Empfangen wurde ich zu Hause von einem der obligatorischen Zettel auf dem Küchentisch, der mich daran erinnerte, dass meine Frau mit ihren Tennisteamkolleginnen zu einem langen Wochenende nach Berlin entschwunden war. Museen, Cafés, Konzerte, Shopping. Was Frauen halt so machen, wenn sie unter sich sind. Mein Speise- und Organisationsplan fürs Strohwitwerdasein lautete wie folgt:

Heute und morgen Bohneneintopf (Kühlschrank)
Sonntag Restaurant (Chinese?)
Montag Spaghetti (Speisekammer)
Bin Dienstagabend wieder zurück
Gruß und Kuss
A.
PS: Blumen gießen!
PPS: Katzenfutter ist alle.

Beim Aufwärmen des Bohneneintopfs strich mir die Katze so lange und vorwurfsvoll um die Beine, bis ich mich aufs Fahrrad schwang und im nächsten Supermarkt ein paar Dosen »Alleinfuttermittel für ausgewachsene Katzen« besorgte. Inzwischen war die obere Hälfte des Bohneneintopfs übergekocht, während sich die untere Hälfte meines Alleinfuttermittels untrennbar mit dem Topf verbunden hatte. Der Anblick wirkte appetitzügelnd. Weil ich keine Kaffeefilter finden konnte, goss ich mir einen Becher Schnellkaffee auf, aß ein paar trockene Vollkornkekse dazu, die so traurig schmeckten, wie sie aussahen, trollte mich in mein Arbeitszimmer, hockte mich an den Schreibtisch, rauchte, starrte aus dem Fenster in die sprießende Aprilfrische des Gartens und entschloss mich, den Rasen zu mähen, obwohl der im Wesentlichen aus Moos und undefinierbarem Unkraut bestand. Hauptsache grün. Als ich den Rasenmäher aus dem Schuppen holen wollte, fing es zu regnen an.

Also schlurfte ich ins Haus zurück und stolperte in der Diele über mein Reisegepäck, das ich bei meiner Ankunft dort abgestellt hatte. Tante Theas Koffer. Den einfach wegzuschmeißen, war ja irgendwie zu schade. Doris Wagner hatte ihn »chic« gefunden. Vielleicht fand Anne so etwas auch chic? Antiquitäten mochte sie ja, zum Beispiel mich, obwohl ich da in letzter Zeit doch so meine Zweifel hatte. Bohneneintopf und Spaghetti. Abgestaubt und ausgebeult ergäbe der Koffer eigentlich ein ganz nettes Geburtstagsgeschenk für meine Frau. Das gute Stück erst einmal auspacken und Tante Theas mentalen Müll in die Altpapiertonne treten.

Unfassbar, was diese Frau zu Papier gebracht hatte! Wenn es sich bei ihren Aufzeichnungen tatsächlich um Erinnerungen handelte, musste die Dame sie im fortgeschrittenen Stadium von Alzheimer verfasst haben. Oder ihr war ins Gehirn geschissen worden, und zwar schon in sehr jungen Jahren. Ekelhaft, gleichwohl, bei genauerem Hinsehen, trotz aller Hirnrissigkeit nicht unbedingt uninteressant, rein historisch jedenfalls. Soweit sich das Chaos überhaupt entwirren ließ, war sie offenbar in vier Schüben von schwerer Schreibdiarrhö gebeutelt worden. In einer ersten Phase, die ich bei meiner flüchtigen Sichtung als Juvenilia katalogisierte, hatte sie um 1930 herum, also als zirka Zwanzigjährige, Unmengen an Gedichten verzapft, teilweise datiert und alle in Sütterlin-Schönschrift mit lila Tinte auf Büttenpapier – wie mit dem Munde gemalt. Es gab da allerlei einschlägige Naturschwärmereien, in denen sich Sonne auf Wonne und Bäume auf Träume reimten, aber im Wesentlichen war dies Konvolut zu Lyrik geronnener Ausdruck einer ersten großen Liebe: »Im Birkenschatten kosten meine feuchten Lippen / dein süßes Antlitz, deine starken Rippen.« Das Herz, das unter diesen starken Rippen schlug, gehörte einem gewissen Horst (»auf weichem Moos im dunklen Forst / allein mit dir, geliebter Horst«), doch schien dessen Leidenschaft irgendwann erkaltet zu sein. Das letzte Dutzend des Horst-Konvoluts bestand nämlich aus herzzerreißenden Verlustklagen à la »erloschen ist das Licht der Welt, / du warst der Glanz, der mir jetzt fehlt«. Und in dies Reim-dich-oder-ich-fress-dich-Gejammer mischte sich ganz zum Ende plötzlich ein schrill-unpoetischer, politischer Ton ein, der mich zu dem Schluss kommen ließ, dass Thea sich aus Rache den Nazis in die Arme geworfen hatte, weil der abtrünnige Horst Kommunist gewesen war. In einem Gedicht hieß es noch bitter und unklar: »Du gingst von mir, du warst nicht treu / treu bist du einzig der Partei«, aber dann wurde das ganze Drama gnadenlos und fast schon agitpropreif auf den ideologischen Punkt gezwungen: »Ich hab' um dich geweint, hab' dir gegrollt / verfluch' dich Kommunisten. / Du treibst mich fort, du hast es so gewollt / ich geh' zu den Faschisten.«

In der zweiten, leicht auszumachenden Phase, deren Ergüsse anfangs noch mit blauer Tinte, ab etwa 1934 jedoch mit Schreibmaschine festgehalten worden waren, hatte sie wiederum stapelweise Gedichte abgesondert, allerdings auch allerlei Prosanotizen, von denen erst einmal unklar blieb, ob es sich um Selbsterlebtes oder Selbsterfundenes handelte. Ob jedoch Prosa oder Gereimtes – es waren Produkte eines bis zur Hysterie fanatisierten Hirns, zu denen auch der Sonetten-Kranz gehörte, bei dem mir schon im Berchtesgadener Hotel das Kotzen gekommen war. Den Gipfel der Übelkeit erreichten Theas Hervorbringungen bei diversen Gedichtzyklen zum Thema Lebensborn, dem sie gemäß den Erinnerungen meines Vaters »aus Altersgründen« nicht hatte zu Diensten sein dürfen; doch schien es mir nach Lektüre von zwei bis drei einschlägigen Gedichten durchaus vorstellbar, dass eine derart gründlich Durchgeknallte selbst den Hütern der Herrenrasse unheimlich gewesen sein musste: »Im Horte meiner deutschen Schenkel / empfange denn, oh mütterlicher Schoß / des Führers Saat, Kinder und Enkel / kraft deutscher Lende eisenhartem Stoß.«

Und mit so etwas war ich also verwandt, wie entfernt auch immer. Mir schwindelte. Schnaps, dachte ich. Jetzt brauch ich dringend Schnaps. Zwar war es erst halb fünf, und ich trinke grundsätzlich keinen Alkohol vor halb sechs, aber Tante Theas gesammelte Werke waren nüchtern schlicht unverdaulich. *Underberg,* der ja eher als Medizin denn als Alkohol gilt, hatten wir leider nicht im Schrank, doch nach einem doppelten Kirschwasser fühlte ich mich stark genug, tiefer und weiter in der »Bonanza« (O-Ton Ralf Scholz) meiner wahnsinnigen Schwippgroßtante zu graben.

Über ihre kurze Ehe mit dem Offizier der Waffen-SS, von der mein Vater gesprochen hatte, fand sich weder Gereimtes noch Ungereimtes. Möglicherweise hatte dieser nordische Übermensch sie anderweitig stärker beansprucht, sodass ihre poetische Ader verödete; vielleicht hatte er ihr das Dichten als welsches Weiberwerk auch einfach untersagt – selbst die niederträchtigsten Charaktere bewirken ja manchmal Gutes. Hingerichtet wurde er trotzdem, doch Thea hatte seitdem keine Gedichte mehr verfasst. Was nicht heißen soll, dass sie vom Schreiben abließ. Im Gegenteil. Nachdem sie 1947 den ominösen Georg Klingenbeil geheiratet hatte, wurde sie zwischen 1948 und 1950 von einem dritten, schweren Anfall von Schreibwut erfasst. Prosa jetzt. Und was für welche! Es handelte sich um autobiografische Bekenntnisse in einer Art Predigtton, in denen sie ihre nationalsozialistische Vergangenheit zwar nicht leugnete, sich aber als Opfer der Verhältnisse, als »vom Bösen« Verführte und »vom Antichrist« Irregeleitete darstellte. Ihren faschistischen Furor von gestern bezeichnete sie in diesen maschinenschriftlichen Aufzeichnungen wechselweise als »Erbsünde des Deutschtums«, »Blindheit vor Gott«, »Verrat am wahren Glauben« und so weiter und so fort. Aus einigen Blättern dieses von mir sogenannten Konversions-Konvoluts ging hervor, dass ihr neuer Gatte Georg offenbar ein Großgrundbesitzer und Hühnerbaron im Oldenburgischen Münsterland und ein Brachialkatholik gewesen war, dessen missionarischem Furor Thea es zu verdanken hatte, schließlich und endlich im Schoß der katholischen Kirche Zuflucht und Seelenheil zu finden.

Nach einem weiteren Kirschwasser stöberte ich in einer letzten, heroischen Anstrengung schließlich auch noch durchs Legitimations-Konvolut; so katalogisierte ich jedenfalls die Aufzeichnungen, die nach dem Tod des frommen Georgs und Theas Rückzug nach Berchtesgaden entstanden waren. Diese zirka fünfzig bis sechzig losen, nicht nummerierten Blätter ließen sich am ehesten als »Erinnerungen« bezeichnen, so weit ich die kaum noch lesbare Greisinnenhandschrift überhaupt entziffern konnte. Im Kurs Kreatives Schreiben der Seniorenresidenz *Maria Hilf* hatte man offensichtlich darauf Wert gelegt, beim Sicherinnern halbwegs systematisch vorzugehen: Die einzelnen Blätter waren entweder mit Jahreszahlen oder bestimmten historischen Ereignissen wie »Kriegsende«, »Meine Ehe« oder auch »Endlich katholisch« überschrieben. Allerdings gehorchte Theas Erinnerung wesentlich einem einzigen Impuls, nämlich dem, ihre Nazivergangenheit zu verdrängen und zu legitimieren. Ihr Kunstgriff bestand unter anderem darin, dass sie ihre Ehe mit dem SS-Mann unterschlug und nun bereits 1942 den katholischen Hühnerzüchter geheiratet haben wollte, heimlich und unter Gefahr für Leib und Leben konvertiert sei und an nationalsozialistischen Umtrieben nur noch teilgenommen habe, »um Schlimmeres zu verhüten«, »im Namen Jesu gegen das Unrecht« anzukämpfen und ganz nebenbei auch noch »unsere geliebten jüdischen Mitbürger vor Nachstellungen zu bewahren«.

Ich schlurfte kopfschüttelnd ins Bad und wusch mir die Hände, bis sie schmerzten. Wohin mit diesem Unrat? Die Altpapiertonne kam nicht infrage – Theas selbst gewerkelte Sammlung war Sondermüll der übelsten Art!

Erst mal abschalten, dachte ich mir, und da mir nun auch der Magen knurrte, ging ich zum Abendessen ins *Bühnen-Bistro*, ließ meine Blicke durchs noch ziemlich leere Lokal schweifen, ob womöglich die schöne Rachel hier Schicht schob, sah aber nur Egon hinterm Tresen, der mir lässig zuwinkte.

»Wieder Champagner oder was?«, fragte er augenzwinkernd.

Ich winkte müde ab, bestellte ein großes Pils und nahm an einem der Zweiertische am Fenster Platz, blätterte unschlüssig durch die Speisekarte und studierte auch die Tagesangebote auf der Tafel überm Tresen. *Täglich wechselndes Stammessen! Heute: Wiener Schnitzel mit warmem Kartoffelsalat.* € 8,80. Na bestens! Auch wenn sie früher DM 8,80 gekostet hatten, waren und blieben Renates Wiener Schnitzel legendär. Außen kross, aber nicht hart, innen zart, aber nie wässrig. Und der Kartoffelsalat hausgemacht.

Egon brachte das Bier. »Heute mal auswärts speisen oder wie?«

Ich nickte. »Anne ist in Berlin. Ich nehm das –«

In diesem Moment öffnete sich die Tür und Rachel schwebte herein. Umwerfend. Kurze, schwarze Lederjacke über sehr engen Bluejeans. Einfach sensationell.

»Das was?«, hakte Egon ungerührt nach.

»Das, äh –«, stotterte ich, »ich hab mich noch nicht entschieden«, was zwar nicht stimmte, aber mir schoss der Gedanke durch den Kopf, dass ab sofort der Service an den Tischen von Rachel übernommen werden würde. Und es kam mir ungleich verlockender vor, statt bei Egon bei ihr meine Bestellung aufzugeben, von ihr bedient zu werden.

»Lass dir ruhig Zeit«, sagte Egon achselzuckend und schob zum Tresen zurück.

Ohne sich im Lokal umzusehen, marschierte Rachel im Eiltempo zur Küche, wobei ihr Haar im Luftzug der Eingangstür als dunkle Wolke stürmisch aufwehte, und blieb vorerst verschwunden. Ich nahm einen großen Schluck Bier, steckte mir eine Zigarette an und behielt den Durchgang zur Küche fest im Blick. Schließlich erschien sie wieder, engelsgleich und anmutig, jetzt ohne Lederjacke in weinrotem, weit geschnittenem Polohemd, den breiten schwarzen Ledergürtel mit Einschub für die Börse locker um die schmalen Hüften geschlungen, ging zum Tresen, wechselte ein paar Worte mit Egon, blickte in meine Richtung, schien mich jedoch gründlich zu übersehen, stellte einige Weingläser auf ein Tablett und ging leichtfüßig zu einem der wenigen besetzten Tische im Hintergrund. Um sie nicht aus den Augen zu verlieren, musste ich mich umdrehen, und als sie wieder Richtung Tresen kam, winkte ich ihr zu. Das übersah sie. War ich denn Luft oder was, wie Egon es formulieren würde? Ich wedelte mit der Speisekarte, was sie gleichfalls übersah, doch Egon sagte etwas zu ihr und deutete dabei in meine Richtung. Sie blickte zu mir hin. Sie kam an meinen Tisch. Sie sah mich unter langen, schwarzen Wimpern freundlich lächelnd aus grünen, fast türkisfarbenen Augen an und sagte: »Ja, bitte?«

Meine Hände waren feucht. Vielleicht zitterten sie sogar. Mein Mund war staubtrocken. »Ich, äh –«, krächzte ich, »hätte gern das, äh, Wiener Schnitzel, das Stamm –«

»Stammessen gibt's leider nur mittags«, sagte sie höflich, entschieden und mit leichtem angelsächsischem Akzent, aber grammatikalisch korrekt.

»Ach was«, sagte ich betont forsch, »die Küche kann doch wohl auch um 18 Uhr 47 noch 'n Schnitzel braten. Ein Stammessen für einen Stammgast.«

»Das sagen alle«, sagte sie leicht unterkühlt.

»Was?«

»Stammessen für 'n Stammgast.«

»Ja, gut, das war jetzt wohl nicht sonderlich kreativ«, räumte ich ein. »Aber fragen Sie doch bitte mal Renate, ob sie für Lukas nicht eine Ausnahme machen kann.«

»Für Lukas?« Sie zog die sauber gezupften Augenbrauen hoch. Spöttisch?

»Ganz recht«, nickte ich, »für Lukas –«, und legte eine Kunstpause ein. »Lukas Domcik.« Nicht auszuschließen, dass mein Name ihr ein Begriff war. Hatte Egon nicht davon gesprochen, dass sie mit dem Theater zu tun hätte? Dann musste sie doch auch literarisch beschlagen sein. Jedenfalls dachte ich das damals, eitel wie alle Autoren und geblendet von ihrer Erscheinung. Heute, da es zu spät ist, weiß ich, dass ihre literarischen Interessen – aber ich greife vor.

Gewissermaßen danebengegriffen, sprich: nebenbei bemerkt, sei dann an dieser Stelle auch gleich, dass es nach meiner Erfahrung mit den literarischen Interessen und Kenntnissen der Theatermenschen sowieso nicht weit her ist. Dass unsereiner in hellen Massen zu ihrer Bude drängt, erwarten sie wie selbstverständlich, aber ich habe noch nie einen Schauspieler, Regisseur oder Intendanten als Publikum auf einer Autorenlesung erlebt. Ein Dramaturg, den ich darauf einmal vorsichtig angesprochen habe, wollte sich erst damit herausreden, dass Theatermenschen abends immer Proben oder Auftritte hätten und deshalb nicht kommen könnten, gestand dann jedoch, dass auch die berufsnotorische Eitelkeit eine Rolle spiele. Eine Rolle spiele! Wenn Sie einen Schauspieler darum bitten, sagte er, eine Lesung mit Ihrem Text zu machen, wird er bei angemessenem Honorar dazu bereit sein, aber erwarten Sie nicht, dass dieser Schauspieler sich anhört, wie Sie selbst Ihren Text lesen; besonders, wenn Sie das auch noch gut machen, womöglich deklamatorisches und schauspielerisches Talent haben – das erträgt der einfach nicht.

»Na schön«, sagte Rachel jedenfalls, »dann frag ich Renate, ob das noch geht.« Ein bisschen schnippisch und kokett klang das schon, aber eindeutig nicht theatereitel.

Ich sah ihr nach, wie sie wieder zur Küche ging. Die schmalen Hüften schwangen leicht, die knappe Bluejeans saß wie maßgeschneidert. Was war Fanny Ardant, was Isabelle Adjani gegen diese leibhaftige Perfektion? Schatten im Licht einer Projektionslampe, Illusionen, Phantome, flimmernde Fantasiegestalten. Hier im *Bühnen-Bistro* ging das pralle, zugleich bezaubernd zierliche Leben über die Bretter und hatte einen Namen. Rachel. Dass die es überhaupt nötig hatte, hier zu jobben! Die konnte doch als Model jederzeit und überall Kohle scheffeln. Vielleicht war sie Schauspielschülerin? Dann würde sie früher oder später vom Film entdeckt werden. Und was Hollywood zu *ihr* sagen würde, stand fest: Die wird 'n Hit, 'n Medienereignis erster Güte (O-Ton Ralf Scholz). So, sinnierte ich abwegig, muss man heute aussehen, wenn man Erfolg haben will, auch und besonders im Literaturbetrieb. Eine wie Rachel müsste gar nicht schreiben können; mithilfe eines Verlagsleiters wie Ralf Scholz würde man ihr schon ein Projekt auf den schönen Leib schneidern.

Zwischendurch ging ich aufs Klo, um Platz fürs nächste Bier zu schaffen. Beim Händewaschen blickte ich in den Spiegel. Tja, das war wahrlich kein Medienereignis und würde auch auf Sicht keins mehr werden. Um das Manuskript, das Scholz nur mit spitzen Fingern und aus purer Verlagstreue anpackte, zu einem Erfolg zu machen, hätte ich mich wahrscheinlich einer Geschlechtsumwandlung und diversen kosmetischen Gesichtsoperationen aussetzen müssen. Abgelehnt. Auf dem Rückweg zu meinem einsamen Tisch lief Rachel mir über den Weg, wich mir aus. Und ignorierte mich dabei. Wich mir mit ihrem vollen Tablett einfach aus wie einem Stuhl, der im Weg steht. Ach Gott, ja –

»Hast du Rückenschmerzen oder was?«, fragte Egon, als er das nächste Bier servierte. »Weil du dich immer so verrenkst oder wie?«

Ach, Egon, wenn du wüsstest. Aber ich schwieg. Was sollte ich auch ausgerechnet ihm sagen? Egon mit seinen blonden Wuchtbrummen. Die Zartheit einer Rachel würde ihn nie interessieren, ihr exotischer Reiz ging ihm vermutlich am Arsch vorbei. Egon war eben ein Banause. Rachel – ach, allein schon der Name! Wohl ein jüdischer Name? Mal einen Blick auf ihre Nase im Profil erhaschen. Oder war das jetzt schon irgendwie ein übles Klischee? Antisemitisch gar? Frauen auf die Nase sehen statt in die Augen oder sonst wohin? Gab es überhaupt solche physiognomischen Merkmale? Oder rumorten da irgendwelche rassistischen Untoten durch meinen Kopf? Hatte ich womöglich zu lange in Tante Theas gesammeltem Schwachsinn geschmökert? Und war schon infiziert? Ach was! Ich griff zum Bier, trank es aus und winkte mit dem leeren Glas in Richtung Tresen. Nachschub. Egon nickte wissend, zapfte zügig und brachte mir ein frisches Pils. Warum er? Warum nicht sie? Wo steckte sie überhaupt? Indem ich das Glas an die Lippen setzte, wusste ich, wovon ich infiziert war: von den täglichen Überdosen Korrektheit, die aus allen Kanälen strömten und unsereinen zu Betroffenheitsbesoffenen und Wiedergutmachungsjunkies machen wollten, zu Zwangsarbeitern in der braunen Bonanza.

Aus derlei dummdeutschem Tiefstsinn erlöste mich endlich Rachel, indem sie mir lächelnd das gewaltige Schnitzel mit warmem Kartoffelsalat vorsetzte.

»Ah – ja«, sagte ich.

»Ja, bitte«, sagte sie. »Das hat noch geklappt.« Der Wohlklang ihrer hellen, leicht heiseren, doch umso aparteren Stimme ölte wie Balsam meine Gehörgänge. Vielleicht hatte sie ja eine Sprechausbildung gemacht? Als Mitarbeiterin des Theaters?

»Das ist aber wirklich sehr, sehr – nett von Ihnen«, säuselte ich.

»Kein Problem für Renate«, sagte sie.

»Ach ja, Renate«, sagte ich, sah Rachel an und versuchte, irgendwie schelmisch zu blinzeln, »Sie haben ihr also meinen Namen genannt.«

»Ihren Namen? Nee. Wieso das denn?«

»Weil – äh, wegen des Schnitzels, des Stamm–«

»Renate hatte noch zwei Schnitzel im Kühlschrank«, sagte sie knapp. »Das war dann überhaupt kein Problem.«

»Ach so«, sagte ich gedehnt bis enttäuscht.

»Stimmt was nicht?«, erkundigte sie sich. Offenbar war sie auch telepathisch begabt oder zumindest sehr feinfühlig. Das konnte bei ihrem Äußeren eigentlich auch gar nicht anders sein.

»Nein, nein, es ist nur – also vielen, äh, Dank.«

Sie drehte sich auf dem Absatz um und entschwebte. War da ein leichtes, womöglich indigniertes Kopfschütteln zu erkennen? Was würde ich als schöne Kellnerin über Gäste wie mich denken? Will der alte Sack mich etwa anbaggern, würde ich denken. Ist ja widerlich –

Nicht jedoch Schnitzel und Salat. Die schmeckten köstlich, serviert von Rachels zarten Händen nahezu ambrosisch. Ich orderte ein weiteres Bier, das leider wieder von Egon persönlich angeliefert wurde. Weil ich mich flirtstrategisch schlecht platziert hatte, musste ich mich im zusehends stärker frequentierten *Bühnen-Bistro* unschön verrenken, um immer mal wieder Rachel in den Blick zu bekommen. Um 22 Uhr 30 war die Vorstellung des Staatstheaters zu Ende, und zahlreiche Besucher strömten ins Lokal, blass und sichtlich mitgenommen von Schillers *Wallenstein*. Ich hatte die Inszenierung schon gesehen, allerdings nur den ersten Teil, und hatte in der Pause vorm hemmungslosen Aktualisierungswahn dieses sogenannten Regietheaters das Weite beziehungsweise Naheliegende in Form des *Bühnen-Bistros* gesucht, weil das Herumgestehe und Gebrülle von Schauspielern in abgerissenen Wehrmachtsmänteln und das hysterische Keifen von Frauen in BHs und Schaftstiefeln einfach nicht länger zu ertragen gewesen war. Die erschöpften Theaterbesucher wollten nun alle schnell und gründlich bei Wein und Bier vergessen, was da an »guten Ideen« über ihre Köpfe hinweggegangen war.

Egon zapfte in stoischer Routine, während Rachel zwischen Tresen, Küche und Tischen hin und her wieselte. Jetzt ignorierte sie mich nicht einmal mehr. Ich war Luft geworden. Zeit für den Abgang. Ich machte nicht einmal erst den Versuch, Rachel an meinen Tisch zu winken, sondern ging zum Tresen und zahlte die Zeche bei Egon, der mir zum Abschied empfahl, nicht so trübe aus der Wäsche zu gucken oder so.

Als ich den roten Filzvorhang beiseiteschob, der vor der Eingangstür als Windfang hängt, tippte mir jemand leicht auf die Schulter. Ich drehte mich um. Rachel! Wahrscheinlich dachte sie, dass ich die Zeche prellen wollte.

»Ich hab schon bei Egon –«

»Renate hat mir erzählt«, sagte sie hastig, »dass Sie, na ja, Schriftsteller sind.«

»Ja und?«

»Ich wollte Sie etwas fragen«, fast flüsternd jetzt und sehr vertraulich. »Sie um etwas bitten.«

»Ja, natürlich, gern. Um was handelt –« Mir blieb die Luft weg.

»Nicht hier«, sagte sie, »ich hab jetzt auch keine Zeit. Sie sehen ja, was hier los ist. Können wir uns treffen?«

Das war ja unfassbar! Sie schlug mir ein Rendezvous vor. Sie – mir! Ich nickte heftig und stumm.

»Ginge es morgen?«

Ich nickte.

»Gut«, flüsterte sie. »In der Sushi-Bar. Am Arsenalplatz. Da ist nie was los.«

Nicken.

»Um acht«, sagte sie.

Nick –

Aber da war sie schon wieder im Schall und Rauch des *Bühnen-Bistros* verschwunden.

8

In dieser Nacht schlief ich schlecht, genoss aber meine Schlaflosigkeit, indem ich sie mit erwartungsfrohen Fantasien über den kommenden Abend füllte, die detailliert auszumalen ich Ihrer eigenen Vorstellungskraft überlasse, weil ich, wie schon gesagt, in Sachen meiner Intimsphäre zu Diskretion neige. Ich halte es da mit Oscar Wilde: »Es ist nicht klug, der Welt sein Herz zu zeigen. In einem so vulgären Zeitalter wie diesem benötigen wir alle Masken.« Und außerdem wollen wir niemanden langweilen.

Irgendetwas an mir musste jedenfalls Rachels Aufmerksamkeit so stark erregt haben, dass sie sich bei Renate nach meinem Beruf erkundigt hatte. Und weil ich Schriftsteller war, wollte sie mich nun näher kennenlernen. Möglich, dass sie unter den Theatermenschen eine literarisch interessierte Ausnahmeerscheinung war, was ich aber für unwahrscheinlich und auch nicht unbedingt wünschenswert hielt; denn das Wohlgefallen, das sie in mir erregte, war keineswegs interesselos, sondern mein Interesse an ihrer erregenden Erscheinung gehorchte tiefer liegenden, natürlicheren Instinkten, meinetwegen sogar Trieben. Sehr viel wünschenswerter schien es mir da schon, dass dies Ziel meiner schlaflosen Begierde zu jenen Frauen zählte, die Schriftsteller attraktiv finden, weil sie sich von ihnen männliche Sekundärtugenden wie Fantasie, Einfühlsamkeit, Verständnis, vielleicht sogar Humor versprechen. Auf Lesereisen begegnet man solchen Literaturenthusiastinnen immer mal wieder, doch handelt es sich in der Regel um reifere, vom wirklichen Leben ebenso gezeichnete wie enttäuschte Damen, die nicht die entfernteste Ähnlichkeit mit Isabelle Adjani haben. Ich könnte Ihnen jetzt exkursiv und exzessiv allerlei einschlägige Anekdoten auftischen, käme dann aber unweigerlich vom Hölzchen aufs Stöckchen und endete bei der nach wie vor offenen Frage, warum der bei Weitem überwiegende Anteil aller Belletristikleser Frauen sind.

Jean Paul Sartre hat einmal die Bemerkung gemacht, wir läsen deshalb Literatur, weil uns im Leben etwas fehle. Was uns fehlt, hat er nicht gesagt – das muss wahrscheinlich jeder für sich selbst herausfinden. Was aber fehlte der reizenden Rachel? Etwa – ein Mann? Abwegig war das nicht, hatte ich doch gelegentlich die Erfahrung gemacht, dass auffällig hübsche Menschen weniger umschwärmt als scheu gemieden werden: Man traut sich nicht oder will nicht plumpvorhersagbar als derjenige, welcher erscheinen, weshalb die schönsten Frauen häufig die einsamsten sind. Oder jedenfalls so ähnlich.

Gegen Morgen, als die Vögel im Garten zu zetern begannen, wurden meine Fantasien so prall und drängend, dass es mir selbst peinlich wurde. An Schlaf war nicht mehr zu denken, zum Frühstück war's noch zu früh. Um mich abzulenken, brühte ich mir ein Kännchen Ostfriesentee, setzte mich an den Schreibtisch und rief meine E-Mails ab. Die tägliche Entsorgung. Von Menschen mit exotischen Namen aus afrikanischen Ländern vier bis fünf Mitteilungen, dass ich lediglich meine Anschrift zu übermitteln hätte, um ganz legal an enorme Vermögen zu gelangen. Eine E-Mail meines Sohns Till aus Freiburg, dass es mit seinem BAföG »hinten und vorne« nicht lange: Ob ich ihm, bitte, mal ganz schnell »so zirka tausend Euro« überweisen könne. Till studiert übrigens Wirtschaftswissenschaft, spricht und schreibt allerdings immer nur von *economy*. Weiterhin ein dreckiges Dutzend Mails, die Penisvergrößerungen, generische Potenzmittel zu Dumpingpreisen und Dates mit den »hottest babes from your neighborhood« verhießen, worüber ich *in effigie* meines Dates mit Rachel nur mitleidig lächeln konnte. Drei dringende Aufforderungen, aus Sicherheitsgründen unverzüglich meine Bankverbindung und Kreditkartennummern mitzuteilen. Und dergleichen Schrott mehr. Man kennt das. Der Fluch des www. Einfach alles löschen. Oder, wie Heinz Erhardt mal so schön sagte: Lasset uns eilen! Lasst uns dem Müll eine Abfuhr erteilen. Also ab in den virtuellen Papierkorb.

Doch halt! War da nicht versehentlich auch eine Mail von rscholz@lindbrunn.de in den Orkus gerutscht? Also in die Müllkippe tauchen und nachsehen. Und siehe da, in neuer, also falscher, Recht- und radikaler Kleinschreibung fand sich folgende Nachricht:

mein lieber,
ich hoffe, du kannst mit meinen vorschlägen
zur plotstruktur leben und baust sie zügig
ein. das entsprechend überarbeitete manuskript
müsste innerhalb der kommenden woche im verlag
sein, sonst schaffen wir es nicht mehr ins
herbstprogramm. die vorschau wird bereits
produziert. hast du dir meine vorschläge für
ein kommendes projekt durch den köpf gehen
lassen? unsere vertreter sind der meinung,
dass insbesondere seriöse dokufiktion derzeit
gut im markt zu positionieren wäre, für ein

entsprechendes projekt würde sich gewiss auch
ein entsprechender vorschuss rechnen, demnächst
mehr.
in treue fest
ralf

Das war mir alles schon sattsam bekannt. Scholzsche Redundanz zum Quadrat. Im Papierkorb lag sie richtig. Und was wollte er mir eigentlich damit sagen, dass Dokufiktion »gut im Markt zu positionieren wäre«? Dass ich mir auch einmal eine dieser Betrügereien, Hochstapeleien und Fälschungen aus den Fingern saugen sollte, mit denen sich in letzter Zeit einige Autoren und Verlage saniert hatten? Nicht zuletzt Lindbrunn selbst mit jenem angeblichen Erlebnisbericht einer angeblichen ehemaligen BDM-Führerin aus einem angeblichen sibirischen Straflager? Unter dem Konsalik-kompatiblen Titel *Bußgang durch die Taiga* wollte da in den späten Vierziger- und frühen Fünfzigerjahren eine angebliche anonyme Zeitzeugin während ihrer angeblichen Haft im Frauen-Gulag Tagebuch geführt haben. Auf jeder zweiten Seite kam es zu Misshandlungen und »Schändungen« durch die russischen Bewacher und Polit-Kommissare. Laut Klappentext überlebte die ominöse Anonyma »die Hölle Sibiriens nur dank ihrer illusionslosen Kaltblütigkeit und unbestechlichen Reflexion«, indem es ihr angeblich gelang, den Lagerleiter zu ihrem Geliebten zu machen. Nicht nur ich hatte den Verdacht, dass dies Tagebuch getürkt war, aber nachweisen ließ sich nichts Genaues. Ein paar Enthüllungsjournalisten bissen sich an der Sache ihre investigativen Zähne stumpf, und Ralf Scholz wusste lediglich, dass 50 000 Exemplare des Machwerks über die Ladentische gegangen waren. 50 000 Exemplare können nicht lügen.

Oder die unsägliche Schmonzette *Das Blut des dunklen Kontinents* von Ursula Gablow, die als Journalistin und Kriegsberichterstatterin für diverse ausländische Zeitungen und TV-Sender in den vergangenen Jahren sämtliche Krisengebiete Afrikas bereist haben und Augenzeugin der haarsträubendsten Massaker gewesen sein wollte, die bei Erscheinen ihrer *Feldnotizen einer mutigen Frau* (so die Gattungsbezeichnung) in Kakiuniform von Talkshow zu Talkshow durchgereicht wurde, im Interview mit dem zu Tränen gerührten Johannes B. Kerner sogar das Spendenkonto ihrer Gablow-Stiftung einblenden ließ – bis ein findiger Lokaljournalist herausfand, dass dieser weibliche Scholl-Latour-Verschnitt in Dinklage bei Quakenbrück als Ich-AG Adressenlisten für den Versandhandel geschrieben hatte, sich dabei, wer wollte es ihr verübeln, langweilte und irgendwann damit begann, statt Adressenlisten ihre teils schwülstigen, teils blutrünstigen Fernweh- und Größenwahnfantasien zu Papier zu bringen. Als der Schwindel aufflog, distanzierte sich der Verlag zwar angeblich empört von seiner Autorin, aber da waren bereits über 100 000 Exemplare verkauft – zum Ladenverkaufspreis von € 19,95 inklusive 7 Prozent verringertem Mehrwertsteuersatz, womit die fantasiebegabte Ursula Gablow um zirka eine Viertelmillion Euro reicher und der Verlag auch nicht unbedingt ärmer geworden war.

Zugegeben: Solche Auflagen waren massive Pfunde auf jener Waagschale, die »der Kaufmann im Dichter« (Walter Benjamin) nicht einfach ignorieren durfte. Auf der anderen Waagschale lagen so diffuse, federleichte Werte wie schriftstellerische Integrität und ästhetische Relevanz, deren spezifisches Gewicht aber ständig zu schrumpfen schien. Und weiterhin zugegeben waren Kunst- und Literaturgeschichte durchaus auch stets Geschichten von mehr oder minder intelligenten Plagiaten und Fälschungen auf hohem Niveau. Das reichte von Macphersons *Ossian,* auf den sogar Goethes Werther hereinfiel, über Wilhelm Hauffs *Mann im Mond* und Scholochows *Der stille Don* bis zu den Hitler-Tagebüchern. Es stand ja nicht einmal zweifelsfrei fest, ob William Shakespeare William Shakespeares Werke geschrieben hatte. »Die gesamte Geschichte«, sagte der ebenso kluge wie skeptische Paul Valéry, »ist eine Fälschung, und folglich ist sie nutzlos. Ich bin der Verführung der Geschichte niemals erlegen« – über William Gaddis' monumentalem, einschlägigem Roman *Die Fälschung der Welt* wäre das ein hübsches Motto gewesen. Und wo, wie in der Literatur, die Wirklichkeit ästhetisch verfälscht werden muss, damit sie wahr wirkt, sind die Wände zwischen echt und falsch, gefunden und erfunden, wahr und gelogen allemal papierdünn im doppelten Sinn. Eben deshalb konnte literarisch stets erfolgreich gefälscht werden, und eben deshalb gibt es auch so viele Hochstapler- und Fälscherromane, dass sie fast schon eine eigene Gattung bilden: Es sind autobiografische Werke, autobiografischer als alle Autobiografien, in denen bekanntlich mehr gelogen wird als in jedem Roman. Unsereiner ist dem Windigen, Unseriösen und Gleisnerischen verwandt und zugeneigt. Wir flunkern die Wahrheit zusammen.

Eine dieser literarischen Falschmünzereien finde ich besonders bezaubernd, und vielleicht schreibe ich darüber eines Tages mal einen Roman (falls mir jetzt nicht einer der Kollegen oder Kolleginnen die Idee klaut). Ich meine den Fall George Forestier. Schon mal gehört? Im Herbst 1952 erschien ein achtundvierzig Seiten dünnes Lyrikbändchen mit dem damals höchst zeitgeistigen Titel *Ich schreibe mein Herz in den Staub der Straße.* Ein Nachwort ließ den geneigten Leser wissen, dass der Verfasser dieser zwischen verkitschtem Existenzialismus und knitterfreiem Expressionismus vagierenden Verse ein Elsässer namens George Forestier sei. Als Freiwilliger habe er am Russlandfeldzug teilgenommen, und in den Nachkriegswirren habe es ihn in die Fremdenlegion verschlagen, wo er zu schreiben begonnen habe. Abkommandiert in den Indochina-Krieg sei er 1951 im vietnamesischen Dschungel verschollen. »Seine letzten Verse«, so wörtlich dies Nachwort, »finden sich zwischen Gedichtblättern Gottfried Benns in einer kleinen schmutzigen Kladde ...«

Auf diese schlaue Mystifikation fiel der komplette Literaturbetrieb herein, allen voran die *Frankfurter Allgemeine Zeitung,* die das biografische Nachwort nebst zwei Gedichten vorab druckte. Lumpen ließ sich auch nicht der gebauchpinselte Gottfried Benn: In der *Neuen Zeitung* griff er für diesen Abenteurer des Geistes machtvoll in die Leier: »Wunderbar zarte, gedämpfte, melancholische Verse, Wanderverse eines Soldaten, der durch viele Länder kam, Verse eines Heimatlosen, der zu ahnen schien, dass er auf all das Besungene nur einmal seinen Blick zu werfen, die Bestimmung hatte. (...) Sein Name wird angeschlossen sein an die Reihe der Zarten und Schönen, der Frühbezwungenen, in die sich Aphrodite und Persephone, in die sich das Licht und die Schatten teilen.« Wohlgemerkt: Das ist keine Benn-Parodie, sondern O-Ton Kitsch-as-kitsch-can-Benn.

Bis 1955 waren weit über 20 000 Exemplare verkauft – ein nicht nur für die Nachkriegszeit sensationeller Erfolg von Lyrik. Als der zuständige Lektor, sozusagen auf vielfachen Wunsch und des großen Erfolges wegen, immer neuen lyrischen Nachschub aus dem Nachlass des verschollenen Frühbezwungenen herbeischaffte, wurde der Verleger Diederichs schließlich misstrauisch. Die lukrative Seifenblase platzte. Die Verse eines Heimatlosen stammten aus der Feder des Lektors persönlich, eines gewissen Dr. phil. Karl Enterich Krämer, mäßig erfolgreicher Schriftsteller, Herstellungsleiter und Lektor in Personalunion. Während Diederichs moralischer Katzenjammer überkam, sah Krämer den ganzen Schwindel mit geschäftstüchtiger Gelassenheit. In einem Interview, das er 1955 dem *Spiegel* gab, erklärte er unsentimental: »Ich gehöre einer Generation an, die genau weiß, was Managertum wert ist. Ein neuer Verlegertyp ist im Kommen, der sich bei jedem Buch fragt: Kann ich das verkaufen, um mein Geld wieder hereinzukriegen, oder nicht.«

Karl Emerich Krämer alias George Forestier war als Lyriker unteres Mittelmaß (Kostprobe gefällig? Bitte: »Mit dem Jochbein meiner Schläfe stoße ich in die Lenden des Schlafs« – was ja schon irgendwie in die lyrischen Dimensionen der guten Tante Thea lappte), doch als Verleger war er ein Visionär von Rang. Der Verlegertyp, den er kommen sah, heißt Ralf Scholz. Im Grunde heißen heute alle Verleger so.

Inzwischen war es draußen hell geworden. Ich zog Jogginganzug und Laufschuhe an und setzte mich in meinen allmorgendlichen Trimmtrab durch den Schlosspark. Mein sportlicher Ehrgeiz beschränkt sich darauf, meinem ungesunden Lebenswandel (Stichwort: orthopädische Literaturwissenschaft – Sie erinnern sich noch?) Paroli zu bieten, und mein ungesunder Lebenswandel sorgt dafür, dass ich mir beim Laufen kein Bein ausreiße. Nach zweieinhalb Kilometern ist Schluss. Meistens lasse ich mir dabei durch den Kopf gehen, was am Schreibtisch auf mich wartet, und manchmal kommen mir dabei sogar ganz brauchbare Formulierungen. Heute tat ich etwas, was ich noch nie getan hatte: Ich zählte meine Laufschritte. Warum eigentlich? Bei Schrittstand 813 oder 814 fiel es mir ein: Wenn jeder Schritt 100 Euro wert wäre, ergäbe meine Tagesstrecke von 2500 Metern 250 000 Euro. Ja, und? Das war genau die Viertelmillion, die nach meiner Schätzung Ursula Gablow für *Das Blut des dunklen Kontinents* eingestrichen hatte. Für zusammengelogenen, aus den Fingern gesogenen Schund. Lug hin, Schund her: Eine Viertelmillion, das dämmerte mir, als ich unter der Dusche stand, war ein Argument, das auch vergleichsweise hohe Hemmschwellen in bequeme Portale verwandeln konnte.

Und beim Frühstück fasste ich den Entschluss, Tante Theas schriftlichen Nachlass einer erneuten, diesmal wohlwollenden Sichtung zu unterziehen. Zumindest waren ihre Gedichte unfreiwillig komisch, lyrische Realsatiren sozusagen, und allemal so »gut« wie das Œuvre von Julchen Schrader, dem welfischen Schwan, der sich zwar als fulminante Ente entpuppte, aber ihrem Erfinder, einem gewissen Berndt W. Wessling, in den Siebzigerjahren jede Menge goldene Eier in den Schoß legte. »Gott«, notierte Wessling programmatisch in seiner Schradermaske, »Gott hat eine riesige geistige Klistierspritze, welche er, wenn Du zum Schlafe abgesunken und die Welt nicht mehr verspürst, in Deinen Dichtermund hineinbringt, um Dir den wunderbaren Balsam in den Körper zu tun, welcher es macht, dass Du die Genien erblickst und mit ihnen poetischen Umgang hast.« Diese göttliche Klistierspritze war nachweislich auch Tante Thea eingeführt worden. Zu bedenken blieb freilich, dass eine komisch-satirische Zurichtung der Sache gegen Ralf Scholz' verkaufsförderndes Verdikt verstoßen würde, es sei derzeit mit lustig Schluss.

Zu bedenken blieb weiterhin, dass bei derlei Machenschaften mein Name keineswegs ins Spiel kommen durfte. Als Herausgeber von Tante Theas gesammeltem Schwachsinn müsste ich mir eine Alias-Identität andichten und mich hinter einem Pseudonym verschanzen. Mit dieser Strategie wurde allerdings derart viel bedenkenloses Schindluder getrieben, dass mir schon beim Gedanken daran unbehaglich wurde.

Als abschreckendes Beispiel für den grassierenden Pseudonym-Missbrauch erinnere ich hier nur an den Fall des Kollegen Karlheinz Sommer, der seine Karriere als Bürobote einer Versicherungsgesellschaft begann, aber nicht so enden wollte. Nein, Künstler wollte er werden, Maler, Musiker oder Dichter. Malen und komponieren konnte er nicht, aber im Deutschaufsatz hatte er manchmal eine Zwei geschrieben, und er las auch gern mal einen Fantasyroman und viel Science-Fiction. Also Dichter! Ein Buch von einem, der Karlheinz Sommer heißt, hätte vermutlich niemand gekauft, weshalb er ein apart klingendes Pseudonym ersann, Amadeus Maria Winter, und sich eine »interessante« Biografie zusammenfantasierte: Nicht Bürobote sei er gewesen, sondern Banker und Waffenhändler. Dann machte er sich auch gleich flott ans Schreiben: Aus Comics, Fantasyromanen, Grimms Märchen und Science-Fiction bastelte er einen Riesenschmarren mit dem Titel *Angriff aus der Gegenwelt* zusammen, der zwar gedruckt, aber kaum gekauft, geschweige denn gelesen wurde, weshalb er bald nicht einmal mehr zu verramschen war und die Restauflage (= Startauflage abzüglich 347 verkaufte Exemplare) makuliert werden musste. Offenbar, mutmaßte Sommer alias Winter, war seine Person für die Talkshow-Öffentlichkeit immer noch nicht interessant genug, weshalb er plötzlich herumtrompetete, gar nicht Amadeus Maria Winter zu sein, sondern Maximilian von Ludendorff, ein Urenkel des durchgeknallten Weltkrieg-Eins-Generals. Und um ganz sicherzugehen, endlich in den Schlagzeilen zu landen, stellte er in seinem nächsten Buch real existierende Personen derart gnadenlos indiskret bloß, dass die entsprechenden Personen Unterlassungsklage erhoben. Nun las zwar, abgesehen von den beleidigten Personen und mit dem Fall befassten Juristen, immer noch niemand das Buch, aber Sommer/Winter/Ludendorff hatte es endlich geschafft, Tagesgespräch einiger Feuilletons zu werden, die von einem Angriff der Justiz auf die Freiheit der Kunst delirierten.

Es galt also, deutlichen Sicherheitsabstand zum Pseudonymunwesen solcher Literaturbetriebsnudeln zu wahren. Doch wie auch immer: Tante Theas Nachlass schien mir inzwischen einen gewissen Mehrwert zu versprechen. Ich wusste nur noch nicht, welchen. Also gelegentlich »da mal nachhaken«. (Walter Kempowski)

Einstweilen hatte ich Ralf Scholz' Änderungsvorschläge in meinem Manuskript zu berücksichtigen – oder auch nicht. Korrigiert oder unkorrigiert, als Fahnenausdruck oder fertiges Buch: Ralf Scholz würde den Text nie wieder lesen. Sollte das »Projekt« wider Erwarten ein Erfolg werden, würde er davon überzeugt sein, dass sich der Erfolg wesentlich seinem Herumdoktern am Plot verdankte; sollte es floppen, hätte er immer schon geahnt und unermüdlich gewarnt: Schluss mit – na ja, Sie wissen schon.

9

Sushi mag ich, meide aber deutsche Sushi-Bars, weil dort ein jungdynamisches Schnöseltum verkehrt, das seine blasierte, oberflächenversiegelte Langeweile pflegt, mit hochgezogenen Augenbrauen im *Focus, Maxim* oder der *Financial Times* blättert, gelegentlich nervös auf die Rolex starrt und zum rohen Fisch Prosecco süffelt. Einmal habe ich in einer Düsseldorfer Sushi-Bar (was ja fast schon ein Pleonasmus ist) eine an und für sich nicht unattraktive Frau gesehen, die demonstrativ Judith Hermanns Bestseller *Sommerhaus, später* auf den Tresen legte, was ich zuerst nur für einen unfreiwilligen intellektuellen Offenbarungseid hielt; es war aber, wie sich dann herausstellte, das Erkennungszeichen für einen kurz darauf eintretenden Mann, mit dem sie offenbar zu einem Blind Date verabredet war. Die beiden umschifften ihre Nervosität damit, dass sie über das Buch plauderten. Die Frau fand es »cool, einfach voll cool«, während der Mann, der offenbar nur den Klappentext gelesen hatte, von »Liebe und Dings, äh, Vergänglichkeit und der Angst vor dem ungelebten Leben«, schwadronierte: das bringe die Hermann »alles total sensibel auf den Punkt«.

Im *Sushi-Express* am Arsenalplatz war ich bislang nur ein einziges Mal gewesen, und weil es mir dort aus irgendwelchen Gründen nicht geschmeckt hatte, ging ich auch nie wieder hin. Irgendetwas musste faul sein an dem

Laden, denn trotz seiner günstigen Lage war er fast immer leer. Rachel wusste das, hatte ausdrücklich gesagt, da sei nie was los, und ich durfte also davon ausgehen, dass sie den *Sushi-Express* eben deshalb als Treffpunkt vorgeschlagen hatte: weil sie mit mir allein sein wollte. Zu zweit, genauer gesagt. Zu zweit und ungestört. Und genau das wollte ich auch.

Obwohl ich schon heute früh nach dem Joggen geduscht hatte, duschte ich noch einmal, rasierte mich sorgfältig, griff routinemäßig zum Rasierwasser – aber Momentchen mal! Da musste es doch noch was Extraordinäreres geben. Ich kramte im Spiegelschrank, und siehe da: *L'eau, d'Issey pour homme – Lotion après rasage*. Das vermutlich sündhaft teure Wässerchen hatte Anne mir letztes Jahr zu Weihnachten oder vielleicht auch vorletztes Jahr zum Geburtstag geschenkt, weil sie den Duft »sportlich und sexy zugleich« fand. Aber irgendwie gefiel mir das Zeug nicht recht, und ich benutzte weiterhin meine bewährte Hausmarke. Sportlich und sexy zugleich wollte mir jetzt jedoch als adäquate Duftnote dünken, und also dieselte ich mich großzügig damit ein, Wangen, Hals und ein paar verschwenderische Spritzer auf die Brust. Man konnte ja nie wissen, wie und wo ein Abend endete, der in der stillen Sushi-Bar seinen Anfang nehmen sollte.

Ich hatte schon die Haustürklinke in der Hand, als das Telefon klingelte. Das Nummerndisplay verriet: Anne vom Handy – im falschen beziehungsweise, je nach Perspektive, richtigen Moment ehefraulich-telepathisch begabt. Sie wolle nur mal kurz hören, ob auch »alles soweit okay« sei.

»Wieso nicht?«

Und ob ich den Zettel auf dem Küchentisch gefunden hätte?

»Der war ja nicht zu übersehen.«

Ob der Bohneneintopf noch geschmeckt hätte?

»Sehr lecker, ja.«

Ob ich die Blumen im Wintergarten –

»Selbstverständlich.«

Warum ich so kurz angebunden sei?

»Ich bin grade auf dem Weg zu einer –, äh, Lesung.«

Lesung? Wo ich denn heute lesen würde?

»Ich lese nicht. Ich höre mir eine Lesung an.«

Tatsächlich? Wessen Lesung denn?

»Dings, äh, Klaus – Modick.«

Der Weg-war-weg-Modick etwa? Ob ich mit dem nicht verfeindet sei?

»Gott, ja, was heißt hier schon verfeindet? Ich geb ihm noch mal 'ne Chance. Freu mich auch immer, wenn sich mal Kollegen in meine Lesungen verirren. Und wie sieht's bei dir so aus?«

Bei Anne sah »alles super« aus. Berlin sei »echt spitze«. Gestern Konzert. Heute Theater. Im Hintergrund Stimmengewirr, Gelächter. Eine Kneipe? Ich blickte zur Uhr. Viertel vor acht.

»Dann müsstest du doch längst unterwegs sein.«

Sie zögerte einen Moment und sagte, sie sei bereits da. Im Theaterfoyer.

»Also, dann viel Spaß«, sagte ich.

Den, sagte sie, wünsche sie mir auch. Die Verbindung brach ab. Funkloch vermutlich.

Um siebeneinhalb Minuten nach acht kam ich im *Sushi-Express* an. Am Tresen hockte ein schüchtern schäkerndes Teenagerpärchen, an einem der Ecktische saß ein Mann meines Alters, der desinteressiert aus dem Fenster sah und im dreiteiligen Anzug mit Krawatte irgendwie verirrt oder deplatziert wirkte. Rachel war noch nicht da.

Oder schon wieder weg? Nach siebeneinhalb, nunmehr acht Minuten? Unwahrscheinlich. Ich verkniff mir eine entsprechende Nachfrage bei der Bedienung, setzte mich an den Zweiertisch in der hintersten Ecke, orderte eine Flasche Bier, studierte die Speisekarte und dachte daran, wie ich vor zwölf Jahren zum ersten Mal Sushi gegessen hatte, und zwar nicht etwa hier oder in Düsseldorf, sondern direkt an der Quelle: in Tokio. Die Stadtbezirke südwestlich des Kaiserpalastes sind vornehm und teuer. Botschaften und Konsulate residieren da, Kulturinstitute, Banken, internationale Konzerne. Das nervöse Herz dieser Gegend ist jedoch Roppongi, und es beginnt zu schlagen, wenn zwischen Roppongi Crossing und Tokio Tower die Neonlichter und Leuchtschriften aufflackern und eins der berühmtesten und berüchtigtsten Vergnügungsviertel der Welt zu nächtlichem Leben erwacht. Erstklassiges Entertainment und übelste Absteigen, brüllende Discos und dezente Bars, billiges Fast Food und nobelste Küchen, ein Cavern Club, in dem täglich japanische Beatles-Imitatoren *Levolution* anstimmen, und das unvermeidliche *Hard-Rock-Café,* in dem amerikanische GIs ihre berühmte Sensibilität für interkulturelle Probleme ausleben – es gibt in Roppongi nichts, was es nicht gibt. Nichts ist unmöglich – der Werbejingle eines japanischen Automobilkonzerns kam mir damals wie die Erkennungsmelodie Tokios vor. Und Roppongi bei Nacht war Tokio zum Quadrat. In einem Kellerlokal spielte eine japanische Band in Cowboykostümen amerikanische Country Music; die Sängerin jodelte, die Slide-Gitarre winselte, als plötzlich eine Gruppe Touristen aus Taiwan das Lokal betrat. Sie hörten sich eine Weile die Weisen aus dem Land der unbegrenzten Möglichkeiten an, forderten dann aber die Band auf, doch lieber chinesische Volkslieder zum Besten zu geben – was diese auch prompt tat. So spielte also eine japanische Country-and-Western-Band chinesische Volksmusik, taiwanische Touristen sangen entzückt mit, während auf einer großen Videowand an der Längsseite des Lokals ein Werbespot der Finnischen Luftfahrtgesellschaft lautlose Bilder von Rentieren und Nordlichtern in weiten Schneelandschaften zeigte. Stumm und staunend saß ich dazwischen. Nichts war unmöglich. Später am Abend geriet ich in das kleine Restaurant, in dem ich dann mein erstes Sushi aß. An den Geschmack konnte ich mich nicht mehr erinnern, aber die Einrichtung des Ladens würde ich nie vergessen, weil es die abenteuerlichste Stilmischung war, die ich je gesehen habe: Afrikanisches mischte sich mit Spanischem, Französisches mit Mexikanischem, ein Tirolerhut am Tresen, ein Bild des Eiffelturms an der Küchendurchreiche. Die Krönung des Ambientes war jedoch die Toilette des Restaurants, die man gesehen haben musste, um zu glauben: Der Spiegel wurde von einem alten Fernsehgerät gerahmt, der Abtritt selbst, im japanischen Hock-Stil, war als buddhistischer Steingarten gestaltet; ein Stoffbild an der Wand zeigte einen grinsenden alten Chinesen, durch dessen linkes Auge ein Guckloch gebohrt war. Und um den Komfort perfekt zu machen, klöterte aus einem Radio im Stil der Fünfzigerjahre dröhnender Hardrock. Nichts war unmöglich, und während ich das eklektische Klo frequentierte, begriff ich auf einmal, was ich bislang nie begriffen hatte: was nämlich Postmoderne ist. Was sie war, genauer gesagt, denn die schillernde Seifenblase Postmoderne zerplatzte, als die Weltgeschichte wider Erwarten plötzlich weiterging, Deutschland erwachsen oder zumindest größer wurde und die Spaßkultur als verantwortungsloser Relativismus und FDP-Nonsens untersagt wurde.

Inzwischen stand der kurze Zeiger meiner Armbanduhr zwischen acht und neun und der lange auf der sechs, woran Sie nebenbei erkennen können, dass ich sogenannte Digitaldisplays verabscheue. Sie zeigen nämlich immer nur den Moment, aber nicht den Zusammenhang der Zeit. Pardon, das lappt jetzt schon wieder ins Philosophische, aber womit sonst sollte ich mein Warten füllen? Noch eine Flasche Bier. Zwanzig vor neun. Viertel vor neun. Frauen kommen immer zu spät. Man weiß das. Acht vor neun. Je schöner die Frau, desto später. Sieben vor.

Punkt sechseinhalb: Auftritt Rachel! Das Warten hatte sich gelohnt. Aber hallo! Sie sah sich kurz im Lokal um, erkannte mich kopfnickend und steuerte auf meinen Tisch zu. Strahlend lächelnd, Zähne wie Perlen, die Wangen leicht gerötet und etwas außer Atem, sagte sie: »Tut mir leid, dass ich so spät komme. Warten Sie schon lange?«

»Ich? I wo! Bin auch gerade erst gekommen.«

Sie kicherte, »umso besser«, setzte sich mir gegenüber, stellte eine Plastiktüte mit dem Aldi-Logo auf dem Fußboden ab, zog den Reißverschluss ihrer Lederjacke auf, unter der ich ein schwarzes T-Shirt mit V-Ausschnitt erblickte. Um den Hals trug sie ein dünnes Goldkettchen mit einem winzigen Glitzerstein. Ihr kleiner Busen hob und senkte sich. Offenbar war sie gelaufen. Wegen mir!

»Essen Sie eigentlich gern Sushi?«, fragte sie. »Ich meine, weil ich Sie doch hierher gelockt habe.«

»Ja klar«, nickte ich. »Aber in Japan schmeckt es besser. Das ist so wie mit Retsina. In Griechenland schmeckt der fantastisch, aber wenn man ihn zu Hause trinkt, schmeckt er muffig.«

»Waren Sie denn schon mal in Japan?«, erkundigte sie sich und griff zur Speisekarte.

»An einer Universität. Als *writer in residence.*«

»Oh ja? Toll«, sagte sie. »Da würde ich auch mal gern hin.«

Die Kellnerin kam an den Tisch. Rachel, die sich die Speisekarte noch gar nicht richtig angesehen hatte, bestellte Goma Wakame, Maguro, Tekka Maki und Kappa Maki. Und Inside Out. Inside Out sei hier besonders lecker.

»Ich nehme das Gleiche«, sagte ich.

Als Getränk wählte Rachel grünen Tee, der gut mit ihrer Augenfarbe harmonierte. Ich blieb dem Flaschenbier treu (dessen Marke ich hier nur ausplaudern würde, wenn Jever mir fürs literarische *product placement* Tantieme zahlte).

»Als *writer in residence* also«, sagte sie. »Wie nennt man das eigentlich auf Deutsch?«

Ich zuckte mit den Schultern. »Keine Ahnung. Wahrscheinlich genauso, wie es auf Japanisch heißt.«

»Und wie heißt es auf Japanisch?«

»*Writer in residence*«, sagte ich, »bloß dass die Rs ein bisschen wie Ls klingen.«

Der Scherz war ja eher matt, aber sie lachte darüber, hell und zugleich tief aus der Kehle. Schon mal gut, dachte ich, Frauen muss man zum Lachen bringen. Weiß man ja. Mit meinen Japan-Erfahrungen konnte ich ihr vielleicht zu fortgeschrittenerer Stunde noch imponieren. Roponig bei Nacht, Tokio als Hauptstadt der Postmoderne, Lukas Domcik als weit- und vielgereister, schreibender Kosmopolit – diese Strunztour halt.

Nachdem das Essen serviert war, fragte ich aber erst einmal, was sie hier am Theater treibe und was denn überhaupt eine Engländerin ins Norddeutsche verschlage, »eine so schöne Engländerin wie Sie«? Manchmal kann ich richtig charmant sein.

Und Rachel konnte überaus gesprächig sein, was ich später als selbstverliebte Schwatzhaftigkeit empfinden sollte, aber in diesem Früh- und Glühstadium unserer verhängnisvollen Bekanntschaft war mir jedes Wort aus ihrem Munde eine Offenbarung. Hingebungsvoll hing ich an ihren Lippen.

In Bristol habe sie eine Schauspielschule besucht, wegen der Unsensibilität der Lehrer und des einschüchternden Konkurrenzdrucks aber schon bald die Segel gestrichen. Als sie das sagte, bekam ihr Gesicht einen wehmütigen Ausdruck. Entweder schmerzte es sie immer noch, der Schauspielerei entsagt zu haben, oder sie war tatsächlich verkannt worden, wirkte die Wehmut doch völlig überzeugend. Stattdessen habe sie eine Ausbildung zur Maskenbildnerin begonnen und an einem Theater ein erstes Praktikum absolviert. Weil die Konkurrenz dort wie überall groß und Erfahrungen im Ausland immer wichtig und förderlich für eine künftige Karriere seien, mache sie nun am hiesigen Theater ein weiteres Praktikum und jobbe im *Bühnen-Bistro,* weil man für so ein Praktikum kein Geld bekomme und ja nicht bloß von »Lust und Liebe« leben könne.

»Von Luft und Liebe«, unterbrach ich sie. »Ich glaube, es heißt von Luft und Liebe leben.«

»Gut, dass Sie mich verbessern«, sagte sie lächelnd. »Mein Deutsch ist ja wirklich schlecht.«

»Aber nein«, beeilte ich mich, »Ihr Deutsch ist hervorragend und fast völlig akzentfrei. Ich frage mich, wieso Sie so gut –«

Ihr Großvater, erklärte sie, stammte aus Deutschland, sei in den Dreißigerjahren nach England gekommen, habe dort geheiratet, und ihr in England geborener Vater sei dann zweisprachig aufgewachsen und habe diese Zweisprachigkeit später auch noch in seiner eigenen Familie gepflegt und an Rachel weitergegeben. Außerdem sei sie schon häufig in Deutschland gewesen, habe während der Schulzeit ein Austauschjahr in Stuttgart verbracht, und in Hamburg habe sie sogar noch entfernte Verwandte, die Familie einer Großtante, zu der es gelegentlich Kontakte gebe, auch wenn das eine etwas schwierige Sache sei, weil nämlich –

Also nach England emigriert, kombinierte ich, während sie munter weiterplauderte, und zwar in den Dreißigerjahren. Dann lag der Fall bei einer, die Rachel hieß, ja wohl klar. »Sind Sie«, unterbrach ich sie, »also ich meine, ist Ihre Familie denn, äh, –« Ich unterbrach mich selbst, wusste nicht, wie man die Frage stellt, ohne irgendwie, also ohne gleich ins Fettnäpfchen beziehungsweise –

»Wie meinen Sie das?« Sie lächelte mir aufmunternd zu. »Ob ich was bin?«

Ob Sie Jüdin sind? Konnte man das so sagen? Einfach so brutal? Jüdin? Wäre nicht jüdisch die bessere Formulierung? Irgendwie neutraler? Oder jüdischer Abstammung? Das klang ziemlich korrekt. Aber wieso interessierte mich das eigentlich? Ich fragte doch auch niemanden danach, ob er christlich, buddhistisch, agnostisch oder sonst was war.

»Ach, nichts«, sagte ich, »es war nur so eine –«

»Ob ich Jüdin bin?« Sie nahm mir die Frage von der Zunge.

»Nein, nein«, wehrte ich ertappt ab, »wie kommen Sie da denn drauf?«

»Vielleicht wegen meiner Nase?« Sie lachte und drehte mir ihr Profil zu.

»Aber nein, Ihre Nase ist doch eher –«

»Eher was?«

»Na ja, also eher –«

»Eher Stups«, sagte sie. »Dann also wegen meines Namens.«

»Wegen Ihres Namens? Wieso? Ich meine, Sie heißen –«

»Rachel«, sagte Rachel, »ich heiße Rachel. Und Rachel ist ein jüdischer Name. Wussten Sie das nicht?«

»Doch, natürlich, aber das heißt ja noch lange nicht, also ich meine, das ist doch auch völlig egal.«

»Egal schon«, sagte sie, »aber es könnte auch irgendwie reizvoll sein.«

»Reizvoll? Sie sind sehr reizvoll, das stimmt schon, aber –«

»Aber ich muss Sie leider enttäuschen«, sagte sie und trank den Rest des grünen Tees. »Ich bin fast so germanisch wie Sie.« Und dann lachte sie wieder hell und tief aus dem Hals.

»Wie eine Walküre sehen Sie aber nicht gerade aus«, sagte ich und verlor mich fast im Anblick ihrer schwarzen Haare, des fast olivfarbenen Teints, der Zartheit ihrer Wangenknochen, der Tiefe ihrer grünblauen Augen und des glitzernden Steins an ihrem schlanken Hals.

»Meine Mutter ist Libanesin«, erklärte sie.

»Ach so«, sagte ich. »Aber warum ist Ihr Großvater damals denn aus Deutschland emigriert?«

»Der ist gar nicht emigriert«, sagte sie. Ihr Opa habe seinerzeit für eine Hamburger Reederei gearbeitet, die in London ein Büro hatte. Er sei aus beruflichen Gründen nach England versetzt worden, habe dann aber bei Kriegsausbruch politisches Asyl beantragt, die englische Staatsbürgerschaft erworben und seinen Nachnamen von Brinkmann zu Bringman anglisiert. Und nach dem Krieg habe er im Auftrag der englischen Armee als Dolmetscher am Reeducation-Programm mitgearbeitet und noch einmal einige Zeit in Deutschland verbracht, sei aber wieder nach England zurückgekehrt, weil er dort inzwischen geheiratet hatte.

»Aha«, sagte ich und »ach so« und »ich verstehe«.

Und dann schwiegen wir eine Weile vor uns hin, bis die Kellnerin fragte, ob's noch was sein dürfte. Für mich durfte es noch ein Bier sein, und Rachel bestellte ein Glas Weißwein. Wir prosteten uns zu, und als sie ihr Glas an die Lippen setzte, wusste ich plötzlich, dass ich mich verliebt hatte. Grundlos. Fragen Sie mich bitte nicht, warum ich das wusste. Das wusste ich nämlich nicht. So etwas weiß niemand. Nur dass ich mich in eine zirka fünfundzwanzig Jahre jüngere Frau verliebt hatte, wusste ich in diesem Moment.

»Sie fragen sich bestimmt«, sagte sie und blickte mir fest in die Augen, »warum ich Sie um ein Treffen gebeten habe. So aus freiem Himmel.«

»Es heißt aus heiterem Himmel«, sagte ich und dachte: Weil du dich in mich verliebt hast. Grundlos und aus heiterem Himmel. Wie's halt so geht im Leben.

»Ich weiß nicht recht, wie ich es Ihnen sagen soll«, sagte sie leise und fuhr mit der Spitze des Zeigefingers über den Glasrand. »Es ist«, sie zögerte, »es ist mir etwas peinlich, wissen Sie, aber –«

Du liebst mich also auch, dachte ich und lächelte ihr hoffnungsfroh zu. Sag doch einfach, dass du dich in mich verliebt hast. Einfach so. Aus freiem Himmel. »Das muss Ihnen doch nicht peinlich sein«, sagte ich.

»Also gut«, sagte sie hastig, »es ist so. Sie sind doch Schriftsteller. Und ich –«, sie legte eine Pause ein, »ich schreibe nämlich auch.«

Hinterher ist man bekanntlich immer klüger oder zumindest schlauer. Frauen, die sich gegenüber Schriftstellern als Selbstschreibende outen, wollen von ihnen nicht das eine, sondern nur das andere, wollen nicht den Menschen, sondern dessen Kompetenz, wollen keine Beziehung zu ihm, sondern seine Beziehungen für sich selbst nutzbar machen. Das wusste ich. Das weiß jeder. Und deshalb hätten bei Rachels letztem Satz in mir die Alarmglocken läuten müssen, und zwar schrill und durchdringend. Doch damals war mein Frühwarnsystem durch närrische Verliebtheit blockiert und süßlich verkleistert. Statt zu sagen: »Dann wünsche ich Ihnen viel Erfolg«, die Rechnung zu begleichen und das Lokal fluchtartig zu verlassen, säuselte ich besinnungslos: »Was denn? Sie schreiben auch? Das ist ja hochinteressant.«

Sie nickte, lächelte schüchtern, errötete sanft, hob die Plastiktüte mit dem Aldi-Logo vom Fußboden auf und legte sie zwischen uns auf den Tisch. »Das hier«, sagte sie mit belegter Stimme, »sind ein paar Storys, die ich geschrieben habe, und nun –«

»Storys also«, sagte ich, »Storys sind ja immer gut. Storys sind –«

»Ich weiß nicht, ob sie gut sind«, flüsterte sie. »Ein paar davon sind vielleicht ganz passabel. Aber ich brauche jemanden, der –, wie soll ich sagen? Mir fehlt einer –«

»Ihnen fehlt einer«, sagte ich verständnisvoll und aufmunternd, »der Ihnen Feedback gibt.«

»Feedback, genau.« Sie nickte heftig. »Aber eben nicht von irgendwem. Sondern von einem Profi. Und da habe ich dann gedacht, ob vielleicht Sie –, also ob Sie nicht –«

»Ich verstehe Sie«, sülzte ich, »ich verstehe Sie vollkommen«, und griff, nein, nicht nach der Aldi-Tüte, sondern nach ihrer zierlichen Hand. Sie entzog sie mir nicht. »Und jetzt lassen wir doch erst einmal dies steife deutsche Sie beiseite. Ich heiße Lukas.«

Mit ihrer noch freien Hand griff sie zum Weinglas, prostete mir zu. »Lukas also. Wie ich heiße, wissen Sie, weißt du ja schon.«

»Ja«, sagte ich, hob mein Bierglas, stieß mit ihr an, »dann trinken wir jetzt auf –, auf –«

»Auf Wilde Nächte«, sagte sie.

Ich wurde blass. Oder rot. Jedenfalls stieg mir eine Hitzewallung zu Kopf. Sie ging ja schärfer ran, als ich zu träumen gewagt –

»Das ist der Titel«, sagte sie.

»Der Titel?«

»*Wilde Nächte*, ja. Meine Storys heißen so. Findest du das gut?«

»*Wilde* – das ist, ja, ja, das ist irgendwie – sinnlich und poetisch.«

»Es ist ein Zitat«, sagte sie. »Von Emily Dickinson. Ich hab das als Motto benutzt.« Jetzt entzog sie mir leider ihre Hand, kramte raschelnd in der Tüte, zog ein Blatt heraus und reichte es mir. »Hier, lies mal.«

Oh, wilde Nächte!
War' ich bei dir,
Wär'n wilde Nächte
Unser Pläsier!

Harmlos sind Stürme
Dem Herzen am Kai,
Braucht' keinen Kompass,
Braucht' kein Lotblei.

Segeln in Eden!
Nächtliches Meer!
Könnt' ich doch ankern
In dir tief und schwer!

»Und das ist wirklich von Emily Dickinson?«, wunderte ich mich.

Rachel nickte begeistert. »Wie findest du das?«

»Schön«, sagte ich, »einfach nur schön«, und blickte ins blaugrüne Meer ihrer Augen. »Könnt ich doch ankern in dir tief und schwer. Bezaubernd.«

»Ich hab's selbst übersetzt«, sagte sie. »Meine Storys hab ich auch alle ins Deutsche übersetzt.«

»Wieso das denn? Englisch ist doch deine Muttersprache, und –«

»Ich weiß auch nicht genau, warum ich das gemacht hab. Es war irgendwie so, dass die Storys im Original etwas merkwürdig klangen, irgendwie – ich weiß nicht.« Sie sah mich dringlich an. Hilfesuchend?

»Vielleicht brauchtest du Distanz zu deinem eigenen Werk?«, schleimte ich. »Den fremden Blick? Einen anderen Sprachkörper?«

»Ja«, sagte sie nachdenklich, »genauso ist es. Wunderbar, dass du das gleich erkannt hast, obwohl du die Storys noch gar nicht kennst. Ich wusste, dass du derjenige bist, der mir fehlte.«

Als ich wieder nach ihrer Hand greifen wollte, hob sie das Handgelenk und sah entgeistert auf ihre Armbanduhr. »Oh, my god! Schon so spät? Ich habe noch eine Verab–, ich meine, ich muss noch mal schnell ins Theater. Kostümprobe. Da müssen die Maskenbildner unbedingt bei sein.« Sie stand auf, zog den Reißverschluss ihrer Lederjacke zu.

»Moment noch«, sagte ich, »was soll ich damit denn jetzt –«

»Ich geb dir meine Handynummer«, sagte sie und kritzelte eine Zahlenreihe auf die Speisekarte. »Ruf mich einfach an, sobald du das Manuskript gelesen hast. Dann treffen wir uns wieder. Oh, my god! Ich komme zu spät.« Sie warf mir eine Kusshand zu. »Danke für alles. Ruf mich an, ja?«

Und entschwebte.

Segeln in Eden!
Nächtliches Meer!
Könnt' ich doch ankern
In dir tief und schwer!

Nachdem ich die Rechnung beglichen hatte, starrte ich noch lange das Gedicht an. Und den blassen Abdruck ihres Lippenstifts auf dem Glasrand.

10

Das Deutsch von Rachel Bringmans Erzählungen *Wilde Nächte* war grammatikalisch und orthografisch auf gehobenem Hauptschulniveau und wimmelte von Anglizismen und Sprachanachronismen. Beispiel gefällig? »Sean klickte seine Zähne und frug Chloe, ob sie wirklich war seriös über das. Ja, ich bin, versätzte Chloe, indertat ich bin. Entzündent ein andere Cigarette, Sean reichte über die Tresen für den Aschbecher.« Verstörender als derlei leicht auszubügelnde Nebensächlichkeiten waren bis zur Unverständlichkeit verdrehte deutsche, englische und denglische Redewendungen à la »meinetwegen mag sie ins Heu beißen«, »morgends alle von uns hatten böse Überhänger« oder »Sean war an Chloe gehakt total«. Da Rachels gesprochenes Deutsch, abgesehen von ein paar Der-die-das-Verdrehungen und charmant-kuriosen Adjektivendungen, fast fehlerfrei wirkte, war die Katastrophe ihres schriftlichen Ausdrucks vielleicht damit zu erklären, dass sie in ihrem Leben zwar regelmäßig Deutsch gesprochen, es aber vermutlich bislang kaum gelesen und schon gar nicht geschrieben hatte. Möglich auch, jedenfalls im nüchternen Rückblick, dass ich die Fehler, die sie beim Sprechen machte, wohlwollend überhörte, weil mir damals noch das dünnste und dümmste Zeug, das sie absonderte, wie Öl runterging. Ich war ja verliebt in sie, also blind und taub. Am rätselhaftesten beziehungsweise schiefsten blieben ihre Metaphern: »Morgen brach wie eine kalte Teetasse.« Ging es um Sex – und wenn ich aus dem Kauderwelsch klug wurde, ging es offenbar häufig um Sex –, lappten ihre symbolischen Verrenkungen vollends ins Absurde: »Ihr erster Climax fühlte nichts als entferntes Erderschütterung.« – »Mit ihren Lippen sie kosliebte das harte Stachel als war es ein Fühlhorn ihrer Fröhlichkeit.« Sie verstehen? Ich, ehrlich gesagt, nicht so recht.

Arno Schmidt hat einmal die Bemerkung gemacht, er stelle es sich reizvoll vor, den Versuch zu unternehmen, Adalbert Stifter ins Deutsche zu übersetzen. Doch Rachels denglisches Chaos war schlicht unverständlich und also überhaupt nicht zu übersetzen, nicht einmal in Esperanto. Aber war diese Wirrnis denn wirklich nur ein Übersetzungsproblem? Oder las sich Rachels englisches Original womöglich genauso verquer? Gab es überhaupt einen Originaltext? Und wenn ja: warum hatte sie den eigentlich ins »Deutsche« gebracht? Google sei Dank, konnte ich mir das als Motto und Titel missbrauchte Gedicht *Wild Nights! Wild Nights!* von Emily Dickinson auf den Monitor holen. Es geht so:

> *Wild nights! Wild nights!*
> *Were I with Thee,*
> *Wild nights should be*
> *Our luxury!*
>
> *Futile the winds*
> *To a heart in port,*
> *Done with the compass,*
> *Done with the chart!*

Rowing in Eden!
Ah! the sea!
Might I but moor
Tonight in Thee!

Ich verglich es mit Rachels Version. Abgesehen vom Lotblei (für chart), das jedoch, der Reimnot geschuldet, nicht einmal ungeschickt ausgeworfen war, eine verblüffend gute Übersetzung. Wenn sie die aber tatsächlich selbst hergestellt haben sollte, wer hatte dann Rachels Storys »übersetzt«? Ein Computer? Ich ließ mir von Google die Maschinenübersetzung liefern (Diese Seite übersetzen), und siehe da:

Gedichtlyrics der wilden Nächte! Wilde Nächte!
durch Emily Dickinson.

Wilde Nächte! Wilde Nächte!
War ich mit Tee,
Wilde Nächte sollten sein
Unser Luxus!

Aussichtslos die Winde
Zu einem Herzen im Tor,
Getan mit dem Kompass,
Getan mit dem Diagramm!

Rudern in Eden!
Amperestunde! das Meer!
Macht ich aber Maure
Heute Abend in Tee!

Bingo! Der Wahnsinn hatte Methode. Auch wenn »Amperestunde! das Meer!« schwer nach Gottfried Benn oder George Forestier roch, war ich mir jetzt sicher, dass Rachel ihre *Wilden Nächte* durch eine Textvernichtungsmaschine namens Übersetzungsprogramm gejagt und anschließend für das Lektorat Verona Feldbusch gewonnen haben musste. Aber warum eigentlich? Und worum ging es überhaupt in diesen Geschichten? Durchs Dickicht der Sprachverhunzung war vage zu erahnen, dass Rachels Personal im Wesentlichen aus abgrundtief gelangweilten Vertretern ihrer Generation bestand, verkrachten Studenten, erfolglosen Künstlern und erfolgreichen Nichtstuern, »independent« Musiker, Nachwuchsliteraten, die in Kneipen und Kinos, Bars und Restaurants, auf Bahnhöfen und Flughäfen, auf Partys und Konzerten wortkarg rum- und abhingen. Kleinste gemeinsame Nenner dieses traurigen Haufens waren eine irgendwie unverdrossen bohemistische Gesinnung, allgemeine Antriebslosigkeit, die aber zur permanenten Suche nach dem »perfect Fick« in einem gewissen Kontrast stand, sowie vor allem die Tatsache, dass in den Erzählungen ununterbrochen geraucht wurde, meistens Zigaretten, seltener auch mal ein Joint. Kein Wunder also, wenn Personen und Psychologie, Ambiente und Lebenswirklichkeit wie unter blauem Dunst vernebelt blieben. Anders als manche Jungschriftstellerinnen, die nichts zu sagen haben, das jedoch halbwegs gekonnt zu formulieren wissen, hatte Rachel Bringman absolut nichts zu sagen – und sonst gar nichts. Kurz: *Wilde Nächte* waren das Papier nicht wert, auf dem die Storys ausgedruckt waren, sondern das hochpeinliche Dokument einer nicht zu unterbietenden Talentlosigkeit, die noch den wohlwollensten Dozenten für kreatives Schreiben ratlos gemacht hätte. Sommerhaus, dümmer.

Warum also hatte sie das geschrieben? Aus Eitelkeit? Geltungsbedürfnis? Selbstverkennung? Im Suff? Oder bekifft? Nachdem ich lange und ergebnislos darüber nachgegrübelt hatte, stieg ein fürchterlicher Verdacht in mir auf: Irgendjemand musste Rachel erzählt haben, dass derzeit in Deutschland gut aussehende Mädchen und junge Frauen, die das Abc auswendig konnten und mit der Tastatur eines Computers halbwegs zurechtkamen, in der Riege des literarischen Fräuleinwunders beste Karrierechancen hatten. Rachel hatte zweifellos künstlerische Ambitionen, die sie einstweilen noch maskenbildnerisch an den Gesichtern von Schauspielern austobte. Und sie sah umwerfend gut aus. Aber dies Manuskript würde nicht einmal Ralf Scholz zum Projekt adeln, selbst wenn Heidi Klum es geschrieben und ihm persönlich in die Hand gedrückt hätte.

Mitternacht war längst vorüber. Ich saß am Schreibtisch, rauchte Zigaretten, trank Rotwein und schüttelte hin und wieder fassungslos den Kopf, wobei mich die auf der Fensterbank dösende Katze aus grünen Augen beobachtete. Vor mir lag mein schleunigst zu überarbeitendes Romanmanuskript. Morgen! Auf dem Fußboden stapelten sich die diversen Konvolute aus Tante Theas Nachlass. Demnächst vielleicht. Und nun also auch noch 157 Seiten *Wilde Nächte,* deren Verfasserin auf Feedback wartete. Natürlich wollte ich sie wiedersehen, lieber heute als morgen, am liebsten sofort, wollte noch einmal ihre kleine Hand in meiner spüren, wollte all meine erotischen Wunschvorstellungen zu leibhaftiger Realität werden lassen. Nur eins wollte ich nicht: über ihr Manuskript sprechen müssen. Rachels äußere Qualitäten waren über jeden Zweifel erhaben, und welche inneren Qualitäten sie auch immer haben mochte – Schreiben zählte eindeutig nicht zu ihren starken Seiten. Wie sollte ich ihr beibringen, dass aus Scheiße nun mal kein Gold zu gewinnen wäre, ohne unsere Beziehung zu gefährden, bevor es überhaupt eine Beziehung war? Also Begeisterung heucheln? Sie mit Virginia Woolf oder Ingeborg Bachmann, Rosamunde Pilcher oder Luise Rinser oder zumindest Judith Hermann vergleichen? Und mich dann feige darauf zurückziehen, dass ich leider, leider weder Verleger noch Lektor noch Literaturagent sei, sondern ganz einfach Schriftsteller, der sehr wohl seine Meinung habe, aber ansonsten leider, leider absolut nichts für das Manuskript tun könne? Ich wusste, dass es mit meiner unehrlichen Meinung nicht getan sein würde. Feedback hieß vielmehr, dass von mir erwartet wurde, den unsäglichen Schrott zu veredeln und an einen Verlag zu vermitteln.

Und ich wusste das aus leidvoller Erfahrung. Im persönlichen Gespräch oder telefonisch, brieflich oder per E-Mail werde ich immer mal wieder von Wildfremden gebeten, ihre Texte zu begutachten und möglichst zügig eine Publikation in die Wege zu leiten. Nach einer Lesung wollte mir einmal einer dieser literarischen Olympioniken (»dabei sein ist alles«), der sich als pensionierter Staatsanwalt vorstellte, zwei Einkaufstüten voller selbst geschriebener Memoiren aufhalsen. Als ich ihn fragte, warum er ausgerechnet mir sein Lebenswerk anvertrauen wollte, sah er mich verständnislos an und sagte: »Aber Sie sind doch Schriftsteller.« Ob er denn irgendetwas von mir gelesen hätte, erkundigte ich mich, das mich dieser Aufgabe für würdig oder geeignet erscheinen ließe? Zum Lesen, sagte er da energisch, bliebe ihm gar keine Zeit; schließlich *schreibe* er ja. Einer wie *ich* müsse das doch verstehen.

Noch heimtückischer sind einschlägige, unerwünschte Einsendungen. Von der aberwitzigsten, die mich je erreichte, erzähle ich Ihnen jetzt – und zwar ausschließlich deshalb, weil Sie vielleicht manchmal denken, dass ich in meinem Bericht nicht immer streng bei der Wahrheit bleibe, sondern Ihnen romanmäßig allerlei vorflunkere. Aber so etwas könnte nicht einmal die wildeste Fantasie eines Fantasy-Autors hervorbringen: Vor einigen Jahren schleppte mir nämlich der Paketdienst ein etwa 1 mal 2 Meter großes, aber nur zirka zwanzig Zentimeter dickes Paket ins Haus. Der Absender war mir unbekannt. Beim Auspacken vermutete ich, dass es sich um ein gerahmtes Bild handeln könnte – vielleicht das Geschenk eines begeisterten Lesers? So etwas kommt ja vor. Es war aber kein Bild, sondern ein enormer Einband aus Holz, der sich durch Möbelscharniere öffnen ließ, und eingeschraubt in dies Monstrum war ein Manuskript, handgeschrieben, während ein beigefügter elfseitiger Brief mit Maschine getippt war. In diesem Anschreiben klagte der Verfasser mit detailversessener Verbitterung, dass sein Opus Magnum eine Odyssee durch sämtliche deutschen, schweizerischen und österreichischen Verlage hinter sich habe und überall auf völlige Nichtbeachtung oder schnödeste Ablehnung gestoßen sei. Deshalb nun sei ich, so wörtlich, »die letzte Hoffnung« des Verfassers. Wenn auch ich nichts dafür tun könne, sein Werk der Öffentlichkeit zuzuführen, sehe er keinen anderen Ausweg, so wortwörtlich, »als mich zu erhängen«. Vielleicht können Sie verstehen, dass sich an diesem Punkt des Anschreibens die unfreiwillige Komik des Ganzen für mich in Entsetzen verwandelte. Hier drohte einer mit Selbstmord, sollte ich seinen durchgeknallten Ambitionen nicht zu Diensten sein. Ich packte das Geraffel schleunigst wieder ein, trug es zur Post und schickte es kommentarlos und unfrei an den Absender zurück. Das stellte sich als

Fehler heraus, wurde mir die unselige Sendung doch eine Woche später erneut zugestellt: Der Empfänger hatte die Annahme verweigert, weshalb ich nunmehr doppelte Zustellgebühren abdrücken musste. Die Annahme meinerseits zu verweigern, war unmöglich, da ich die Sendung unfrei auf den Weg gebracht und deshalb meine Anschrift hatte angeben müssen. Ich schrieb dem Wahnsinnigen eine Postkarte: Falls er auf Rücksendung wert legen sollte, möge er mir vorab das Porto erstatten. Als nach drei Wochen keine Antwort kam, entsorgte ich das Paket als Sperrmüll.

Als ich klein war, haben meine Eltern mir eingeschärft, nie, unter keinen Umständen, irgendetwas von fremden Menschen anzunehmen. Das seien gefährliche Versuche, mir Böses anzutun oder mich zu verführen. Was unter Bösem und Verführung zu verstehen war, blieb zwar unklar, aber gerade dies vage Grauen sorgte dafür, dass ich mich stets an die Mahnung hielt – bis zu jenem Tag, an dem das holzgebundene Manuskript kam. Von dem fremden, verkannten Autor hatte ich unvorsichtigerweise etwas angenommen. Und bis heute sehe ich in sehr bösen Träumen einen Menschen von einem Dachbalken oder Fensterkreuz baumeln. Und ich bin daran schuld.

Rachel jedoch würde mir nichts Böses antun. Verführen wollte sie mich, in aller Unschuld verführen. Wilde Nächte! Was denn sonst? Und das waren schöne Aussichten. Wilde Nächte! Ich sah ihre Augen vor mir und den Diamanten an ihrem Hals. Mir würde schon noch einfallen, wie ich auf ihr Manuskript reagieren könnte, ohne die himmlische Verführung zu gefährden. Im Grunde war es doch so: Je schlechter ihr Manuskript war, desto länger würden sie und ich brauchen, in gemeinsamen Nachtschichten etwas Lesbares daraus zu destillieren. Wilde

Nächte! Emily Dickinson. Wie kam Isabelle Adja–, pardon, wie kam Rachel bloß ausgerechnet auf Emily Dickinson? Wurde die überhaupt noch gelesen? Die Katze schwänzelte mir um die Beine: Sei lieb, hieß das, sei mein Dosenöffner. Ich ging in die Küche und füllte ihr den Napf. Wilde Nächte. Emily Dickinson. Gab's da nicht mal so einen Song? Von, äh, Dings? Ich kippte den Rest des Rotweins ins Glas, ging ins Wohnzimmer und suchte zielstrebig im CD-Regal nach der passenden Nachtmusik. Simon & Garfunkel. Genau. *Dangling Conversation*. Schon ewig nicht mehr gehört. Ich legte die CD in den Player und mich auf die Couch. Was für ein schönes Lied! Schön traurig irgendwie –

> *And you read your Emily Dickinson*
> *And I my Robert Frost*
> *And we note our place with bookmarkers*
> *That measure what we've lost*
>
> *Like a poem poorly written*
> *We are verses out of rhythm*
> *Couplets out of rhyme*
> *In syncopated time*
>
> *And the dangling conversation*
> *And the superficial sighs*
> *Are the borders of our lives*

11

Solange er nur den Titel kannte, war Ralf Scholz von meinem neuen Manuskript hellauf begeistert gewesen. Der Roman heißt nämlich *Der König von Elba,* und Ralf Scholz hatte angenommen, ich hätte endlich sein Flehen erhört und mir einen historischen Roman aus den Rippen geleiert. Erinnern Sie sich noch? Am besten liefen derzeit Mittelalter und achtzehntes Jahrhundert. Reale, aber möglichst dramatische und tragische Hintergründe, Liebe, Lust und Intrigen als Sahnehäubchen. Und deshalb hatte Ralf Scholz aus einem titelbedingten Reflex heraus kurzgeschlossen, dass es sich beim *König von Elba* um nichts anderes handeln konnte, als einen »richtig opulenten Schmöker« über Napoleons Exilzeit auf der italienischen Insel. Allerdings verpuffte die verlegerische Begeisterung schon bei den ersten Sätzen, lauten diese doch: »Mit dem Billigflieger via Paris nach Pisa. Mit dem Mietwagen von Pisa nach Piombino. Mit der Autofähre von Piombino nach Portoferráio. Von Portoferráio weiter bis Porto –« Dass die Ortsnamen sämtlich mit P beginnen, verdankt sich keineswegs dichterischer Alliterationsenergie, sondern entspricht den topografischen Tatsachen – ein Zufall, den unsereiner sich im schweren Ringen um unsterbliche erste Sätze natürlich nicht entgehen lässt. Das aber nur mal so nebenbei aus dem Nähkästchen.

Erzählt wird die Geschichte eines knapp sechzigjährigen deutschen Lehrers, der seit über zwanzig Jahren auf Elba ein Ferienhaus besitzt und jede Frühjahrsferien, jeden ersten Mai, jede Pfingstferien, jede Himmelfahrt, jede Sommerferien, jede Herbstferien, jede Weihnachtsferien und alle Zeiten, in denen er sich als Allergiker krankschreiben lässt, dort verbringt. Allerlei enttäuschte Hoffnungen, unter anderem wäre er lieber Dichter als Lehrer geworden, und die Härten des Berufsalltags haben den Mann schwer verbittert: Daheim ist er ein allseits gefürchteter Choleriker und Schultyrann. Doch auf Elba ist alles anders. Hier ist er Mensch, hier darf er's sein. Hier verwandelt sich sein deutscher Jähzorn in gutmütige Gelassenheit, seine pedantische Missgunst in Großzügigkeit, seine notorische Übellaunigkeit in demonstrative Heiterkeit, seine allergischen Hautreizungen in Sonnenbräune. Und natürlich spricht er auf Elba nur Italienisch, liest ausschließlich italienische Zeitungen, fährt Fiat, verweigert jede Nahrung, die nicht nachweislich aus Italien stammt, und so weiter und so fort. Diese entschiedene, ja geradezu närrische Italophilie stößt bei den Einheimischen anfangs auf Misstrauen und Ablehnung, da der deutsche Lehrer auch den Dorfbewohnern einzubläuen versucht, was es heißt, richtig italienisch zu sein und globalisierungstrotzig auch zu bleiben. Trotz dieser Schrullen wird der Mann aber im Lauf der Jahre wohlwollend ins Dorfleben integriert – ein milde belächelter, doch auch beliebter und geachteter Teilzeitinsulaner mit dem Spitznamen Il Re, der König also. Eines Sommers nimmt nun jedoch ein anderer Deutscher als Feriengast im Dorf Quartier, ein höflicher, reservierter, freundlich versnobt wirkender Mensch, dem innerhalb weniger Tage sämtliche Herzen zufliegen, obwohl er kein Wort Italienisch spricht und auch sonst keinerlei Anstalten macht, sich demonstrativ landeskonform zu verhalten. Was dem Lehrer in zwanzig Jahren verbissener Anstrengung nicht gelang, gelingt diesem Mann im Handumdrehen kraft seines lässig-selbstbewussten Charismas – was wiederum den Lehrer mit einer nagenden Eifersucht erfüllt, die sich noch steigert, als sich herausstellt, dass dies Schoßkind des Glücks auch noch Dichter ist. Die Pension, in der er wohnt, wird von einer strahlend schönen Frau geführt, die als unnahbar gilt, seit sie nach nur zweijähriger Ehe zur Witwe wurde. Doch bringt der dezente Charme des Poeten ihre kühle Unnahbarkeit zum Schmelzen, und die beiden verlieben sich unsterblich ineinander. Und das ist nun wiederum für den Lehrer die eigentliche Katastrophe, denn der heimliche Grund dafür, dass er sich vor zwanzig Jahren das Haus auf Elba kaufte, ist die Tatsache, dass er sich in die damals Achtzehnjährige verliebt hatte, ihr dann jahrelang vergeblich den Hof machte und schließlich resigniert entsagte. Und nun kommt einer des Wegs, der einfach ist, was und wie der Lehrer stets verzweifelt sein wollte, und alles, für das er zwanzig Jahre mehr oder weniger erfolgreich kämpfen musste, fällt dem Dahergelaufenen als Geschenk in den Schoß.

Gute Geschichte, nicht wahr? Und das Beste daran: Was aus den Personen wurde, ließ ich offen. Abgesehen von einigen Marginalien war es genau dies offene, an die Leserfantasie appellierende Ende, das die Lektorenfantasie von Ralf Scholz feurig entzündet hatte. Mit Bleistift hatte er gleich drei melodramatische Schlussvarianten angemerkt, nämlich erstens: Der Lehrer bringt den Dichter um. Dergleichen sei in Italien üblich und zeige, wie gründlich der Lehrer inzwischen italienisiert sei. Oder aber, zweitens und besser, der Lehrer murkst die Pensionswirtin ab. Begründung siehe erstens. Oder, noch besser und drittens, der Lehrer meuchelt die Pensionswirtin und wird anschließend vom Dichter erdolcht. Begründung: keine. Die Frage, was Hollywood dazu sagen würde, hatte Ralf Scholz sich selbst offenbar nicht gestellt. Hollywood würde nämlich sagen: Der Versuch des Lehrers (Anthony Hopkins), die Frau (Isabelle-Fanny Adjani-Ardant) umzubringen, wird in allerletzter Sekunde vom Dichter (Richard Gere) vereitelt. Beim Zweikampf der beiden Rivalen stürzt der Lehrer von hoher Klippe ins Meer. Sonnenuntergang. Schnitt. Sonnenaufgang. Dichter und Pensionswirtin heiraten, und wenn sie nicht gestorben sind –

Während meiner Joggingrunde dachte ich darüber nach, ob ich beim offenen Ende bleiben oder eine dieser vier Schlussvarianten einbauen sollte. Unter der Dusche verfiel ich dann auf die Idee, alle vier Möglichkeiten zu skizzieren und es dem geneigten Leser zu überlassen, welcher Schluss ihm am besten gefiel. Am frühen Abend war ich damit fertig. Mein Schlusssatz lautete: »Sollte Ihnen dies alles nicht behagen, denken Sie sich doch einfach selbst ein Ende aus.« Und ab als E-Mail an Ralf Scholz.

Nach getaner Arbeit rief ich Rachels Handynummer an, um mitzuteilen, dass ich ihr Manuskript gelesen hatte und also unser nächstes Rendezvous unverzüglich zu verabreden sei. Sie meldete sich aber nicht. Als mich die Automatenstimme aufforderte, eine Nachricht auf ihrer Mailbox zu hinterlassen, nannte ich meine Telefonnummer, bat um ihren Rückruf, wartete, rauchte, trank als Aperitif einen Whiskey, wartete, rauchte. Kam mir dabei vor wie eine Figur aus *Wilde Nächte,* die ja ebenfalls rauchten, tranken und auf allerlei Unbestimmtes warteten, zum Beispiel den »perfect Fick«. Wartete auf ihren Rückruf. Trank noch einen Whiskey. Nach etwa einer Stunde klingelte es. Endlich! Ich griff mit zitternder Hand zum Hörer und hauchte: »Ja?«

Seit wann ich mich nicht mehr mit Namen, sondern mit Ja melden würde? fragte meine Frau.

»Ach so, du bist's.«

Wer sonst? Ob ich etwa einen anderen Anruf erwartete?

»Ich? Nö, wieso –«

Sie mache es auch ganz kurz. Ob ich die Blumen im Wintergar–

»Natürlich.«

Und ob ich Katzenfutter –

»Längst erledigt.«

Deswegen rufe sie natürlich gar nicht an, was ich mir schon fast selbst hätte denken können. Vielmehr wollte sie nur mitteilen, dass sie nicht wie geplant Dienstagabend, sondern erst am Mittwoch zurückkommen werde. Für Dienstagabend habe man nämlich wider Erwarten noch Karten für einen Ballettabend mit einer russischen Tanztruppe »ergattern« können, und deshalb –

»Schön für dich«, sagte ich und dachte im Hinblick auf die anstehenden literarischen Beratungsgespräche mit Rachel: noch schöner für mich.

Und wie die Lesung gestern gewesen sei?

»Lesung? Ach so, na ja, nicht so ganz mein Bier, aber im Prinzip –«

Und ob sonst alles klar sei? Sie meine, ob ich auch zurechtkäme, so ganz allein zu Haus?

»Alles bestens«, sagte ich halbwegs wahrheitsgemäß, »ich arbeite. Und jetzt geh ich gleich zum Essen ins *Bühnen-Bistro*.«

Und auch das stimmte. Nachdem ich noch einmal ergebnislos auf Rachels Handy angeklingelt hatte, hoffte ich, sie möge im Bistro die Abendschicht schieben. Aber die Hoffnung trog. Das flaue Sonntagabendgeschäft wurde von Egon und Renate allein bewältigt. Ich nahm am Tresen Platz. Mich nach Rachels Verbleib zu erkundigen, kam mir zwar peinlich genug vor, doch nach dem Essen (Matjesfilets mit Bratkartoffeln) und einigen zungelösenden Bieren fragte ich Egon betont beiläufig, wo denn heute eigentlich die schöne Kellnerin stecke, diese Dings, äh, Rachel –

Er zuckte gelangweilt die Schultern: keine Ahnung. Und im Übrigen interessiere er sich auch nicht dafür, was sein Personal in seiner Freizeit treibe. Egons Gleichgültigkeit gegenüber Rachel machte mich ganz fassungslos. Wie konnte es einem egal sein, was diese Frau trieb? Wie konnte man die schnöde als »Personal« bezeichnen? Ich meine, Egon ist schließlich ein Mann! Okay, ich weiß, die Geschmäcker sind zum Glück verschieden; sonst würden ja alle Männer dieser Welt Rachel anbaggern, ihr nachsteigen und hinterhertelefonieren, aber trotzdem empfand ich Egons Desinteresse fast als persönliche Beleidigung.

Nachdem ich, den Kopf in die Hände gestützt, eine Weile vergrübelt hatte, fragte mich Egon hinterrücks: »Was willste denn von der?«

Ich zuckte zusammen und sagte: »Och, nix. War nur mal so 'ne Frage.«

»Ach so«, sagte Egon. »Ich dachte schon –« Er sprach den Satz nicht zu Ende, weil sich in diesem Moment die Tür öffnete und eine Gruppe von zwölf bis fünfzehn Leuten ins Bistro strömte. Egon nickte in Richtung Uhr überm Tresen. »Theater ist aus«, sagte er und zapfte prophylaktisch ein paar Biere an.

Die Wahrheit ist merkwürdiger und ausgefallener als

alle Fiktionen. Um innere Wahrscheinlichkeit und Glaubwürdigkeit zu erreichen, muss literarische Fiktion nicht nur die Klischees und Trivialitäten des wirklichen Lebens dämpfen, sondern auch das Unwahrscheinliche, die Zufälle und rätselhaften Fügungen, das meinetwegen sogar Schicksalhafte, bis es wieder so klingt, als sei's wirklich geschehen und gewesen. Wäre dieser Bericht eine Fiktion, meine, wenn man so will, Beichte, ein Roman, müsste ich deshalb das Folgende wegschminken, umkonstruieren oder auslassen, aber der Zufall wollte es nun einmal so, dass sich unter den eingetretenen Theaterbesuchern ausgerechnet Herr Danneberg samt Ehefrau befanden.

Wieso ausgerechnet? Rainer Danneberg ist ein überaus liebenswürdiger, zuvorkommender Mann, Bibliothekar an der hiesigen Universitätsbibliothek, der mir bei Recherchen für meine Bücher gelegentlich hilfsbereit beigestanden hat. Er und seine Frau, eine Studienrätin, besitzen ein Haus in der Toskana. Dass »ein Haus in der Toskana« ein übles Klischee ist, weiß ich sehr wohl, aber das ist nun mal so, wie es ist. Irgendwann hatte mir Herr Danneberg besitzerstolz, aber keineswegs angeberisch, ein Foto des wirklich schönen Hauses gezeigt, ein paar Details erläutert und auch ein bisschen geschwärmt, dass er dort ein ganz anderer Mensch sein könne. »Und wissen Sie«, hatte er listig lächelnd gesagt, »was das Schönste ist? Da gibt es keine Bücherregale.« Obwohl mir ein Leben ohne Bücher nicht verlockend vorkommt, hatte ich doch sehr gut verstanden, dass für den Bibliothekar Danneberg die Abwesenheit von Bücherregalen so etwas wie ein professionsloses Paradies bedeuten musste, die Befreiung von der Fron, nützlich zu sein. Die Geschichte war mir eine Weile im Kopf herumgegangen und wurde dann schließlich zur Keimzelle des Romans *Der König von*

Elba. Herrn Danneberg hatte ich kurzerhand in den frustrierten Lehrer verwandelt, wobei ich sämtliche positiven Eigenschaften des Bibliothekars ins Negative ge- und verzerrt hatte, um die Kontraste sinnfälliger zu machen: hier deutscher Kotzbrocken, dort die italophile Liebenswürdigkeit in Person.

Das alles schoss mir nun siedendheiß ins Bewusstsein und verkochte dasselbe zu einem schlechten Gewissen, als Herr Danneberg und seine Frau mir beim Eintritt ins *Bühnen-Bistro* freundlich und arglos zuwinkten. Ich winkte zurück und fragte mich schaudernd, was passieren würde, wenn Herrn Danneberg demnächst *Der König von Elba* unter die Augen käme. Der Mann würde sich gekränkt und bloßgestellt vorkommen; mit seiner Freundlichkeit mir gegenüber wäre es vorbei, er würde mich meiden, würde mich, wie man so sagt, nicht einmal mehr mit dem Arsch ansehen, und Recherchematerial würde ich mir zukünftig ohne seine Hilfe zu erschließen haben. Vermutlich würde er mich wegen Verletzung seiner Persönlichkeitsrechte verklagen, und vor Gericht würde es mir auch wenig nützen, wenn ich darauf hinwiese, dass für die zweite Hauptfigur des Romans, den charmanten Dichter, gleichfalls eine real existierende Person Pate gestanden hätte, nämlich ich selbst. Das Ganze würde sich zu einem peinlichen Skandal à la Biller oder Sommer auswachsen. Das Buch würde vom Markt genommen und makuliert werden, Lindbrunn würde den Vorschuss zurückverlangen und darüber hinaus Schadensersatzforderungen an mich stellen. Ach, ach –

Ich stöhnte leise vor mich hin, was Egon wohl als Bestellung interpretierte, setzte er mir doch zügig ein frisches Pils auf den Deckel. Ein Jammer, dachte ich und nahm einen tiefen Schluck, das Leben schreibt die besten Geschichten, nur darf unsereiner die nicht protokollieren, sonst landet er gleich vor Gericht und verscherzt es sich mit allen Freunden – von der Verwandtschaft ganz zu schweigen. Politische Korrektheiten sind ja schon schlimm genug, aber läppisch verglichen mit den Rücksichten, die wir den Menschen gegenüber zu nehmen haben, die wir am besten kennen. Wer noch zu erben hofft, tut grundsätzlich gut daran, seine Eltern oder potenzielle Erbonkel und -tanten literarisch erst posthum zu verwursten. Und was gäbe meine zweimal geschiedene Schwester für eine lebenspralle Romanfigur ab! Noch heikler freilich der Eiertanz aus Verbergung und Enthüllung, zu dem uns unsere Frauen, Geliebten etc. pp. nötigen, müssen wir ihnen gegenüber um des Beziehungsfriedens willen doch sogar unsere Fantasien zügeln. Es wäre mal interessant zu wissen, was für Eifersuchtsszenen sich im Haus des geschätzten Kollegen Ortheil abgespielt haben, als der sich seinen Roman *Die große Liebe* leistete. Wenn ich mit so etwas käme und Anne würde sich in der großen Liebe nicht wiedererkennen, würde sie wahrscheinlich zum Scheidungsanwalt laufen.

Als wir im letzten Sommer auf der französischen Atlantikinsel Ile de Ré Urlaub machten, ist Folgendes passiert: Wir waren abends am fast menschenleeren Strand, eine kräftige Brise wehte von Westen, und die Brandung rauschte und schäumte prächtig. Anne, die eine gute Schwimmerin ist, wollte ins Wasser, aber mir war's etwas zu ungemütlich. Ob ich sie, fragte meine Frau scherzhaft, denn wenigstens retten würde, falls sie da draußen Gefahr liefe zu ertrinken? Eine Antwort wartete sie gar nicht erst ab, sondern lief entschlossen ins Wasser. Im Fall der Fälle hätte ich sie natürlich gerettet oder jedenfalls kompetentere Hilfe geholt, aber während sie in der Brandung planschte und auch relativ weit hinausschwamm, ging mir ihre Frage nicht aus dem Kopf. Würdest du mich retten? Das war doch eine gute Idee für eine Erzählung! Vielleicht sogar ein guter Titel: *Würdest du mich retten?* Nur dass in der Erzählung der Ehemann seine Frau natürlich *nicht* retten und auch keine Hilfe holen würde. Er hat nämlich seit geraumer Zeit eine Geliebte, will sich von seiner Frau aber nicht trennen, weil die durch eine Erbschaft richtig reich geworden ist – weswegen er sie auch geheiratet hat. Als seine angetraute Millionenerbin nun jedoch im aufgewühlten Atlantik verschwindet, rührt er keinen Finger, sondern ergeht sich in Fantasien über ein sorgenloses Leben ohne sie, aber mit ihrem Geld auf der Bank und seiner jungen Geliebten im Bett. Nachdem die Ehefrau nicht mehr auftaucht, geht er zur Polizei. Strand und Meer werden ergebnislos abgesucht, die Frau bleibt verschwunden. Der Mann fährt bester Laune wieder nach Hause und lässt nach einer dreimonatigen Scham- und Trauerfrist seine Geliebte bei sich einziehen, doch hat sie kaum ihre Koffer ausgepackt, als die Ehefrau wieder auf der Bildfläche erscheint, keineswegs als Wasserleiche, sondern als Racheengel in Begleitung ihres Rechtsanwalts. Von der Affäre ihres Mannes hat sie nämlich gewusst und ihr Ertrinken lediglich simuliert, um den Erbschleicher und Ehebrecher schließlich in flagranti zu ertappen.

Als Anne damals wieder dem Meer entstieg, war ich total deprimiert, aber nicht etwa, weil sie immer noch lebte, sondern weil mir klar geworden war, dass auch diese Geschichte auf ewig eine ungeschriebene Fantasie bleiben musste. Schriebe ich sie, würde Anne ja sehr genau wissen, auf welche reale Situation die Frage »Würdest du mich retten?« zurückginge, würde mich verdächtigen, eine junge Geliebte und ihr gegenüber die finstersten Absichten zu haben. Dass Anne leider keine Millionenerbin ist, würde da gar nichts nützen, sondern sie würde sagen: »Wenn ich dir nicht reich und jung genug bin, musst du dir 'ne Jüngere und Reichere suchen.« Und dann müsste ich natürlich sagen: »Aber ich bitte dich, das ist doch nur eine Fiktion!«, worauf sie erwidern würde: »Das sagst du immer.« Ach, ach, ach –

»Noch 'n Pils oder was?« Egon hatte meinen Seufzer nicht überhört, und als er mir ein frisches Bier zuschob, fragte er mitfühlend: »Hast du etwa Probleme oder wie?«

»Wie man's nimmt«, sagte ich schulterzuckend. »Ich hab grad an all die Arbeit gedacht, die ich nie machen werde.«

»Und das nennst du 'n Problem?«, sagte er. »Ich nenn das Luxus oder so.«

»Das verstehst du nicht«, sagte ich.

»Wieso nicht?«

»Na schön, ich erklär's dir mal.« Und dann gab ich ihm eine weitere Variante des uferlosen Komplexes ungeschriebener und unschreibbarer Texte, indem ich ihm von der ebenso gründlich wie grotesk gescheiterten Segeltour nach Helgoland erzählte, die ich vor einigen Jahren mit zwei Freunden unternommen hatte. All die unfreiwillig komischen Details, die ich Egon auftischte, erspare ich Ihnen aber jetzt, denn »Stil ist richtiges Weglassen des Unwesentlichen«. Der Satz stammt leider nicht von mir, sondern von Anselm Paul Johann Ritter von Feuerbach, und ich habe mich immer gefragt, wie ausgerechnet einer mit so einem Namen auf so einen Satz kommen konnte.

Während ich die Geschichte erzählte, schmunzelte Egon vor sich hin und lachte sogar einige Male dröhnend. »Ist doch 'ne Superstory«, sagte er schließlich. »Warum schreibst du die denn nicht auf? Würd ich vielleicht sogar lesen oder was.«

»Schon mal dagewesen«, sagte ich trübe. »Alles schon mal dagewesen. Wenn ich mit meiner Helgolandtour käme, würden die Kritiker unisono Plagiat schreien.«

»Würden was schreien?«, erkundigte Egon sich.

»Abgekupfert. Nachgemacht. Zweiter Aufguss. Es gibt nämlich schon einen Roman mit dem Titel *Drei Männer im Boot*.«

»Na und? Dann nenn deinen Roman doch einfach anders.«

»So einfach ist das aber nicht«, sagte ich. »Das Problem ist, dass ich etwas in Wirklichkeit erlebt habe, was es so ähnlich schon als Roman gibt.«

»Dann denk dir doch einfach was aus, was es noch nicht als Roman gibt oder was.« Als Banause war auf Egon Verlass.

»Das sagt sich so leicht«, sagte ich.

»Deine Probleme möchte ich haben«, sagte Egon und wandte sich kopfschüttelnd ab.

Es ging auf Mitternacht, und morgen war Montag. Das *Bühnen-Bistro* leerte sich. Das Ehepaar Danneberg war bereits verschwunden. Grußlos. Ob die was ahnten? Ich hatte immer mal wieder zur Tür geschielt, ob vielleicht nicht doch noch Rachel erscheinen wollte, aber offenbar wollte sie nicht. Und was sollte ich ihr eigentlich sagen? Dass ihre äußere Erscheinung im reziproken Verhältnis zu ihrer literarischen Begabung stand? Dass es für mich rufschädigend sei, mich bei Verlagen, womöglich bei Lindbrunn, für ihr Machwerk einzusetzen? *Wilde Nächte* würde aber wohl von einem dieser klein- bis halbkriminellen Verlage angenommen, die eigentlich nur schlechtere Druckereien sind und mit Inseraten Autoren oder »Leute, die gerne schreiben« suchen. Und massenhaft finden! Und nach Strich und Faden ausnehmen, indem sie gegen Übernahme absurd überhöhter Kosten die Manuskripte dieser Leute drucken und binden. Und die Leute sehen dann ihren literarischen Ehrgeiz schwarz auf weiß befriedigt und können ihre unsterblichen Werke palettenweise im Keller verstauben lassen. Keine Nachwelt wird diesen Unseligen Kränze flechten, doch die Druckkostenverlage werden ewig weiterflorieren. Rachels Storys waren schlecht genug für so eine Karriere, aber mein Charakter war nicht schlecht genug, sie den professionellen Schmeichlern der Ambition in die Arme zu treiben. Wenn ich mir vorstellte, selbst so eine literarische Neppbude zu betreiben und Rachel erschiene persönlich in voller Schönheit mit ihrem Manuskript – wer weiß, ob ich da nicht sehr weich werden und auf Druckkostenzuschüsse verzichten würde, jedenfalls auf finanzielle. Vielleicht war mein Charakter doch schlecht genug, mir etwas einfallen zu lassen, was Rachel befriedigen würde.

Als ich zahlte, spülte das Ende der Spätvorstellung des nahen Kinos noch ein paar Gäste ins *Bühnen-Bistro,* darunter auch eine Bekannte meiner Frau, Monika Cornelsen nämlich, die im Ruf hemmungsloser Schwatzhaftigkeit steht, weshalb ich es auf keine Plauderei ankommen ließ, sondern ihr nur freundlich zunickte und das Lokal verließ.

Zu Hause empfing mich die notorisch hungrige Katze und wurde prompt versorgt. Ich hörte den Anrufbeantworter ab, ob Rachel eine Nachricht hinterlassen hätte, was aber nicht der Fall war. Nachdem ich die peinvolle Arbeit auf mich genommen hatte, ihr Manuskript zu lesen, empfand ich ihr Schweigen als undankbar. Sie schuldete mir jetzt etwas. Und ich wusste auch ganz genau, was das war. Meine Telefonnummer hatte ich ihr auf die Mailbox gesprochen. Wo also blieb ihr Anruf? Sie musste doch geradezu verrückt danach sein, meine kompetente Meinung über ihr inkompetentes Manuskript zu hören. Oder war sie womöglich zu sensibel, zu rücksichtsvoll, den Dichter zu stören? Um diese mitternächtliche Stunde küsste den ja wahrscheinlich gerade die Muse.

Ja, Pustekuchen! Der Dichter putzte sich lediglich die Zähne, und dabei erinnerte er sich an die flüchtige Begegnung mit der Cornelsen. Wieso eigentlich? Kurz vorm Einschlafen fiel es mir ein. Monika Cornelsen war keine x-beliebige Bekannte meiner Frau, sondern Mitglied ihrer Tennismannschaft. Und mit dieser Tennismannschaft war Anne jetzt in Berlin. Schon merkwürdig.

12

Schon vorm Frühstück klingelte das Telefon. Rachel? Oder Anne?

»Hier ist Marie! Hallo Papa!«

»Oh, äh, hallo, das ist ja 'ne Überraschung. Und schon so früh am Tag.«

»Wieso früh? Es ist doch schon halb neun.«

»Na ja, ich meine, als ich studiert habe, galt das als nachtschlafende Zeit.«

Meine Tochter lachte. »Das waren überhaupt ganz andere Zeiten damals. Außerdem hast du Germanistik studiert und nicht Jura.«

»Ja und?«

»Jura ist kein Laberfach, sondern was Ernstes«, sagte sie ganz ernst.

»Soll das etwa heißen, dass ich ein Laber–«

»Och, Papa«, sagte sie milde, »sei doch nicht gleich eingeschnappt. Eigentlich wollte ich auch mit Mama sprechen.«

»Mama ist für ein paar Tage in Berlin«, sagte ich, »mit ihrem Tennisteam«, und dachte wieder an meine gestrige Begegnung mit Monika Cornelsen.

»Ach so, ja, das hab ich ganz vergessen. Tja, dann, äh, also –«

»Worum geht's denn? Hast du irgendwelche Probleme?«

»Probleme? Ich? Nö, es geht um meine Reise im Sommer. Wenn ich den Flug nicht sofort buche, ist der ausgebucht.«

»Dann buch ihn doch einfach.«

»Ja, äh, klar, also – Mama wollte mir dafür Geld überweisen, aber das ist noch nicht auf meinem Konto, und deshalb –«

»Verstehe«, sagte ich. »Das hat sie wohl vergessen. Wie viel brauchst du denn?« Ich legte so viel sonore Väterlichkeit in meine Stimme, dass es mich selbst rührte.

»Tja, ich dachte, tausend Euro, weil –«

»Ein-tau-send Eu–«

»Ja, so zirka.«

»Einfach mal so? Für deinen Sommerurlaub? Wenn unsereiner in den Semesterferien verreist ist, hat er vorher dafür gejobbt. Man wär gar nicht erst auf die Idee gekommen, seine Eltern –«

»Schon gut, Papa«, sagte sie besänftigend, »deswegen wollte ich ja eigentlich auch mit Mama sprechen.« Sie zögerte einen Moment. »Übrigens, was ich dir noch erzählen wollte: Neulich nach dem Seminar Internationales Recht hat mich meine Professorin angesprochen, ob ich etwa mit dir verwandt sei. Wegen meines Namens. Sind Sie vielleicht mit dem Schriftsteller Lukas Domcik verwandt?, hat sie wortwörtlich gefragt. Und dann hat sie gesagt, dass sie alle deine Bücher gelesen hat. Oder fast alle.«

»Tatsächlich?«

»Ja, die ist echt 'n Fan von dir. Mir war das natürlich voll peinlich, aber ich dachte, du hörst das doch ganz gern. So, ich muss jetzt gleich in die Uni. Ich ruf dann noch mal an, wenn Mama wieder da ist. Tschüss, Papa.«

»Mach's gut, Marie. Und das Geld überweis ich dir heute noch.«

Belletristiklesende Juristinnen! Dass es so etwas gab! Maries Professorin musste eine sympathische Frau sein. Manchmal war das Leben doch schön.

Guter Dinge machte ich mir mein Frühstück. Weil Montag war, schlug ich die Tageszeitung erst einmal im Sportteil auf. Die Bundesligaergebnisse kannte ich zwar schon, doch da der Verein, dem meine größte Zuneigung gilt, gewonnen hatte, las ich die Berichterstattung mit Genuss. Wenn »mein« Verein verliert, ignoriere ich die nachgetragenen Schmähungen der Journaille lieber. Warum doppelt leiden? Verrisse der eigenen Bücher liest man ja auch eher widerwillig. Mein Verhältnis zur Literaturkritik ist im Großen und Ganzen jedoch unkompliziert: Über zustimmende Rezensionen freue ich mich, über ablehnende ärgere ich mich. So einfach ist das. Im Übrigen wird im Lauf der Zeit das Fell dicker. Zwar verringert sich das Verfallsdatum literarischer Neuerscheinungen immer schneller – ein Buch, das sich länger als ein halbes Jahr auf den Ladentischen hält, gilt da schon als Erfolg –, doch ist es tröstlich, dass die Halbwertzeit der Kritik deutlich geringer sein dürfte.

Ich weiß, wovon ich rede, denn als jüngerer Mensch war auch ich unter die Kritiker gefallen. Und das kam so: Als mein drittes Buch, der leider hemmungslos überambitionierte Roman *Die gelbe Glut,* im Ozean der Neuerscheinungen aufkreuzte, wurde er von der Kritik durchaus freundlich gesichtet, gelegentlich allerdings auch ausgesprochen unfreundlich gerichtet. Das wäre der Rede nicht weiter wert und könnte unter der Rubrik »Umstritten« abgeheftet werden, hätten die kritischen Reaktionen seinerzeit nicht eine Besonderheit gehabt, in der sich Fürsprecher und Verreißer bemerkenswert einig waren. Diese Besonderheit hieß: Postmoderne. Lobten die einen das Buch gerade wegen seiner angeblich postmodernen Qualitäten, lamentierten die anderen über den angeblich spielerischen Unernst der Postmoderne. Einig wussten sich fast alle Kritiker lediglich darin, dass *Die gelbe Glut* eben ein Werk der Postmoderne sei. Nur der Autor wusste mal wieder von nichts! Bis mir nämlich die einschlägigen Rezensionen unter die Augen kamen, hatte ich von Postmoderne nur ganz vage etwas gehört oder gelesen, hielt das für einen Stil- oder Epochenbegriff der Architektur und hatte nicht die leiseste Ahnung, dass es auch postmoderne Literatur geben sollte, ganz zu schweigen davon, dass ich selbst derartige Literatur produzierte.

Im Gegensatz zu so manchem Literaturkritiker, der sich wenig Mühe macht, das von ihm kritisierte Werk überhaupt zu verstehen, hatte ich immerhin den Ehrgeiz, meine Kritiker zu verstehen. Wenn ich ein Postmoderner war, dann konnte es ja nicht schaden, sich gelegentlich darüber zu informieren, was das überhaupt sein sollte, wofür man mich hielt. Ich las mich also durch allerlei einschlägige Werke; angesichts der hochgestylten, nicht selten verblasenen Theorien hielt sich der Erkenntnisgewinn allerdings in engen Grenzen: Mit mir oder mit dem, was mich zum Schreiben antrieb, hatte das wenig bis nichts zu tun. Schließlich schrieb ich, und schreibe immer noch, Bücher – und nicht das, was sie bedeuten sollen; zum Beispiel solche Bücher, die ich selbst gern lesen würde. Was mich interessierte und immer noch interessiert, sind gut erzählte Geschichten, und mit »gut erzählt« meine ich eine unprätentiöse Schreibweise, die auf stilistische Effekthascherei verzichtet und zugleich Abstand zum Trivialen hält. Und das ist eigentlich alles. Wenn ich es recht verstand, war die Postmoderne aber etwas unendlich viel Komplizierteres, so kompliziert, dass ich es eigentlich gar nicht begriff, obwohl ich laut Selbsteinschätzung ein intellektuell durchaus belastbarer Mensch bin.

Die gelbe Glut erwies sich zwar nicht als Ladenhüter, wurde aber auch kein Bestseller, und da ich inzwischen verheiratet war, zwei Kinder hatte und also eine vierköpfige Familie durchbringen musste, reichten die Honorare aus den Buchverkäufen zum Überleben nicht aus. Da traf es sich gut, dass dem Literaturredakteur einer großen Wochenzeitung mein Roman immerhin so gut gefiel, dass er mich zur Mitarbeit an seinem Blatt einlud. Ich schrieb nun regelmäßig Rezensionen und Kritiken und war also ein Schriftsteller, der sich nebenbei als Literaturkritiker betätigte. Mit dieser Doppelrolle war ich eine Weile sehr einverstanden, bis ich eines Tages bei einer Lesung mit den Worten vorgestellt wurde, ich sei ein Literaturkritiker, der nebenbei auch selbst Romane schreibe. In der Wahrnehmung der literarischen Öffentlichkeit hatte sich das Verhältnis also umgekehrt, was mein Selbstverständnis nachhaltig erschütterte. Wie es zu dieser Verkehrung kommen konnte, verstand ich sehr wohl: Als Kritiker hatte ich ein ungleich größeres Publikum denn als Autor meiner eigenen Werke. Aber dass sich der Autor nun zum Kritiker verpuppen sollte, erschien mir als peinlicher Triumph des Sekundären. Der Mister Hyde, den ich als Kritiker spielte, war drauf und dran, den Dr. Jekyll zu vertilgen, der ich als Schriftsteller war. Nun könnte man ja auf die Idee kommen, dass die von mir verfassten Kritiken besser waren als meine Bücher, und der Wandel meines Status in der literarischen Öffentlichkeit mir sagen wollte: Schreib lieber weiter Kritiken und lass die Finger von eigenen Sachen. Ein besonders sensibler Verleger hat mir das sogar einmal ausdrücklich empfohlen, als er ein

Manuskript von mir ablehnte, das dann in einem anderen Verlag erschien – und übrigens mit viel Kritikerlob bedacht wurde.

Wer Autor ist und sich auch als Kritiker auf den Markt wagt, dem wird über kurz oder lang von den Profikritikern das um die Ohren gehauen, was er selbst irgendwo in der Kritikerrolle geäußert hat – als ob die von einem Schriftsteller verfasste Literaturkritik automatisch dessen ästhetisches Credo sein könne oder solle. Konkret sah das dann so aus: Ich hatte irgendwann eine negative Rezension über einen Roman des Autors X veröffentlicht, was der den Autor X verehrende Kritiker Y übel vermerkte, um meinen nächsten Roman dann unter der Fragestellung zu verreißen: Kann der das denn besser als X? Womit ich dann in einem Aufwasch sowohl als Schriftsteller als auch als Kritiker blamiert werden sollte. Der Schuster bekam Prügel, weil er nicht bei seinen verordneten Leisten geblieben war. Zudem machte ich immer deutlicher die Erfahrung, dass regelmäßig betriebene Literaturkritik ein undankbares Geschäft ist, das Charles Simmons in seiner Literaturbetriebssatire *Belles Lettres* auf diesen knappen und treffenden Begriff gebracht hat: Kritik ist »eine Methode, alte Freundschaften zu ruinieren oder sich neue Feinde zu schaffen«. Und also ließ ich es bleiben. Fast. Zwar schreibe ich auch heute noch gelegentlich Literaturkritiken, aber um meinen Feindeskreis überschaubar zu halten, kapriziere ich mich dabei ausschließlich auf tote oder ausländische Kollegen – vorzugsweise auf tote ausländische. Nun gut, lassen wir das jetzt mal auf sich beruhen; über das heikle Verhältnis von Autoren zur Kritik ist schon genug geschrieben und noch mehr geschwatzt worden. Ein Kritiker versuchte einmal, mich mit der Bemerkung zu beschwichtigen, wir, Kritiker also und Autoren, säßen doch alle im selben Boot. »Ja«, sagte ich, »aber die Autoren rudern.«

Entschuldigen Sie bitte die Ausschweifung in derlei Literaturbetriebsinterna. Wie kam ich überhaupt darauf? Ach so, richtig: Fußball. Fußball und Literatur, noch so ein weites Feld. Wenn ich eben von »meinem« Verein schrieb, ist der Einsatz der Gänsefüßchen deshalb unumgänglich, weil die rasende Fluktuation von Spielern und Trainern von Verein zu Verein und manchmal auch gleich wieder retour eine Identifikation eigentlich gar nicht mehr erlaubt. Und wenn Sie sich jetzt einmal kurz an das erinnern wollten, was ich weiter oben über die legendäre Verlagstreue angemerkt habe, liegen die Parallelen auf der Hand. Die Zeiten, in denen »uns Uwe« Seeler allen Sirenengesängen aus Italien trotzte und *seinem* (ohne Gänsefüßchen) HSV die Treue hielt, sind genauso fußballerische Prähistorie, wie die lebenslange Bindung eines Autors an einen Verlag beziehungsweise vice versa zur Urgeschichte des Literaturbetriebs zählt. Die Karawanen ziehen weiter, Autoren von Vorschussoase zu Vorschussoase, Verlagsmitarbeiter von Gehaltszisterne zu Gehaltszisterne, und dazwischen liegt viel heißer Sand und weht viel heiße Luft.

Auf der Medienseite, die Teil des Feuilletons ist, fand sich der Bericht über eine empirische Untersuchung, gemäß der lediglich 2 Prozent (zwei Prozent!) aller Zeitungsleser das Feuilleton zur Kenntnis nehmen. Kein Wunder also, wenn selbst die hymnischste Kritik kaum Wirkung auf die Abverkäufe von Büchern hat. Als Kern des harten Kerns jener zwei Prozent ärgerte ich mich dann noch darüber, dass dem Kollegen X der Fritz-von-Herzmanovsky-Orlando-Literaturpreis (manierierte 22 222 Euro), der Kollegin Y die Ricarda-Huch-Medaille (glatte 10 000 Euro) und dem Kollegen Z, der in diesem Jahr schon den Peter-Bamm-Preis (satte 40 000 Euro) eingeheimst hatte, auch noch die Ehrengabe der Albert-Paris-Gütersloh-Gesellschaft (eine moderne Skulptur) zugeschanzt worden waren. Doch nichts gegen Literaturpreise! Sie treffen zwar oft die falschen Leute, werden aber immer wieder gern genommen – auch von mir, damit's da gar kein Vertun gibt.

Mit diesen Zahlen im Kopf setzte ich mich an den Schreibtisch, um die versprochene Überweisung an meine Tochter auszufüllen. Ein Blick auf meinen Kontostand ließ den Kugelschreiber schwer werden, bleischwer. Aber es half ja alles nichts. Außerdem glaubte ich mich als Kaufmann meiner selbst daran zu erinnern, dass in der kommenden Honorarabrechnung noch eine halbwegs solide Summe aus einer Taschenbuchlizenz zu erwarten sei, doch als ich das im Ordner mit den Abrechnungen nachschlug, stellte sich heraus, dass die Summe bereits ausgezahlt war. Wirklich glauben und trauen mag den zweimal jährlich eingehenden Abrechnungen vermutlich kein Autor. Das Gefühl, dass da doch etwas nicht stimmen könne, ist chronisch, weil man als Autor nie verifizieren kann, was einem da vor- und abgerechnet wird.

Dies Misstrauen gehört zum weiten, komplizierten Feld des Verhältnisses von Autoren und Verlegern, das zwar sehr viel zur Sache tut, das ich hier aber nur streifen kann, beispielsweise mit folgender Anekdote: In einer Halbjahresabrechnung meines Debütverlags Drucksache wurden einmal weniger Exemplare auf der Habenseite verbucht, als ich für meinen Eigenbedarf selbst bestellt und bezahlt hatte. Der Verlag entschuldigte sich mit einem »bedauerlichen Softwarefehler«. Dergleichen »Softwarefehler« finden sich übrigens bis heute immer mal wieder in den Abrechnungen – zuungunsten der Verlage sind sie allerdings noch nie ausgefallen. In Dimensionen bereits krimineller Energie drang ein anderer Verlag vor, der mir von einem Titel über 3000 verkaufte Exemplare nicht abrechnete; als ich hinter diesen ausgewachsenen Honorarschwindel kam, wurde mir erklärt, diese 3000 Exemplare seien als Rezensionsstücke unter die Leute gebracht worden. Bei 3000 Rezensionsexemplaren müssten wohl europa-, wenn nicht weltweit sämtliche Kritiker beglückt worden sein! Die Sache wurde dann auf dem Rechtsweg geklärt. Ein Schurkenstück fast schon charmanten Charakters leistete sich ein anderer Verlag, für den ich eine Übersetzung angefertigt hatte. Nachdem ich das Manuskript samt Rechnung fristgemäß eingereicht hatte, erhielt ich ein Schreiben des Verlegers, meine Honorarforderung entspreche »leider nicht dem Liquiditätsplan unseres Unternehmens« – eine zumindest äußerst kreative Art, den eigenen Bankrott zu euphemisieren. Unterschrieben war dieser Brief übrigens nicht, da der Verleger »nach Diktat verreist« war. Auch das ging dann per Rechtsweg seinen unvermeidbaren Gang. Meistens sind die Abrechnungen natürlich korrekt, auch wenn's zu glauben schwerfällt, und spätestens auf der nächsten Buchmesse haben wir uns dann alle wieder ganz lieb.

Apropos lieb haben: Es war jetzt halb zehn, was für einen disziplinierten Schreibtischtäter wie mich längst keine nachtschlafende Zeit mehr ist, für eine bohemistische Nachwuchsschriftstellerin wie Rachel aber vielleicht noch sehr wohl. Doch nun musste es einfach sein. Ich griff zum Telefon und wählte ihre Nummer, ließ es vier-, fünfmal klingeln. Immerhin meldete sich keine kalte Mailboxstimme mehr. Beim siebten Klingeln wurde abgehoben.

»Hallo?« Rachels verschlafene Stimme.

»Ich bin's«, sagte ich munter.

»Was? Wer?« Die Stimme traumtriefend.

»Lukas. Ich sollte mich doch melden, wenn ich dein Manuskript gelesen habe. *Wilde Nächte*.«

»Oh –, oh, jaaa.« Die Stimme räkelte sich. »Und«, jetzt unterdrückte sie ein Gähnen, »hat es dir gefallen?«

»Es ist, nun ja, es ist wirklich sehr, wie soll ich sagen? Sehr interessant. Man müsste natürlich detailliert darüber reden, in aller Ruhe.«

»Ja, klar«, sagte sie, inzwischen offenbar ganz wach. »Ich hab nicht damit gerechnet, dass man es –, dass du es so schnell lesen würdest.«

Während sie sprach, versuchte ich, mir sie im Bett liegend vorzustellen. Was sie anhatte. Wenig. Was sie nicht anhatte. Entzückend. Details überlasse ich Ihnen. Da ich schlecht sagen konnte, ob wir uns nicht sofort, augenblicklich, genau dort, wo sie sich jetzt befand, auf ihren Kissen, treffen könnten, sagte ich: »Heute Abend würde mir passen.«

»Gleich heute?« Sie schien nachzudenken. »Ich bin bis neun Uhr auf der Theaterprobe, und dann –«

»Dann hol ich dich da ab.«

»Das geht nicht«, sagte sie entschieden.

»Warum nicht?«

»Weil –«, sie zögerte. »Na gut, warum eigentlich nicht. Kennst du den Bühneneingang?«

»Den Bühneneingang? Selbstverständlich.« Fast hätte ich gesagt: Und wie!

»Dann also da um neun.«

»Wunderbar«, sagte ich.

»Okay«, sagte sie und »bis denn dann« und legte auf.

Jetzt werden Sie natürlich wissen wollen, warum ich

den Bühneneingang so genau kenne, obwohl ich zum Theater ein – dezent formuliert – eher distanziertes Verhältnis habe. Das war nicht immer so. Im Gegenteil bin ich als Achtzehnjähriger eine Weile derart theaternärrisch gewesen, dass ich sogar einschlägige Berufswünsche hegte, Regisseur, Dramaturg, womöglich Dramatiker – egal was, Hauptsache Theater, Hauptsache in der Nähe von – aber ich greife ungern vor.

In Kindheit und Jugend wechseln Berufswünsche schnell, und ich erinnere mich beispielsweise, Polizist werden zu wollen (muss grammatikalisch korrekt eigentlich heißen: Polizist zu werden gewollt zu haben – aber wie klingt denn das?), weil im Spiel mit meinen Wiking-Autos der Polizeiwagen sich nicht an die Teppich-Straßenverkehrsordnung zu halten hatte, die mein Bruder und ich uns ausgedacht hatten. Am entschiedensten erinnere ich mich an den Wunsch, ja geradezu Entschluss, eines Tages Maurer zu werden. Maurer! Als in meinem Elternhaus zu Umbau- oder Renovierungsarbeiten einmal ein Trupp Maurer zur Sache ging, war ich jedenfalls derart begeistert, dass ich tagelang nicht von ihrer Seite wich und meine Mutter mir das Essen im Henkelmann aufwärmen musste. Was mich an dieser Arbeit so sehr faszinierte, weiß ich nicht mehr, aber vielleicht ähnelt das geduldige Stein-auf-Stein-Setzen in gewisser Hinsicht meiner heutigen Tätigkeit, in der ich Wort an Wort und Satz an Satz reihe, bis die Mauer einer Geschichte oder das Haus eines Romans steht.

Dichter, Schriftsteller, Autor – oder wie immer man einen so windigen Beruf auch nennen mag – wollte ich jedenfalls nicht werden, auch wenn ich die Schülerzeitung unseres Gymnasiums mit mehr oder minder albernen Talentlosigkeiten belieferte, auch wenn ich in der Pubertät und gar noch in der Post-Pubertät unerreichbaren wie erreichbaren Geliebten schmachtende oder, je nachdem, verachtende Gedichte schrieb. In jenen späten Sechzigerjahren wollte ich selbstverständlich Rockstar werden, weil mir das als die Erfolg versprechendste Methode vorkam, mit meiner Liebeslyrik, die ich inzwischen auch als selbst vertonte Weisen auf der Gitarre von mir gab, bei den Mädchen offene Ohren – und überhaupt ganz allgemein: Einlass zu finden. Wenn Schriftsteller, Künstler, Musiker nach ihren Motiven gefragt werden, warum sie schreiben, malen, komponieren, bekommt man, wenn überhaupt, meistens gewundene, theoretisierende, im besten Fall romantisierende Antworten, vielleicht deshalb, weil die Sache derart simpel ist, dass man sie nicht auszusprechen wagt: Wir schreiben, malen, komponieren nämlich, weil wir geliebt werden wollen. Punkt. Damals verfasste ich jedenfalls reichlich radikalexistenzielle Songs in der hoffnungsfrohen Nachfolge meines Idols Leonard Cohen, von denen einer a-mollig-schwermütig so anhub: »Wenn die Sonne versinkt / und der Mond einst ertrinkt / und die Schatten in dir werden Stein –« Tja, was dann? »Und die Schatten in dir werden Stein«? Wird man dann nicht doch lieber Maurer?

Oder eben, ich komme zur Sache, irgendwas mit Theater! Es war nämlich so, dass zum Ensemble des Staatstheaters damals die Schauspielerin Jutta Kaplan gehörte, eine etwa fünfunddreißigjährige, dunkelhaarige, vollbusige Schönheit mit rauchiger Stimme, für die vermutlich das Adjektiv lasziv erfunden worden war. Ich sah sie zum ersten Mal als Büchners Prinzessin Lena vom Reiche Pipi: »O Gott, ich könnte lieben, warum nicht? Man geht ja so einsam und tastet nach einer Hand, die einen hielte –« Und auf den ersten Blick wollte ich nur noch ihr Leonce sein, stand jedoch mit diesem Wunsch, wie man sich denken kann, leider nicht allein. Vom Beleuchter bis zum Intendanten war das komplette männliche Theaterpersonal in die Dame verknallt. Ich verpasste keinen ihrer Auftritte, fantasierte nachts im Bett von wilden Liebesspielen, träumte feucht von ihr und lieferte beim Pförtner des Bühneneingangs Blumensträuße ab, garniert mit selbst gebastelten, schmachtenden bis feurigen Gedichten (aber natürlich anonym), obwohl mir die Hoffnungslosigkeit meiner verzehrenden Leidenschaft trübe bewusst war. Und eines Abends gelang es mir dann, mich am Pförtner vorbeizumogeln und mit bis zum Hals klopfendem Herzen durch die labyrinthischen Flure des Theaters zu ihrer Garderobe vorzustoßen, nur um Augenzeuge zu werden, wie sie gerade – Sie haben es wahrscheinlich längst geahnt, weil das in vom Leben geschriebenen Kolportagen so sein muss – den Intendanten küsste.

Tja, und das war's dann auch schon. Seitdem gehe ich Frauen mit großen Busen aus dem Weg und hasse eigentlich alles, was mit Theater zu tun hat. »Eigentlich« will sagen, dass ich nunmehr im Begriff war, Rachel zuliebe diese Idiosynkrasie zu suspendieren. Ob ich den Bühneneingang kannte? Aber ja doch –

13

Um bis zum Abend nicht in Träumereien zu versinken, die Erinnerungen an Jutta Kaplan mit Erwartungen an Rachel Bringman verquirlten, suchte und fand ich Ablenkung bei Tante Thea. Wahrlich ein Kontrastprogramm! Wenn man ihren gesammelten Irrsinn zu einer Art Biografie sortieren und mit Kommentaren verbinden würde, ergäbe sich das Lebensbild einer hysterischen, rasenden Mitläuferin, deren Fanatismus sich aus einer kruden Mischung von sexueller Frustration, geilem Karrieredrang und politischer Blindheit speiste und sich in akuten Schüben sprachlichen Dünnschisses entlud. Der Fall hatte pathologische Züge, war damit aber für die psychische Möblierung des Nationalsozialismus auch durchaus repräsentativ. Nicht nur die Methodik des Wahnsinns wurde hier deutlich, sondern auch die Kanalisierung barbarischer Dummheit in ölige »Literatur«. Das in heroischen Schmalz gehauene »Poetische« fungierte als Empfindungsfirnis über brutalen Züchtungsideen und Rassenwahn, sadistischen Machtansprüchen und masochistischer Unterwerfungslust. Gedichte als arische Ermächtigungsfantasien. So bodenlos übel und unappetitlich das alles war – uninteressant war es nicht. Wer wissen wollte, wie im Nationalsozialismus Köpfe zu Kloaken werden konnten und mit welchen Strategien ab 1945 die Kloaken wieder zu frommen Köpfen gesundgebetet wurden, der war mit Tante Theas Nachlass bestens bedient. Und wenn ein Verlag wie Lindbrunn die Sache an die große Sensationsglocke hinge und mit geballter Marketingmacht und Werbekraft anschöbe, würde sich mit dem Schmutz garantiert eine Menge Geld verdienen lassen. Fehlte noch ein reißerischer Titel. *Helden zeugen. Intime Memoiren einer Nationalsozialistin.* Oder: *Gebärmaschinen. Aus dem Intimleben des Dritten Reiches.* Ein Titel, der Tonnage versprach, würde sich in dieser Richtung schon finden. Aber würde sich auch ein Autor beziehungsweise Bearbeiter und Herausgeber finden? Wenn ich mir schon mit so etwas Hirn und Hände schmutzig machte, wollte ich zumindest meine Identität schützen. Ein Pseudonym also? Das wäre vermutlich kontraproduktiv, weil dann der Eventkultur genannten Verblödungsmaschinerie aus Talkshows, Interviews, Diskussionsrunden, öffentlichen Lesungen, Homestorys etc. pp., ohne die Gedrucktes kaum noch zu verkaufen ist, der personelle Treibstoff fehlte.

Was also tun? Darüber grübelte ich lang, breit und flach beim Aperitif, bis plötzlich die einzig richtige Antwort wie eine Erleuchtung über mich kam. Sie lautete: Nix! Gar nichts. Finger weg von dieser »Bonanza« (Ralf Scholz), die nichts als eine Jauchegrube war, auf deren trüber Oberfläche schon viel zu lange jede Menge Nazikonjunktursurfer ihre Bahnen zogen. Da wäre es vielleicht sogar noch angenehmer, sich so lange auf Rachels *Wilde Nächte* einzulassen, bis aus dem analphabetischen Pseudobohemequark ein lesbares Manuskript entstünde. Die Vorstellung war zwar schrecklich, doch wurde dem Schrecken der ärgste Stachel gezogen, dachte ich daran, dass es auf diese Weise zu endlosen Treffen mit Rachel kommen müsste, bei denen wir übers Manuskript gebeugt die Köpfe zusammenstecken würden, und irgendwann würde sich dann ganz beiläufig und ungezwungen der geistige Energieaustausch unserer Seelenverwandtschaft zu feuriger Leidenschaft entzünden. Die schönsten Sätze und Sequenzen schriebe ich ihr mit dem Finger auf den nackten Rücken, sozusagen in goethescher Manier: »Wird doch nicht immer geküsst, es wird vernünftig gesprochen; / Überfällt sie der Schlaf, lieg' ich und denke mir viel. / Oftmals hab' ich auch schon in ihren Armen gedichtet / Und des Hexameters Maß leise mit fingernder Hand / Ihr auf den Rücken gezählt. Sie atmet in lieblichem Schlummer, / Und es durchglüht ihr Hauch mir –«

Okay, ich weiß, das kennt man schon. War jetzt auch nur zur Erinnerung daran zitiert, dass unsereinem *in eroticis* nicht mehr so erregend viel Neues einfällt. Und *Wilde Nächte* wären selbst in Hexametern nicht zu bändigen. Brecht hat mal, ungelogen, die Schnapsidee erwogen, das Kommunistische Manifest in Hexameter zu bringen. Da wäre unter den Verdammten dieser Erde wohl wenig Freude aufgekommen, und Feuchtwanger hat Brecht den Unfug dann ja auch glücklicherweise ausreden können.

Wie kam ich jetzt da drauf? Egal. Ein Blick auf die Uhr rief mich zum Rendezvous, und frisch geduscht und glatt rasiert stand ich um 20 Uhr 45 vorm Bühneneingang des Theaters. Es war ein milder Aprilabend. Leichter Nieselregen trieb den Duft blühender Kastanienbäume vom nahen Park herüber. Einen Regenschirm hatte ich nicht mitgenommen, aber den Portiersraum wollte ich nicht betreten. Zwar würde dort kaum noch der Frührentner sitzen, der mich vor mehr als fünfunddreißig Jahren spöttisch belächelt hatte, als ich Blumensträuße samt eigenhändiger Lyrik für die angehimmelte Kaplan angeliefert hatte, aber in meinem Alter gäbe ich vermutlich ein noch peinlicheres Bild ab als der verliebte Heranwichsende, der ich damals gewesen war. Ich schlenderte also auf der gegenüberliegenden Straßenseite ein paar Schritte auf und ab, behielt dabei den Bühneneingang im Blick, ab und auf, als mir plötzlich einfiel, dass ich mir noch gar keine Strategie zurechtgelegt hatte, wie Rachel schonend beizubringen sei, dass ihr Manuskript – ja, was? Von Talent zeugte, aber noch nicht das Gelbe vom Ei war? Eines Lektors bedurfte? Eines erfahrenen Mannes, wie ich einer bin? Dass also viele lange, gemeinsame Abende auf uns warteten, um *Wilde Nächte* in eine Form zu bringen, die –

Die Tür des Bühneneingangs öffnete sich. Nach und nach traten Leute auf die Straße hinaus; einige gingen Richtung Innenstadt, andere Richtung Park, einige blieben noch vor dem Theater stehen, zündeten sich Zigaretten an, plauderten, lachten. Rachel war nicht dabei. Sollte sie mich etwa versetzt haben? Ich sah auf die Uhr. Zehn nach neun. Nachdem sich die Gruppe zerstreut hatte, ging ich über die Straße zurück, entschlossen, mich beim Portier zu erkundigen, ob nicht auch eine gewisse Rachel Bringman – aber da erschien sie schon, einem Mann vorausgehend, der ihr galant die Tür aufhielt. Sie blickte sich suchend um, sah mich, winkte, wandte sich ihrem Türöffner zu, wechselte ein paar Worte mit ihm, lachte, ließ sich noch ein Bussi auf die linke und ein Bussi auf die rechte Wange geben und ging mir dann entgegen, während ihr Begleiter sich in die Gegenrichtung trollte.

Ich hasse diese affektierte Wangenküsserei, bei der man nie weiß, ob man links oder rechts beginnen soll, so dass es meistens nicht zu Küssen, sondern unkoordinierten Kollisionen im Nasenbereich kommt, und ich hoffte inständig, Rachel möge mich auf diese Weise begrüßen, aber sie reichte mir nur ihre schmale Hand, lächelte, dass die ebenmäßigen Zähne im Licht der Straßenlampe blitzten, und sagte: »Hallo, da bin ich.«

»Wie schön«, sagte ich, meinte das auch so und schlug vor, in die *Trattoria Enzo* zu gehen, wo man gut essen und im hinteren Teil auch einigermaßen unbeobachtet sitzen kann. Außerdem war das Lokal zu Fuß leicht erreichbar.

Sie kannte den Laden nicht, war aber einverstanden. »Proben machen hungrig«, sagte sie.

Wir gingen los, und obwohl es nur noch ein paar schüchterne Tropfen regnete, ärgerte ich mich, keinen Schirm mitgenommen zu haben, den ich ihr jetzt über den Kopf hätte halten können, was uns Körperkontakt beschert und sie gewiss dazu animiert hätte, sich mit der Hand in meinem angewinkelten Arm einzuhängen.

»Und welches Stück wird geprobt?«, erkundigte ich mich.

»*Der Tod in Rom*. Von Koeppen. Kennst du das?«

»Aber das ist doch kein Stück, sondern ein Roman.«

»Das schon«, sagte sie, »aber der Dramaturg hat gesagt: Wenn man die *Buddenbrooks* auf die Bühne bringen kann, dann kann man jeden Roman auf die Bühne bringen. Und dann hat er aus dem *Tod in Rom* einfach ein Stück gemacht und die ganze Sache total aktualisiert. Irre. Es geht jetzt nicht mehr um alte Nazis nach dem Krieg, sondern um SED-Funktionäre und Stasispitzel, die sich nach der Wende in Rom treffen. Dabei stellt sich dann heraus, dass die Hauptfigur bis 1945 noch bei der Gestapo war und dann anschließend in der DDR Karriere bei der Stasi gemacht hat. Der Dramaturg sagt, das ist eine Parabel auf die Kontinuität des totalitären Staats. Oder so ähnlich.«

Was für ein grauenhafter Schmarren, dachte ich, fragte mich, ob es nicht Totalitarismus der parabelhaften Kontinuität oder Kontinuität der totalitären Parabelhaftigkeit heißen musste, wunderte mich, dass Koeppens Nachlassverwalter so etwas zuließen, vermutlich brauchten die bei all den Schulden, die Koeppen kraft seines gesammelten Schweigens bei Suhrkamp gemacht hatte, dringend Geld, und sagte: »Ach was? Das ist ja hochinteressant.«

Sie nickte. »Und dann geht's auch irgendwie um Homosexualität und Bisexualität und Heterosexualität und Transsexualität, aber das ist alles einigermaßen unklar und soll auch so sein, weil der Regisseur nämlich findet, dass das auch eine Parabel ist. Der Stasimann von der Gestapo schmeißt sich manchmal in Frauenklamotten, Reizwäsche und so, behält dabei aber immer seine Stiefel an. Es wird jedenfalls viel gevögelt und vergewaltigt, aber das ist immer ganz streng durchchoreografiert und provokativ. Ich weiß jetzt aber nicht mehr so genau, was es bedeuten soll.«

»Na ja«, sagte ich, »erstens ist es ein zum Theaterstück verwursteter Roman, und zweitens ist es eine Parabel. Und da kann es natürlich Vorkommen, dass vor lauter Aktualität und Choreografie und Provokation die Bedeutung auf der Strecke bleibt.«

»Kann schon sein«, sagte sie nachdenklich. »Der Regisseur hat auch gesagt, dass er sich nur dann richtig verstanden fühlt, wenn die Zuschauer massenweise aus den Vorstellungen flüchten. Das würde dann nämlich beweisen, wie sehr diese Inszenierung den Punkt trifft.«

»Welchen Punkt?«, fragte ich verblüfft.

»Weiß ich nicht«, sagte sie. »Ist wahrscheinlich auch egal. Das ist eben aktuelles Regietheater. Der Regisseur ist übrigens der Mann, mit dem ich eben aus dem Theater gekommen bin. Der ist wahnsinnig intelligent. Und überhaupt.«

Was sie mit »und überhaupt« meinte, wollte ich überhaupt nicht erst wissen, und überhaupt fiel mir zum Thema Regietheater jetzt irgendwie überhaupt nichts mehr ein. Während wir die letzten Minuten schweigend nebeneinander hergingen, dachte ich jedoch daran, dass die deutschen Theater mit etwa zwei Milliarden Euro jährlich subventioniert werden, behielt das aber für mich, um vor Rachel nicht als populistischer Kulturquengler dazustehen. Außerdem gäbe es ohne die Theatersubventionen vermutlich auch keine Praktikumsplätze für Maskenbildner, und ohne Praktikumsplatz am hiesigen Theater hätte ich Rachel nicht kennengelernt. Wie gut also, dass unser toller Staat (Stichwort »Kulturnation«) etwas für die Theater übrighatte. Zwei Milliarden immerhin. Das waren zweitausend Millionen. Mal angenommen, dass es in Deutschland tausend ernst zu nehmende lebende Schriftsteller gab, was natürlich viel zu hoch gegriffen, aber leichter zu rechnen war, dann ergaben das pro Autor zwei Millionen Euro. Jährlich. In dem Zeitungsartikel, dem ich diese Zahlen entnommen hatte, war vorgerechnet worden, dass demnach im Schnitt jede Theaterkarte mit zirka 96 Euro subventioniert wird. Statt den Autoren zwei Millionen jährlich anzuweisen, könnte man also entsprechend auch jedes verkaufte Buchexemplar mit 96 Euro Staatsknete veredeln. Autorenarmut ade. Warum war in Schriftstellerkreisen eigentlich noch nie jemand auf diese simple Rechnung gekommen? Nicht der P. E. N., nicht einmal der in Finanzfragen sonst so agile VS? Ich bin peinlicherweise selbst mal im VS gewesen, und zwar genau zwei Tage lang. Das war ganz zu Anfang meiner Karriere als Schriftsteller. Wie der Zufall es wollte, fand am Tag nach meinem Eintritt, zu dem ein eloquenter Kollege mich überredet hatte, eine Sitzung des Verbands statt, bei der ich in der irrigen Annahme erschien, man würde sich im Verband deutscher Schriftsteller über Literatur unterhalten. Man stritt aber ausschließlich, hitzig und ausgiebig über Geld, Posten und die Frage, ob man sich der Gewerkschaft anschließen sollte, was später dann ja auch geschah. Ich ging noch vor Versammlungsende und kündigte am nächsten Tag meine Mitgliedschaft.

Wie ich gehofft hatte, war in der *Trattoria Enzo* noch einer der lauschigen Zweiertische frei, die durch eine Reihe eingetopfter Yucca-Palmen vom Rest des Geschehens oasenartig abgeschirmt werden. Rachel bestellte Pilzrisotto, ich entschied mich für Spaghetti Vongole. Obwohl ich lieber Rotwein trinke, sogar zu Fisch oder Muscheln, schloss ich mich Rachels Wunsch nach Weißwein an.

Verirrte Regenspritzer glänzten noch auf ihrem Gesicht, unterm linken Auge schimmerte es feucht, und der schwarze Lidstrich war leicht verlaufen. Fast sah es aus, als hätte sie geweint, und diese Mischung aus Lächeln und Traurigkeit verlieh ihr einen melancholischen Ausdruck, der mich eher rührte als erregte, obwohl ich wusste, dass der Regen ihr die Traurigkeit nur aufgeschminkt hatte. Ich berührte mit dem Zeigefinger sanft die feuchte Stelle, die ich viel lieber geküsst hätte. »Du hast da was –«

Sie griff zur Handtasche, zog einen Taschenspiegel heraus, betrachtete sich stirnrunzelnd, sagte, sie sei gleich wieder da, verschwand auf der Toilette und kam nach einigen Minuten zurück, strahlend lächelnd, hundertprozentig melancholiefrei. Schade eigentlich.

Brot und Wein wurden serviert. »Worauf trinken wir?«, fragte sie.

»Auf – uns«, flötete ich, »auf dich und mich.«

»Und auf *Wilde Nächte*«, sagte sie und meinte damit vermutlich ihr Manuskript.

»Also dann auf wilde Nächte mit dir und mir«, sülzte ich und meinte nicht ihr Manuskript.

Wir stießen mit den Gläsern an, aber das verursachte kein helles Klingen, sondern ein billiges Klacken. Der Missklang schreckte mich auf, erinnerte mich daran, dass ich immer noch nicht wusste, was ich sagen, wie ich lügen sollte, wenn sie mich gleich fragen würde, wie mir ihr Manuskript gefiel.

Sie finde es »total süß«, begann sie dann auch leider erwartungsgemäß zielstrebig, dass ich ihr »Ding da« so schnell gelesen habe, müsse mir jedoch, und das war jetzt weniger erwartungsgemäß, ein Geständnis machen. Und dann machte sie erst einmal eine Pause, legte den Kopf zur Seite und sah mich an, als wollte sie sagen: Dreimal darfst du raten.

Ich war aber ratlos. »Ein Geständnis?«

Ob mir an dem Manuskript denn gar nichts aufgefallen sei?

»Aufgefallen? Na ja, es ist –, es ist irgendwie –«

»Es ist voll das schlechte Deutsch!«, platzte sie heraus und kicherte.

»Voll das schlechte – na gut, ja, es gibt da vielleicht ein paar Formulierungen, die man sich noch einmal genauer –«

Mein Versuch, das Unsägliche schönzuquatschen, wurde zum Glück unterbrochen, weil in diesem Moment das Essen serviert wurde. Rachel fiel mit Heißhunger über ihr Risotto her und wischte bereits die Soßenreste mit Brot auf, als ich noch nicht einmal die Hälfte der Spaghetti gegessen hatte.

Was nun »das krass schlechte Deutsch« angehe, nahm sie nach dem letzten Bissen den Faden wieder auf, sei die Sache, ehrlich gesagt, so: Sie habe den Text ursprünglich auf Englisch geschrieben, »logisch ja wohl auch irgendwie«, in der Kürze der Zeit aber keine Übersetzung herstellen können und deshalb »das Ding« einfach mal schnell durch ein Computer-Übersetzungsprogramm gejagt.

Das hatte ich mir ja nun auch schon selbst gedacht, und deshalb sagte ich: »Das habe ich mir fast gedacht.« Irgendwie erleichterte mich ihr Geständnis. Vielleicht war demnach der Originaltext nicht ganz so grauenvoll? Vielleicht war doch zu retten, was, nüchtern und ohne den schönen Schein von Rachels Gegenwart betrachtet, rettungsloser Schwachsinn war? »Aber warum hast du mir denn nicht das Original gegeben?«, fragte ich.

»Weil –, na ja, ich meine, das ist doch Englisch.«

»Ich kann Englisch«, sagte ich und fand, dass das total bescheuert klang. Ich meine, heute kann doch jeder Klotzkopf Englisch, die deutsche Sprache wird sowieso täglich englischer, und mir fiel mein alter Latein- und Griechischlehrer vom Gymnasium ein, der apodiktisch behauptet hatte, Englisch müsse ein Norddeutscher mit Lateinkenntnissen gar nicht lernen, weil Englisch lediglich eine Mischung aus Vulgärlatein und Plattdeutsch sei. Heute ist Englisch zu einer Mischung aus Vulgärlatein und allen Sprachen der Welt verkommen – nur das Plattdeutsche ist dabei irgendwie auf der Strecke geblieben.

»Natürlich«, nickte Rachel, »Englisch kann ja jetzt jeder so 'n bisschen. Aber mein Ding da ist doch irgendwie –, es ist, wie soll ich sagen?«

Ich ahnte, was sie sagen und von mir hören wollte, und rang mit mir, ob ich mir lieber die Zunge abbeißen oder das Wort aussprechen sollte, dass für ihr »Ding da« so unpassend war wie beispielsweise die Bezeichnung Essen für McDonald's-Fraß. Ich biss mir aber die Zunge nicht ab, sondern sagte tatsächlich »Literatur«, wobei ich immerhin innerlich schamrot wurde.

»Ja, Literatur«, echote sie selig lächelnd, als koste sie das Wort aus.

»Ich lese englische Literatur auch im Original«, sagte ich. »Daran wäre es also nicht gescheitert. Manchmal übersetze ich sogar englische Literatur.«

»Übersetzen?« Sie starrte mich an, halb begeistert, halb ungläubig. »Was denn so?«

Ich nannte zwei berühmte amerikanische Autoren.

»Kenn ich nicht«, sagte sie.

Ich nannte drei bekannte englische und amerikanische Autoren.

»Keine Ahnung«, sagte sie.

Ich nannte zwei unbekannte Autorinnen, die nur deshalb ins Deutsche übersetzt worden waren, weil der Verlag davon ausgegangen war, dass unbekannte amerikanische Autorinnen, sehr vorteilhaftes Aussehen vorausgesetzt, immer noch besser verkäuflich wären als mäßig bekannte deutsche Autoren.

Rachel schüttelte den Kopf. »Nie gehört.« Sie nippte am Wein, schien nachzudenken und sagte dann hastig: »Ich kenn mich da nicht so gut aus. Ich meine, ich lese manchmal ganz gern was, das schon, aber selbst schreiben macht mir viel mehr Spaß. Außerdem hat man ja auch wenig Zeit zum Lesen, wenn man schreibt.«

Ihre literarische Ahnungslosigkeit stand ersichtlich im reziproken Verhältnis zu ihren schriftstellerischen Ambitionen, welche wiederum im reziproken Verhältnis zu ihrem Talent standen, aber ihre Ehrlichkeit hatte etwas Entwaffnendes, um nicht zu sagen: Betörendes. Betörend war auch der V-Ausschnitt ihres schwarzen Cashmere-Pullovers, über dem sich das Kettchen mit dem Funkelstein spannte und unter dem sich zart ihr Busen abzeichnete. Betörend das katzenhafte Grün ihrer Mandelaugen. Betörend die kleine Hand mit den weißen Halbmonden auf den Fingernägeln, mit der sie nach der Zigarettenschachtel griff.

Ich gab ihr Feuer, touchierte dabei absichtlich die Hand, als sie die Zigarette an die Lippen setzte. »Du hast recht«, belog ich sie und mich mit einem Zitat: »Wer schreibt, muss mit Lektüre geizen. Hat schon Nietzsche gesagt. Wegen der geistigen Hygiene.«

»Nietzsche«, wiederholte sie ehrfürchtig, »geistige Hygiene. Das hab ich mir manchmal auch irgendwie gedacht.«

»Tatsächlich?«, sagte ich, den Blick fest auf den V-Ausschnitt gerichtet, was ihr wohl nicht entging, da ihre Wangen leicht erröteten.

»Mein Ding da«, sagte sie, »*Wilde Nächte* meine ich – also, wenn du sowieso Literatur übersetzt, dann könntest du das ja vielleicht auch mal übersetzen. Natürlich nur, wenn's dir gefällt und wenn du meinst, dass es Chancen hätte.«

»Da müsste ich natürlich erst einmal das Original lesen.«

»Logisch«, sagte sie, »aber worum es geht, weißt du ja schon.«

Allerdings, dachte ich, es geht um den »perfect Fick«, und sagte: »Um die Liebe. Es geht ja immer alles nur um die Liebe. Um die Liebe und –«, wie war das doch noch mal gleich? Richtig, »um die Vergänglichkeit und die Angst vor dem ungelebten Leben.«

Sie strahlte mich an, seufzte tief, unter dem Pullover kam ein leichtes Beben auf. »Du hast das total gut verstanden.«

Sie lächelte. Ich lächelte zurück. Und so saßen wir eine Weile schweigend da. Meine Befürchtung, ihr Liebes- und Vergänglichkeits-Ding-da einem, womöglich meinem Verlag andienen zu müssen, um mich dort auf ewig zur Unperson zu machen, war fürs Erste besänftigt. Die Vorstellung, den Quark zu übersetzen, war zwar noch entsetzlicher, gewährte jedoch nicht nur Aufschub, sondern auch die Aussicht, ja geradezu Notwendigkeit, über einen längeren Zeitraum regelmäßig mit Rachel zu verkehren.

Blieb nur noch die Frage der Honorierung. Übersetzerhonorare sind bekanntlich bessere Almosen, und in Rachels Fall dachte ich auch nicht in erster Linie an Geld, aber *honoris causa* zu arbeiten, kam nicht in die Tüte. Hier lautete das Zauberwort vielmehr *amoris causa*.

»Wenn ich das übersetze«, setzte ich also an, »müssten wir uns natürlich auf eine Art, nun ja, Honorar einigen, weil –«

»Honorar?« Ihr Lächeln erfror. »Ich bin total klamm. Als Praktikantin kriegt man –«

»Ich rede nicht von Geld«, unterbrach ich sie und griff nach ihrer linken Hand. »Ich meine eher eine Art, also, tja – Kompensation sozusagen.«

Ihr Lächeln kehrte zurück, sie erwiderte den sanften Druck meiner Hand und nickte. »Ich verstehe. Ich glaube, ich verstehe dich sehr gut.«

Das war ja prinzipiell erfreulich, aber wieso verstand sie mich so einfach, schnell und gut? Ob sie wohl mit dergleichen Kompensationsgeschäften bereits Erfahrungen gesammelt hatte? Welche Art Qualifikationen oder Beziehungen brauchte man beispielsweise, um einen Praktikumsplatz am hiesigen Theater zu ergattern? Der Regisseur, mit dem sie vorhin aus dem Bühneneingang gekommen war, sei »wahnsinnig intelligent und überhaupt«. War dies »und überhaupt« eine umgangssprachliche Umschreibung für das, was ich vulgärpsychologisch als Kompensation bezeichnet hatte?

Mich ergriff ein gewisses Unwohlsein, ein Schwindeln und Schwanken, und ich entschuldigte mich erst einmal auf die Toilette. Beim Händewaschen fiel mein Blick in den Spiegel, und was ich dort erblickte, missfiel mir: ein ausgewachsenes Arschloch. Einer jungen, hinreißend schönen, wohl etwas naiven, aus unerfindlichen Gründen jedoch auf literarische Anerkennung fixierten Frau »Kompensation« abverlangen? Lappte das nicht schon fast in den Tatbestand sexueller Nötigung? Sollte ich meine geistigen Talente wirklich an diese bezaubernde Inkarnation der Talentlosigkeit verschleudern? Zum Judaslohn eines vagen, vermutlich auch flüchtigen »und überhaupt«? Perlen vor die Säue! Und die größte Sau war ich selbst. Als ich mir mit dem Kamm durch die Haare fuhr, stand mein Entschluss fest.

Rachel lächelte mir erwartungsfroh zu. Wir bestellten zwei Espressos (ja, ich weiß, korrekt heißt es Espressi, aber ich weigere mich, in italienischen Lokalen so zu tun, als könne ich Italienisch; dann müsste man ja in der Sushi-Bar auch die Pluralbildungen von Goma Wakame, Maguro oder Tekka Maki in petto haben). Einen Espresso für sie, dazu einen Ramazotti, einen Espresso für mich, dazu einen (müsste heißen: eine) Grappa.

So. Jetzt also. Klar, deutlich, unbestechlich. Ich hätte noch einmal nachgedacht, sagte ich. Natürlich würde ich ihr mit ihrem Ding da, dem Manuskript, gern weiterhelfen, mit der Übersetzung, ich räusperte mich, und überhaupt, liebend gern sogar, aber im Augenblick fehle mir einfach die Zeit. Ich müsse ein Romanmanuskript druckfertig machen und arbeitete bereits an einem neuen Projekt, ich hüstelte wichtigtuerisch, einer ganz großen Sache. Dazu hätte ich diverse Termine, obendrein Anfragen aller Art, hochwichtige Aufträge, Lesungen, ganz allgemein dringende Verpflichtungen und so weiter und so fort und eben überhaupt, faselte ich hastig vor mich hin, während ihr Lächeln erlosch wie, wie – ich weiß nicht mehr wie, weil dies Erlöschen so trostlos war, dass kein Vergleich und keine Metapher es hätte erhaschen können. Den Sprachanachronismus »erhaschen« bitte ich mir an dieser Stelle durchgehen zu lassen, weil man es schöner ja gar nicht sagen kann.

Vor dem wilden und zugleich fast geometrischen Muster der Yucca-Palmenblätter schien ihr olivfarbener Teint jetzt wie mit einem feinen Nebelschleier von Blässe überzogen, um die Augen zuckte es leicht, als hielte sie mühsam und dennoch beherrscht Tränen zurück. Eine einzelne Haarsträhne hing dunkel, beinah düster über der Stirn, die Lippen waren einen Spalt geöffnet, sodass ihre Zähne wie eine Perlenreihe blitzten, was ihr bei aller Enttäuschung etwas Entschlossenes verlieh, und das Schimmern des Steins an ihrem schlanken Hals korrespondierte mit dem Schmelz ihres Blicks. Schmerzumflorte Schönheit, Schwermut der Jugend, Erotik und Trauer, Liebe und Tod – die komplette Klischeepalette auf einen Blick, auf einem Bild. Was die gelitten haben muss! Es war das perfekte Autorinnenfoto für die Rückseite eines Buchs. Egal schon fast, für welches Buch. Mit diesem Gesicht würde selbst ein Schmarren wie *Wilde Nächte* zum Meisterwerk, mit diesem meinetwegen sogar »Antlitz« könnte man auch noch Tante Theas gesammelten Dünnschiss zur literarischen Preziose adeln – oder jedenfalls zum »Medienereignis« (O-Ton Ralf Scholz) mendeln. Die angeblich bildhübsche Jungautorin, von der Scholz geschwärmt hatte, und die als Blickfang für die Aufzeichnungen ihrer KZ-Oma herhalten sollte, musste gegen Rachel wie das hässliche Entlein wirken.

Das Bild des Autors, so Peter von Matt, »ist das kleine gemeinschaftsstiftende Totem für jene Schar, deren Gruppenidentität meine Geborgenheitserfahrung im Lesevorgang erst absegnet und legitimiert. Dass nämlich diese Gruppenidentität zuletzt ebenso sehr durch die emotionale Beziehung zur Person des Autors zustande kommt wie durch die gemeinsame ästhetische Erfahrung, braucht kaum eigens hervorgehoben zu werden.« Eigens hervorgehoben zu werden, wenn auch einfacher ausgedrückt, brauchte freilich, dass so ein Foto von Rachel als »Totem« massenweise »emotionale Beziehung« zu ihrer Person stiften würde. Ihr Bild auf dem Deckel eines Buchs, egal an welcher Stelle, und sie dürfte sich vor TV-Auftritten nicht mehr retten können.

Ich weiß nicht mehr, ob mir das damals alles so durch den Kopf schoss, wie es hier steht; das Zitat Peter von Matts füge ich jedenfalls erst jetzt bei der Rekonstruktion der Ereignisse ein. Derlei betuliche Gelehrsamkeit kann schließlich niemand permanent im Kopf haben, schon gar nicht, wer soeben die Schönheit angeschaut mit Augen und davon wie geplättet war. Aber ich weiß noch genau, dass es dieser Gesichtsausdruck Rachels war, der eine Idee, nein: *die* Idee in mir zündete. Sie funkelte, strahlte und zischte wie eine Wunderkerze. Und ihr Name war Suramarit. Erklärung folgt gleich. Ich lächelte, grinste, begann zu lachen.

»Warum lachst du mich aus?« Rachel verzog die Mundwinkel in entzückender Empörung.

»Ich habe eine Idee.«

»Schön für dich«, sagte sie sichtlich angesäuert.

»Für dich auch«, grinste ich.

»Was soll das heißen?«

»Du wirst berühmt werden«, sagte ich.

Sie zuckte schnippisch mit den Schultern, als ginge sie das alles nichts an, doch kehrte ein Ausdruck von Neugier auf ihrem Gesicht ein.

»Wahrscheinlich auch noch reich«, salzte beziehungsweise sülzte ich nach.

Die Neugier in ihren Augen wandelte sich zu gespanntem Interesse.

»Eine berühmte und reiche«, an dieser Stelle zögerte ich einen Moment, weil das nächste Wort für Rachel abgrundtief unangemessen war, und dann sprach ich es mit jenem pathetischen Tremolo aus, das manche Lügen nötig haben, um ihre Plattheit aufzupumpen: »Schriftstellerin.«

Wieso, fragen Sie sich, meine Idee einen Namen hatte? Den geheimnisvollen, an tausendundeine Nacht gemahnenden Namen Suramarit? Da muss ich exkursierend schon etwas weiter ausholen.

Sisowatha Suramarit, geboren 1950, ist eine Cousine dritten oder vierten Grades des kambodschanischen Prinzen und Königs Sihanouk. Auf der Flucht vor den Roten Khmer folgte Suramarit 1970 Sihanouks Familie ins Exil nach China. Aus dem Regen der Roten Khmer gekommen, behagte der jungen Dame jedoch die rotchinesische Traufe nicht sonderlich. Vielmehr zog es sie nach Europa, das ihrer Familie in homöopathischer Dosierung bereits im Blut lag. Eine ihrer Tanten war nämlich mit einem französischen Diplomaten verheiratet, und Suramarits Vater hatte während der Zwanzigerjahre sogar einige Semester in Heidelberg studiert, schwärmte immer noch von alter Burschenherrlichkeit und Bierzipfeln, Weizenbier und Würsteln mit Kraut und sang den Seinen gern auch germanisches Liedgut à la *Die Wacht am Rhein, Gaudeamus Igitur* oder *Die Loreley* vor. Und so machte sich Suramarit nach Europa auf, verbrachte zwei Jahre in einem Genfer Internat und immatrikulierte sich im Jahr 1971 an der Heidelberger Universität, um Kunstgeschichte zu studieren.

Von deutscher Seele und Gemütlichkeit, die ihren Vater noch so entzückt hatte, war freilich während der Siebzigerjahre an deutschen Universitäten kaum noch etwas auszumachen. Unter roten Fahnen und Kaderschmieden, K-Gruppen und revolutionären Zellen fühlte sich die kambodschanische Prinzessin Suramarit vielmehr unangenehm an Zustände erinnert, denen sie eigentlich ausweichen wollte. Als sie bereits drauf und dran war, der pseudorevolutionären Gemengelage den adeligen Rücken zu kehren, lernte sie in einem Weinkeller den Philosophiestudenten Morten Dressier kennen, einen hoch und breit gebildeten, literarisch interessierten Mann mit entschieden konservativen Neigungen, die unter anderem in einem schrulligen Faible für alles Adelige zum Ausdruck kamen – ein Faible, das sich gegenüber der reizvollen Prinzessin zu leidenschaftlicher Verehrung steigerte. Zwar kam der unstandesgemäße Dressier für eine amouröse Liaison nicht in Betracht, doch verband das Paar bald eine herzliche Freundschaft und Seelenverwandtschaft. Wenn in der Universität für dies demonstriert oder gegen jenes gestreikt wurde, pilgerten die beiden durch Museen und Kirchen oder zu Landgasthöfen des Umlands, in denen noch die gute altdeutsche Küche gepflegt wurde, und während ihre Kommilitonen auf Vollversammlungen die Diktatur des Proletariats vorbereiteten, besuchten die Prinzessin und ihr deutscher Seelenverwandter die Bayreuther Festspiele oder den Wiener Opernball. Nach dem Studium trennten sich ihre Wege, doch pflegte man weiterhin freundschaftlichen Kontakt. Suramarit, die inzwischen fließend Deutsch sprach, heiratete zum Entzücken der Yellow Press in ein europäisches Fürstenhaus ein und begann nach ihrer Promotion in Kunstgeschichte eine etwas undurchsichtige Karriere als »Beraterin« für diverse Firmen und Konzerne, wobei ihre fernöstlichen Verbindungen von hohem Nutzen waren. Auch Dressier ließ nach dem Examen den philosophischen Elfenbeinturm souverän hinter sich, folgte seinen literarischen Neigungen und entwickelte sich zu dem distinguierten Schriftsteller, als den wir ihn heute alle kennen und schätzen.

Wir alle wissen auch, dass der Mensch nicht von Distinguiertheit allein lebt und das Verfassen gepflegten Schrifttums geistig bereichernd, pekuniär jedoch ruinös ist. Hochgelobt, doch kaum gelesen, geschweige gekauft, inspiriert, doch schuldengeplagt, schrieb sich Dressier durch mehrere umfangreiche Romane, wechselte immer mal wieder den Verlag und kam doch nie auf den sprichwörtlichen grünen Zweig. Als er ein Werk mit dem Titel *Annäherungen ans Verschwinden oder Gefährdetes Brauchtum* verfasst hatte, dürfte er Realist genug gewesen sein, um zu wissen, dass dieser elegante Großessay vom Verlag als chancenlose Preziose behandelt und also von Buchhandel und Publikum weitgehend ignoriert werden würde. Wie wir weiterhin alle wissen, erschien zwar auch ein Buch dieses Titels auf dem Markt und wurde schnell zu einem handfesten Bestseller – nur dass als Verfasser des Werks keine Geringere als Prinzessin Suramarit fungierte und in Erscheinung trat. Ein Buch über den Verfall deutschen Brauchtums, deutscher Sitte und deutscher Sprache unterm Unstern globalbeliebiger Postpostmoderne, verfasst von einem mäßig populären, deutschen Romancier, hätte wohl lediglich als gepflegter Ladenhüter Karriere gemacht – verfasst von einer Angehörigen des kambodschanischen Königshauses wurde es zur Sensation. Enthusiasmierte Kritiker bejubelten »die durchdringende Unbestechlichkeit des fremden Blicks aufs Naheliegende« und die »Eleganz eines ganz freien Geistes«, der »ein prächtiges Sittenbild der deutschen Gesellschaft« liefere.

Als ausgesprochen verkaufsfördernd erwiesen sich dabei das anmutig-noble Auftreten und die exotische Schönheit der Prinzessin: Das Autorenfoto zeigte sie im seidenen Sari, das edle Haupt sinnend auf die linke Hand gestützt, die geheimnisvoll dunklen, ausdrucksstarken Augen von einem Stich ins Melancholische umflort, als blickten sie zurück in die Ferne und den Zauber ihrer königlichen Herkunft.

Nachdem mein Sohn Till bei einem seiner seltener werdenden Besuche im Elternhaus eine Weile in dem Band geblättert hatte, der auf dem Couchtisch lag, sagte er plötzlich: »Das muss ja 'n irre teures Buch sein.«

»Wieso?«, fragte ich.

»Na ja«, sagte Till und tippte auf das Foto: »So, wie die schon aussieht.«

Vielleicht wäre es, nebenbei bemerkt, gar keine ganz abwegige Idee, die Preiskalkulation von Büchern auch vom Aussehen der Autoren abhängig zu machen – Werke Rachel Bringmans würden dann allerdings unter 500 Euro pro Exemplar nicht zu haben sein.

Ich habe übrigens einmal eine Lesung von Prinzessin Suramarit besucht und war durchaus eingenommen von der Eleganz ihres Auftritts und dem Charme ihres Vortrags. Das Bemerkenswerteste an dieser Lesung war allerdings die Tatsache, dass das Publikum nicht, wie sonst bei Lesungen üblich, zu neunzig Prozent weiblich war*, sondern fast zur Hälfte aus Männern bestand, die der schönen Frau an den Lippen hingen, im Anschluss den Büchertisch stürmten und sich geduldig zum Signieren anstellten. Und jetzt kommt's: Jeder, aber auch wirklich jeder Herr bekam nicht nur das gewünschte Autograf von zarter Hand ins frisch gekaufte Werk gemalt, sondern als Zugabe ein derart gewinnendes Lächeln, dass man glauben musste, die Prinzessin habe ihr Buch exklusiv für eben den Herrn verfasst, der ihr jeweils in die Augen sah – was dazu führte, dass manche der Charmierten sich gleich noch ein zweites und drittes Exemplar kauften.

Wie Sie sich vielleicht erinnern, ist in der Presse über die Autorschaft der *Annäherungen ans Verschwinden* allerlei gemunkelt, spekuliert und gerätselt worden. Womöglich hat sogar die Prinzessin höchstselbst dem Gerücht Nahrung gegeben, ihr schriftstellernder Seelenverwandter aus romantischen Studientagen habe ihr bei der Abfassung des Werks zur Seite gestanden – was Dressier bescheiden von sich wies: Er habe das Manuskript lediglich sorgfältig »gegengelesen«. Das will nicht viel heißen und sagt dennoch eine ganze Menge. Auch bei so manchem von Ralf Scholz »realisierten Projekt« ist eher unklar geblieben, wo die Schaffenskraft des Autors/der Autorin versiegte und die Lektorenprosa zu sprudeln begann.

Wie auch immer – man weiß da nichts Genaues, ich auch nicht, sondern hängt so seinen Fantasien nach. Jedenfalls ahnen Sie jetzt vermutlich längst, warum ich Ihnen das alles so ausführlich erzähle. Genau. Der Au-

---

* Vgl. dazu auch Seite 94 f.

genblick, da ich in der *Trattoria Enzo* in Rachels schmerzlich-schönem Gesicht das Idealbild aller Autorenporträts entdeckte, gebar nämlich jenen Geistesblitz, mit Rachel als Cover-Girl aus Tante Theas brauner Bonanza den Bestseller zu schürfen, auf den zwar kein Schwein gewartet hatte, der aber vom sensibelsten Trüffelschwein der Literaturkritik bis zur derbsten Rampensau des Talkshow-Unwesens mit Begeisterungsstürmen aufgenommen werden würde. Theas Text und Rachels Leibhaftigkeit: der totale Bringer!

Nachdem ich ihr an jenem Abend Ruhm und Reichtum kraft Schriftstellerei in Aussicht gestellt hatte, war Rachel aufgesprungen, wobei die Flasche Weißwein umkippte, war mir um den Hals gefallen und hatte mir sogar einen, wenn auch trockenen, Kuss auf den Mund gehaucht. Allerdings brauchte ich eine Weile, um ihr zu erklären, dass nicht *Wilde Nächte* Basis dieser Erfolgsgeschichte sein würden. Jedenfalls vorerst nicht. Mit Erzählungen aus der Welt der jugendlichen Halbboheme zu debütieren sei heikel. Davon gebe es, zumal von Nachwuchsautorinnen, bereits mehr als reichlich. Der Markt verlange nach anderem Stoff, anderen Formaten. Historische Romane beispielsweise, mit möglichst üppigen Dosen Kabale und Liebe oder –

»Kabbala?«, unterbrach sie mich. »Meinst du dies jüdische Mystikdings oder New Age oder was?«

»Nein, nein«, sagte ich, »obwohl das wahrscheinlich auch ganz gut kommen würde.«

»So was kann ich aber nicht«, sagte sie. »Du weißt ja, dass ich nur so jüdisch aussehe.«

»Darauf kommt es auch gar nicht an«, beeilte ich mich. »Ich möchte dir vielmehr die Mitarbeit an einem, äh – Projekt vorschlagen«, ich entblödete mich tatsächlich nicht, zur einschlägig-abgeschmackten Scholz-Vokabel zu greifen, »an dem ich bereits seit, tja – geraumer Zeit arbeite. Aus verschiedenen Gründen ist die Sache aber etwas ins Stocken geraten.«

»Hast du etwa 'n Block?«, fragte sie.

»Was für 'n Block?«

»Schreiberblock«, sagte sie. »Hab' ich manchmal auch.«

»Ach so, Schreibblockade. Ja, so könnte man's nennen. Aber nachdem ich dich jetzt etwas näher kennengelernt habe und ein paar deiner – Qualitäten kenne oder mir jedenfalls vorstellen kann, was für Qualitäten du hast, bin ich auf die Idee gekommen beziehungsweise hab ich mir irgendwie gedacht, dass es genau diese Qualitäten sind, die das Projekt braucht, und dass es von daher vielleicht die Möglichkeit einer Kooperation beziehungsweise –«

»Worum geht's denn überhaupt?«, unterbrach sie mein Gestammel.

Ja, worum ging es überhaupt? Ich überlegte einen Moment, steckte mir eine Zigarette an, trank einen Schluck Wein. »Es handelt sich um Docufiction«, sagte ich schließlich bedeutungsschwer und sprach das Wort englisch aus, damit es bei Rachel zweifelsfrei ankäme: Dockjufickschen.

»Was soll das denn sein?« Sie blickte verständnislos.

»Dokufiktion«, dozierte ich auf Deutsch, »ist so eine Mischung aus authentischem, historischem Quellenmaterial und literarischer Aufarbeitung.«

»Was denn für 'n Material? Kabbala und Liebe?«

»Nein, es ist –, also, die Sache ist einigermaßen komplex, um nicht zu sagen kompliziert. Eine entfernte Verwandte von mir, eine Art Tante x-ten Grades, hat ihre Memoiren verfasst. Höchst interessante Sache im Prinzip, müsste aber gründlich bearbeitet –«

Die Anfangsakkorde von Mozarts *Kleiner Nachtmusik* klöterten computerisiert aus Rachels Handtasche. »Sorry mal eben«, sagte sie und zog ein Handy hervor. »Hallo? – Oh! Jetzt? – Nee, das schon, aber ich sitz hier noch mit – Ach so? Wirklich?« Jetzt kicherte sie, und der Glitzerstein an ihrem Hals funkelte im Rhythmus des Gekichers. »Ja, dann muss ich ja wohl – Nee, nee, das geht – Also bis denn dann.« Sie drückte die Aus-Taste, schob das Handy wieder in die Handtasche und sah mich an, als wollte sie sagen: Wo waren wir stehen geblieben?

Ich sah sie an, als wollte ich sagen: Wer war das am Telefon?

Nachdem wir uns ein paar Sekunden angeschwiegen hatten, legte sie die Hand vor den Mund und gähnte herzhaft. »Und was soll ich mit den Memoiren deiner Tante zu tun haben?«, fragte sie schließlich fast geschäftsmäßig kühl.

»Dazu müsste ich etwas weiter ausholen«, sagte ich, »damit du einen Überblick über das Projekt bekommst und verstehst, in welcher Form du dazu beitragen könntest.«

»Weit ausholen«, sagte sie, schaute demonstrativ auf ihre Armbanduhr und gähnte noch einmal, diesmal ohne Hand vorm Mund, »geht jetzt nicht mehr. Ich bin total müde und muss schleunigst ins Bett.«

In wessen Bett?, dachte ich, während sie bereits ihre Zigarettenschachtel in die Handtasche stopfte. »Das muss ja auch heute Abend nicht mehr passieren«, sagte ich. »Für dies Projekt gibt es ein – Exposé. Das gebe ich dir zu lesen und erkläre dir dann, warum du dafür so geeignet bist.«

Sie nickte nachdenklich. »Warum nicht? Aber was wird dann aus *Wilde Nächte*?«

»*Wilde Nächte* machen wir später zusammen, wenn das erste Projekt eingeschlagen hat. Danach wird man es gar nicht mehr erwarten können, was du als nächstes Buch vorlegst. Das zweite Buch ist immer besonders wichtig.«

»Okay«, sagte sie. »Morgen Abend jobbe ich wieder im Bistro bei Egon. Komm so gegen Schichtende und bring dein Exposé mit. Ich hab dann auch die englische Fassung von *Wilde Nächte* dabei. Dann tauschen wir.«

»Einverstanden.«

»Ich muss jetzt los«, sagte sie, winkte dem Kellner und bat ihn, ein Taxi zu bestellen.

Ich verlangte die Rechnung.

»Das ist so süß«, sagte sie, »dass du das bezahlst.«

Als wir gemeinsam vor die Tür traten, wartete das Taxi bereits.

»Wo wohnst du eigentlich?«, fragte ich.

»In der Blücherstraße«, sagte sie, gab mir die Hand und hielt mir die Wange zu einem Abschiedskuss hin. »Tschüss, bis morgen.«

Das Taxi verschwand in der Nacht. Ich machte mich zu Fuß auf den kurzen Heimweg, keine zehn Minuten. Als ich durch den Theaterpark kam, fiel mir ein, dass die Blücherstraße auf halbem Wege liegt, keine fünf Minuten. Was brauchte sie dafür ein Taxi?

14

Träume versorgen uns laut Botho Strauß mit »reiner, bewusstseinsfreier Sinnlichkeit«. Das mag schon stimmen. Im Traum kann jeder Spießer zum Anarchisten werden und umgekehrt, jeder verklemmte Wichser zum Don Juan und umgekehrt. Der Traum kann aber auch jeden Künstler zum Kitschier werden lassen. Denn Träume entbinden nicht nur von aller gedanklichen Verantwortung, sondern auch von jeder ästhetischen. Träume kennen keinen erzählerischen Zusammenhang und sind deshalb Freifahrscheine in eine Willkür der Darstellung. Dass auch Rachels *Wilde Nächte* von (zumeist erotischen) Träumen nur so wimmelten, versteht sich da fast von selbst. »Die Seite«, schrieb einst Walter Benjamin, »die das Ding dem Traume zukehrt, ist der Kitsch.« Literarisch streng genommen sind also eigentlich alle Träume »schlecht«.

Und deshalb werde ich mich hüten, jene Details auszuplaudern, die in dieser Nacht mein Traumtheater zu einem üppigen Boudoir bewusstseinsfreier Sinnlichkeit verzauberten. Verraten will ich immerhin so viel, dass im Zentrum der überbordenden Abgeschmacktheiten Rachel stand, sozusagen als fleischgewordene, bewusstseinsfreie Sinnlichkeit. Im Traum hieß Rachel, peinlich genug, Thea. Eine gewisse Rolle spielten allerdings auch diverse, durchaus bewusste Unsinnlichkeiten wie beispielsweise die baldige Rückkehr meiner Frau aus Berlin oder der superintelligente Und-überhaupt-Regisseur. Ins Erwachen noch vor Morgengrauen zwang mich aber eine andere albtraumhafte Sequenz: Rachelthea und ich küssten uns in einem zwielichtigen Raum, in dessen Hintergrund ein aufgeschlagenes Bett, vielleicht war es auch ein Buch, darauf wartete, uns aufzunehmen. Ich befand mich bereits im fortgeschrittenen Zustand bewusstseinsfreier Sinnlichkeit und spürte deren volle Härte, als Rachelthea mich plötzlich von sich stieß und sagte: »Ohne Exposé läuft hier gar nichts.«

Und mit diesem Satz im Kopf erwachte ich. Ohne Exposé läuft hier gar nichts. Draußen und drinnen war's zappenduster. Der große Zeiger phosphoreszierte auf der Fünf, der kleine zwischen der Zwei und der Drei. Unmögliche Zeit. Ich hatte seit meiner Rückkehr aus der Trattoria also erst zwei Stunden geschlafen. Ich schloss wieder die Augen und drehte mich auf die andere Seite. Aber ohne Exposé lief gar nichts. Der schnöde Sachverhalt war nicht von der Hand zu weisen, nicht von der Bettkante zu stoßen. Bis morgen, nein, bis heute Abend musste das Exposé her, das ich Rachel so vollmundig angekündigt hatte. Das war im Grunde auch gar kein Problem. Drei, vier Seiten würde ich vormittags fix zusammenzimmern. Es mussten ja noch keine letzten Worte sein, sondern nur Appetithäppchen für Rachel. Ein Köder. Andererseits, und ich wälzte mich wieder auf die andere Seite, durfte das Exposé auch nicht zu dürr, nicht allzu abstrakt ausfallen. Das würde ihre bewusstseinsfreie Sinnlichkeit womöglich überfordern. Es musste schon eine handfeste Story her, Tante Theas Chaos musste auf Linie gebracht werden, auf eine irgendwie lebenspralle, detailreiche, überraschende, anrührende, empörende, versöhnliche Lebenslinie. Um die ihr zugedachte Rolle überzeugend zu spielen, musste Rachel von der Sache überzeugt sein, musste sich vorstellen können, nicht nur Autorinnendarstellerin zu sein, sondern tatsächlich die Autorin. Auf vier Seiten war das aber nicht zu machen, ganz zu schweigen davon, dass ich selbst noch keine klaren Vorstellungen hatte, wie Tante Theas Scheiße in Gold zu verwandeln sei. Ich drehte mich auf den Rücken, starrte die grau schimmernde Zimmerdecke an. Auf Inspiration konnte ich lange warten. Da wartet man immer nur auf das, worauf man eigentlich wartet. Es half ja alles nichts. Der Muse Kuss will erarbeitet sein. Ich musste jetzt anfangen. Jetzt? Der große Zeiger rückte auf die Zwölf vor, der kleine nagte schon an der Drei. Lang wird einem bekanntlich nur die Arbeit, die man nicht anpackt. Raus aus dem Bett, ran an den Schreibtisch. Es war eigentlich immer das Gleiche: Einen neuen Text zu beginnen, ist so schwierig, wie nach ausgiebigem Sonnenbad am Strand erhitzt ins Meer zu gehen. Das Wasser scheint eiskalt zu sein, die Vorstellung, nach Füßen und Beinen auch die edleren Teile diesem Kälteschock auszusetzen (gefühlte Temperatur: zwei Zentimeter), lappt ins Suizidale. Weil man inzwischen vom Strand aus beobachtet wird und sich nicht als Warmduscher blamieren will, tritt man schließlich dem inneren Schweinehund in den Arsch und stürzt sich in die Flut. Und siehe, nach einigen verkrampften, hektischen Schwimmzügen erweist sich das Eismeer als wohltemperiert. Und locker lässt man sich treiben.

Und also ermannte ich mich, den Quantensprung vom wohltemperierten Bett ins Bad zu wagen, und hielt das Gesicht unter den kalten Wasserstrahl, bis es schmerzte. Dann brühte ich mir ein Kännchen Ostfriesentee auf, ließ ihn zwei Minuten ziehen, legte mir die vier Thea-Konvolute in chronologischer Reihenfolge zurecht, schaltete den Computer ein und tippte forsch das Wort *Exposé*. Ohne Exposé läuft gar nichts. Die Katze schwänzelte herbei, sprang auf die Fensterbank und sah mich aus grünen Augen misstrauisch an: Was macht der Dosenöffner hier mitten in der Nacht? Gute Frage. Über der Teetasse schwebte ein Dampfwölkchen. Tante Theas Hirnmüll so zu bearbeiten, dass daraus eine Beziehung zu Rachels Autorschaft plausibel werden könnte, war eigentlich unmöglich. Ich nippte ein Schlückchen, starrte das Wort *Exposé* an und warf einen letzten Blick auf Tante Theas Konvolute. Hier gab es nichts zu feilen, nicht einmal zu hobeln – hier musste mit Axt und Kettensäge Hand angelegt werden. Kein leichtes Unterfangen, genauer gesagt: ein schwieriges. Gute Literatur zu produzieren, war ja schon schwierig genug. Aber dieser Schund würde mir schwerfallen. Qualvoll schwer.

Vor einigen Jahren hatte ich bei einem Umzug die Bücherkartons nicht wie vorgeschrieben nur zu zwei Dritteln, sondern bis oben hin vollgeknallt. Als die Möbelpacker zufassten, hatte ich deshalb ein schlechtes Gewissen und fragte, ob die Kartons jetzt zu schwer seien. Der Vorarbeiter sah mich an, als hätte ich Altgriechisch zu ihm gesprochen, und versetzte apodiktisch: »Schwer gibt's nicht. Es gibt nur sperrig.« Daraus war zu lernen. Ich goss Tee nach. Der Kandis knisterte in der Stille meines Arbeitszimmers. Schwer gibt's nicht. Und Sperriges wäre zu zerkleinern. Schreiben ist auch ein Handwerk. Es galt also, sich an der universellsten aller Handwerkerweisheiten auf- und auszurichten. Sie lautet bekanntlich: Was nicht passt, wird passend gemacht.

Und das tat ich dann auch. Bis zur Frühstückszeit hatte ich allerlei Stichworte zu einem Gerüst verschraubt. Nach der Joggingrunde stapelte ich Steine in Form von ganzen und halben Sätzen und vermauerte sie Stück für Stück. Zu Mittag hieb ich mir drei Eier in die Pfanne und absolvierte auf der Couch ein halbstündiges Kreativnickerchen. Dann mauerte ich weiter, verputzte das grobe Gebilde mit dem Mörtel halbwegs geschmeidiger Formulierungen und trug zum Schluss die typografische Tünche hübscher Formatierungen auf. Pünktlich zur blauen Stunde war die Laube fertig. Ich speicherte die Datei ab, fütterte die zustimmend schnurrende Katze, genehmigte mir selbst einen Whiskey, legte die Beine auf den Schreibtisch und betrachtete erschöpft, aber zufrieden mein Werk.

Passte, wackelte und hatte Luft.

15

Rachel Levison

Vom Memelstrand zum Themseufer
Die Odyssee einer tapferen Frau durch tausendjährige Zeit

Exposé

Das im Folgenden kurz skizzierte, dokufiktionale Projekt basiert auf fragmentarischen Aufzeichnungen autobiografischen Charakters aus dem Nachlass meiner Großtante Thea Levison (geborene Emma Theodora Elfriede Gräfin von Westerbrink).

*

Gutshof und Gestüt des preußischen Adelsgeschlechts der Grafen von Westerbrink liegen auf halbem Weg zwischen Tilsit und Gumbinnen, von Kraupischken keine zwei Stunden mit der Kutsche oder im Winter mit dem Pferdeschlitten entfernt. In dieser verwunschenen Idylle erblickt am 30. März 1910 Emma Theodora Elfriede von Westerbrink das Licht der abgeschiedenen, heute unwiederbringlich versunkenen Welt des alten Ostpreußens. Thea, wie das aufgeweckte, intel-

ligente Mädchen mit den blonden Zöpfen bald nur noch gerufen wird, ist das fünfte von insgesamt sieben Kindern des Grafen Börries Leberecht von Westerbrink und seiner Gattin Emma Amalia, einer geborenen Freifrau von Krockhoff. Die Familie von Westerbrink ist protestantisch bis auf die Knochen, selbstverständlich kaisertreu und deutsch-national gesinnt; die Gräfin neigt völkischen, auch antisemitischen Ideen zu und zeigt gelegentlich ein wirres Faible für den Okkultismus. Die Erschütterungen des Ersten Weltkriegs reichen nur als ferne Echos in die heile Welt des Guts.

Geborgen in diesem geistigen Klima wächst die kleine Thea heran und erlebt eine unbeschwerte Kindheit. Sie ist eine Pferdenärrin und gilt bereits mit zehn Jahren als beste Reiterin des Gestüts. Die Sommerferien verbringt die Familie regelmäßig in einem mondänen Seebad am Kurischen Haff, wo sich auch die nähere und weitere Verwandtschaft aus den umliegenden Gütern einfindet. Mit ihrer Geschwisterschar und zahlreichen Cousins und Cousinen feiert Thea unvergessliche Sommerfeste im duftigen Halbschatten der Kiefernhaine. Mit fünfzehn verliebt sie sich dort erstmals, und zwar in einen zwölf Jahre älteren Cousin, einen schneidigen Leutnant der Reichswehr und vorzüglichen Reiter, der bereits verlobt ist und Theas Backfischsehnsüchte weder ernst nehmen noch erwidern kann.

*

Im Winter 1927 kommt der alte, gütige Hauslehrer der von Westerbrinks auf tragische Weise ums Leben, als sein Pferdeschlitten von einem Wolfsrudel verfolgt und angefallen wird. Sein Nachfolger wird ein junger Seminarist hugenottischer Abstammung aus Berlin, Horstheinrich (»Horst«) LaBaume. Er ist dunkelhaarig, drahtig, mit melancholischen Augen, literarisch ambitioniert und ein mäßig begabter Cellist, aber politisch ein

Feuerkopf, dem es zum Ärger des Grafen nicht immer gelingt, seine sozialdemokratischen, wenn nicht gar kommunistischen Hirngespinste unter Kontrolle zu halten. Und die Gräfin verdächtigt ihn, jüdischer Herkunft zu sein. Thea freilich verliebt sich auf den ersten Blick in den exotisch anmutenden Mann, und diesmal wird ihre Liebe erwidert. Im Sommer 1928, Thea ist jetzt achtzehn, unternehmen die beiden Verliebten unter einem Vorwand einen Badeausflug ans Memelufer, wo Thea auf einem Bett aus Moos ihre Unschuld verliert und eine heiße Affäre ihren Anfang nimmt. Da Theas Eltern der unstandesgemäßen Liaison nie zustimmen würden, folgt ein fast zweijähriges Versteckspiel: Rendezvous in freier Natur, Rendezvous im Heuschober, Rendezvous in einer Kutsche und so weiter. Es entstehen auf beiden Seiten zahlreiche berührende Liebesgedichte, die als geheime Botschaften hin und her wechseln.

Kurz nach ihrem Abitur, das Thea als Externe an einem Tilsiter Gymnasium mit Bravour ablegt, kommt es zur Katastrophe: Einem fehlgeleiteten Billett entnimmt Thea, dass Horst mit einer Berlinerin verlobt ist, einer Parteisekretärin der USPD, die von Horst schwanger ist, und dass bereits Hochzeitsvorbereitungen getroffen werden. Für Thea bricht eine Welt zusammen, sie verfällt in Depressionen. Entschlossen, sich das Leben zu nehmen, lässt sie sich vom ahnungslosen Gutsverwalter im Winter 1930 ans Memelufer kutschieren und geht bei klirrender Kälte ins Wasser, auf dem Eisgang herrscht. Sie wird jedoch von zwei zufällig vorbeikommenden Männern gerettet und versorgt.

Es stellt sich heraus, dass ihre Retter SA-Mitglieder aus Insterburg sind. Thea erscheint dieser Umstand als Fügung, als das Walten höherer Mächte, und sie glaubt, nunmehr ihren Platz in der NSDAP gefunden zu haben – ein Platz, an dem sie womöglich auch Rache am treulosen, undeutschen Kommunistenknecht Horst üben kann. Es entstehen wei-

tere, ästhetisch eher zweifelhafte, doch enorm zeittypische Gedichte, getragen von Furor und Faszination für die Ideologie des Faschismus. Da Thea noch nicht volljährig ist, verheimlicht sie den Eintritt in die Partei ihren Eltern, verachtet der tadellos-preußische Graf die Nazis doch als Abschaum des Kleinbürgertums und traditionslose Emporkömmlinge.

*

Im Frühjahr 1931 immatrikuliert Thea sich an der Universität Königsberg und beginnt ein Studium der Tiermedizin. Eigentlich möchte sie Humanmedizin studieren, doch wird dieser Wunsch vom Vater nicht unterstützt; als Gestütsbesitzer hat er gegen eine Veterinärin jedoch keine Vorbehalte. Die Semesterferien verbringt sie weiterhin auf dem Familiengut und im Ostseebad, doch engagiert sie sich in Königsberg ohne das Wissen ihrer Eltern auch im Studentenbund der NSDAP. Ende Januar 1933, bei einer Kundgebung zur Feier von Hitlers Machtergreifung, lernt Thea einen Redakteur des »Völkischen Beobachters« kennen: Siegfried (»Siggi«) Hagemann. Seinem heftigen Werben widersetzt sie sich einige Monate, willigt aber schließlich in die Verlobung ein. Als nach langem Zögern auch ihr Vater der ihm suspekten Verbindung mit einem Nationalsozialisten zustimmt, findet die Hochzeit am 5. Mai 1934 auf Gut Westerbrink statt. Es ist ein Fest großen Stils, an das Thea sich später mit einem eindrucksvollen Text erinnern wird, ein autobiografisches Dokument, aus dem unter anderem hervorgeht, wie das alte Preußen vom Nationalsozialismus vereinnahmt werden konnte. Hagemann persönlich, aber auch die Ehrengarde der SA, scheinen zumindest auf Theas Mutter großen Eindruck gemacht zu haben.

*

Als Hochzeitsreise unternimmt das junge Paar eine Kreuzfahrt zu den Fjorden Norwegens auf dem Vergnügungsdampfer »General von Steuben«. Thea ahnt nicht, dass in einer geheimnisvollen Wendung des Schicksals dies Schiff zehn Jahre später ein weiteres Mal in ihrem Leben dramatische Epoche machen wird. Nach den romantischen Flitterwochen auf nordischer See inklusive Nordlicht, Stabkirchen und allerlei Germanenzauber zieht man in Siggis Heimatstadt München, wo dank Theas nicht unbeträchtlicher Mitgift eine weiträumige Villa erstanden wird. In ihren Memoiren macht Thea glaubhaft, zum damaligen Zeitpunkt nicht gewusst zu haben, dass das Haus zuvor einem jüdischen Zahnarzt gehörte, der bereits Ende 1933 mit einem Nachtzug nach Prag emigriert war. Auf Drängen Siggis gibt Thea ihr Veterinärstudium auf, um sich fürderhin nur noch ihren haus- und ehefraulichen Pflichten hinzugeben, doch bleibt die Ehe, allem heißen Bemühen zum Trotz, zu Theas und Siggis Enttäuschung kinderlos.

Als eine Art Ersatzhandlung engagiert sich Thea im BDM und macht dort eine bescheidene Karriere. Aus ihren Aufzeichnungen geht hervor, dass sie 1938 auf dem Nürnberger Parteitag Hitler einmal »zum Greifen nahe« gekommen sein muss: »Langsam und feierlich hallen die Schwurworte über das Stadion, und langsam geht an einem riesigen Maste die Fahne der Partei hoch. Mich ergreift ein Gefühl unbändiger Ekstase, als nun der Führer durch die Reihen seiner Jugend schreitet, vorbei an den leuchtenden, bunten Trachten von uns Mädeln. Alle möchten sie jubeln, alle möchten sie aus übervoller Brust dem Führer ihre Liebe entgegenschreien. Und aus mir bricht es hervor wie glühende Lava.«

Bei Kriegsausbruch 1939, dem deutschen Überfall auf Polen, ist Siggi als Kriegsberichterstatter dabei. Bei einer der legendären polnischen Kavallerieattacken gegen deutsche Panzer kommt er ums Leben, vermutlich durch Fehlfeuer aus den eigenen Reihen. Ihr Gatte, so Thea, habe auf »dem Altare für Führer, Volk und Vaterland sein Blutopfer gebracht«.

*

Thea ist also mit neunundzwanzig Jahren Kriegerwitwe. Wahrscheinlich hat ihr fanatischer Glaube an den Nationalsozialismus durch den Verlust ihres Mannes erste Risse bekommen, obwohl ihre weitere Entwicklung eher auf das Gegenteil hinzudeuten scheint. Dem Drängen ihrer Eltern, aufs heimatliche Gut zurückzukehren, widersetzt sie sich und wird 1940 medizinische Assistentin in einem Lebensborn-Heim bei Ansbach.

Diese Heime für eheliche und nicht eheliche Kinder sollen zur Rettung der allein zur Herrschaft befähigten »nordischen Rasse« vor dem durch Geburtendefizite bedingten drohenden Untergang beitragen. Die im Lebensborn geborenen Kinder werden teilweise in den Heimen erzogen und gegebenenfalls – soweit sie den »Rasseanforderungen« genügen – zur Adoption freigegeben. Die Legenden von »Zuchtfarmen der SS«, in denen sich fanatische BDM-Mädchen von »reinrassigen« SS-Zuchtbullen begatten lassen, sind heute eindeutig widerlegt, doch geht aus einigen Aufzeichnungen und Gedichten Theas hervor, dass sie selbst von solchen Fantasien nicht frei ist – wie überhaupt die Lebensborn-Episode zu den dunkelsten und fragwürdigsten Abschnitten ihres Lebens zu zählen ist.

Jedenfalls verliebt sie sich in Dr. Friedhelm Hofer, einen im Heim tätigen Gynäkologen, und unterhält auch ein Verhältnis mit ihm. Hofer ist jedoch verheiratet und hat fünf Kinder. Als die Affäre nach einem Jahr publik wird, entscheidet er sich für Ehefrau und Familienglück und lässt Thea fallen.

*

Diese neuerliche Enttäuschung löst bei Thea schwere Depressionen aus, die durch die Nachricht vom überraschenden Unfalltod ihrer Mutter noch verstärkt werden. Kurz vor Weihnachten 1941 beschließt Thea, aufs heimische Gut nach Ostpreußen zurückzukehren. Auf der Reise macht sie Station in Berlin, um Heide von Teichenbeck zu besuchen, eine Freundin aus der Königsberger Studienzeit. Frau von Teichenbeck ist ebenfalls Kriegerwitwe und lebt allein in einer Villa am Grünewald. Sie pflegt Verbindungen zu Widerstandskreisen in der Wehrmacht und verkehrt mit ausländischen Diplomaten, die sich für die Rettung deutscher Juden einsetzen.

Während Theas Besuch kommt es eines Abends zwischen den beiden Frauen zu einer heftigen politischen und ideologischen Auseinandersetzung, die Theas Glauben an den Nationalsozialismus nachhaltig erschüttert, aber auch ihre Depression krisenhaft verschärft. In der Nacht unternimmt sie einen Selbstmordversuch, indem sie sich in der Badewanne liegend die Pulsadern aufschneidet. Im letzten Moment wird sie von Heide von Teichenbeck entdeckt.

Als Thea aus ihrer Ohnmacht erwacht, findet sie sich mit verbundenen Handgelenken in einem Bett liegend wieder. Später wird sie notieren, ihr erster Gedanke habe gelautet: »So sehen die Engel aus.« Neben ihr sitzt Frau von Teichenbeck, und am Fußende des Betts steht ein Mann: »Sein hageres, markantes Gesicht sah besorgt aus, seine dunklen, sehr klugen, gütigen und zugleich leidenschaftlichen Augen hinter der randlosen Brille schienen auf mich geheftet, und als ich die Augen aufschlug, huschte der Anflug eines Lächelns über die edlen Züge. Der oder keiner, dachte, nein, wusste ich beseligt.« Der Mann ist Arzt, aber kein eilig gerufener Notarzt, wie Thea anfangs glaubt. Es handelt sich vielmehr um den jüdischen Internisten Dr. Samuel Levison. Seit etwa einem Monat wird er von Heide in einer Mansarde der teichen-

beckschen Villa versteckt. Man wartet auf gefälschte Papiere aus Schweden, mit denen Dr. Levison die Flucht nach England ermöglicht werden soll.

In den folgenden Tagen wird Thea ins Geheimnis der Heide von Teichenbeck eingeweiht. Ihr Haus dient nicht zum ersten Mal als Versteck und Schleuse; mehr als zwanzig verfolgte jüdische Mitbürger haben hier bereits Zuflucht gefunden, sind mithilfe eines Attachés der schwedischen Botschaft mit Papieren versorgt worden und ins rettende Ausland entkommen. Die Zustellung des Passes für Dr. Levison verzögert sich jedoch unerwartet. »Das war«, so Thea später, »im dunkelsten Unglück das strahlendste Glück. Samuel rettete nicht nur mein Leben, sondern erlöste auch meine Seele und gewann mein Herz. Ich wusste es auf den ersten Blick, und Jahre später hat er mir gestanden, dass auch er es sogleich wusste.«

Es wird noch zwei volle Monate dauern, bis Dr. Levison, endlich mit den rettenden Papieren ausgestattet, sicher nach London entkommt. Thea bleibt in der Villa Teichenbeck, und in diesen zwei Monaten entspinnt sich zwischen der »verblendeten, verführten, ahnungslosen Frau, die ich war« (Thea über sich selbst) und dem jüdischen Arzt eine zarte Liebesbeziehung. »Die Stunden und Tage, die ich mit ihm in der Mansarde verbrachte und in denen wir uns gegenseitig unsere Lebensgeschichten erzählten, haben meinem Leben endlich einen Sinn gegeben. Es war, als würde mir in unseren endlosen Gesprächen alle Schuld, in die ich verstrickt war, von den Schultern genommen. In dieser Mansarde wurde ich neu geboren.« Einiges deutet jedoch darauf hin, dass Thea ihrem zukünftigen Ehegatten zumindest die Lebensborn-Episode verschwiegen hat.

Vorerst aber trennen sich die Wege der ungleichen Liebenden wieder. Levison gelangt nach England, und beim Abschied versprechen sich die beiden, brieflich in Kontakt zu bleiben *und so schnell wie möglich ein Wiedersehen zu arrangieren. Thea, inzwischen in die geheimen Aktivitäten ihrer Freundin vollständig eingeweiht, bleibt bei Heide von Teichenbeck wohnen und arbeitet mit ihr an weiteren Rettungsaktionen. Zwischen 1942 und Anfang 1944 dürfte annähernd siebzig jüdischen Bürgern durch den Einsatz dieser mutigen Frauen das Leben gerettet worden sein.*

Im Februar 1944 werden beide von der Gestapo verhaftet. Da man ihnen nichts nachweisen kann, werden sie nach einer Woche schärfster Verhöre wieder entlassen; ihre Aktivitäten müssen sie freilich einstellen, da sie nunmehr unter ständiger Bespitzelung stehen. Auch der Briefverkehr zwischen Thea und Samuel muss vorsichtshalber eingestellt werden. Heide von Teichenbeck findet bei Freunden in der Schweiz Unterschlupf. Sie ist 1989 in Lugano verstorben.

*

Thea kehrt aufs elterliche Gut zurück. Die Mutter ist tot, von ihren vier Brüdern sind zwei gefallen, zwei kämpfen noch als Wehrmachtsoffiziere an der Ostfront. Die beiden verheirateten Schwestern leben längst nicht mehr auf dem Gut, bei dessen Verwaltung Thea nun ihren Vater tatkräftig unterstützt. Dieser wird jedoch Anfang August 1944 verhaftet, da er Beziehungen zum Widerstand des 20. Juli unterhalten haben soll, was nie bewiesen wird, aber wahrscheinlich ist. Er wird zwar nicht hingerichtet, bleibt aber in Haft und stirbt, von den unmenschlichen Bedingungen zermürbt, kurz vor Kriegsende im Zuchthaus. So gut es eben geht, hält Thea, auf sich allein gestellt, das Gut zusammen, während die Ostfront täglich näher rückt.

Als im Januar 1945 bereits der Geschützdonner zu hören ist, schließt Thea sich in letzter Sekunde einem Flüchtlings-

treck an, der unter unvorstellbaren, von Thea aber lebhaft geschilderten Strapazen (u. a. muss sie ihren Lieblingshengst erschießen) übers zugefrorene Frische Haff Anfang Februar den Hafen Pillau erreicht. Dort liegt die »Steuben«, jenes Kreuzfahrtschiff, auf dem Thea ihre Hochzeitsreise unternahm. Im Zuge der Evakuierung der Flüchtlingsströme über die Ostsee nach Westen wird auch dies Schiff eingesetzt. Mit Thea an Bord läuft die »Steuben« am 9. Februar 1945 von Pillau in Richtung Kiel aus. Aufgrund der großen Eile, mit der die Evakuierung der Verwundeten und der zivilen Flüchtlinge betrieben werden muss, ist das Schiff nicht als Hospitalschiff eingetragen und führt auch nicht das Zeichen des Roten Kreuzes mit sich. Stattdessen bewegt sich die »Steuben« völlig abgedunkelt durch die Ostsee. An Bord befinden sich zirka 4300 Menschen; etwa 2000 Verwundete, 2000 Flüchtlinge und die Besatzung. Gegen 00 Uhr 55 am 10. Februar 1945 wird das Schiff von drei Torpedos des russischen U-Bootes S 13 getroffen und sinkt rasch. Beim Untergang kommt der größte Teil der Passagiere und der Besatzung ums Leben; nur etwa 650 Schiffbrüchige können von den Begleitschiffen des Transporters aus der eiskalten Ostsee gerettet werden.

Thea gehört zu den Geretteten.

*

Von Schleswig-Holstein aus schlägt sich Thea durch die Wirren der letzten Kriegsmonate wieder nach München durch. Ihr Haus ist von Flüchtlingen und Ausgebombten belegt und wird zwangsbewirtschaftet. Ihr selbst bleibt nur eine karge Dachkammer. Bis Kriegsende arbeitet sie als Sanitätsschwester in einem Lazarett.

Nach der Kapitulation wird sie von den Amerikanern als politisch belastete Person und Mitglied der NSDAP verhaf-

tet und in einem Internierungslager festgehalten. Man hält ihr ihre Aktivitäten im BDM und Lebensborn vor. Ihrer Bitte, zu ihrer Entlastung Kontakt zu dem in England lebenden jüdischen Arzt Dr. Levison aufnehmen zu dürfen, wird jedoch entsprochen. Es dauert einige Wochen, bis dessen Adresse ausfindig gemacht werden kann. Schließlich wird Thea erneut in die Baracke geführt, in der die Verhöre stattfinden. Die folgende Szene gehört zum Ergreifendsten, was Thea über ihr bewegtes Leben zu Papier gebracht hat.

»Der amerikanische Colonel«, schreibt sie, »der mir sonst mit dem unfreundlichsten Misstrauen begegnet war, lächelte mir entgegen, bat mich, Platz zu nehmen, hielt mir eine Packung Lucky Strike entgegen, gab mir Feuer und ließ Kaffee servieren. Dann lehnte er sich auf seinem Drehstuhl zurück, legte die Füße auf den Schreibtisch, setzte plötzlich wieder sein strenges Gesicht auf und sagte in seinem kuriosen Deutsch: ›Well, Frollein, wir hab leider no Post kriegt von diese Doc from England. Sorry für das.‹ Er machte eine Pause und stieß genüsslich Zigarettenrauch aus. Ich empfand eine entsetzliche Leere, als sei mir bei lebendigem Leibe das Herz aus der Brust gerissen worden. Was sollte nun werden? ›Aber no Schweiß jetzt‹, fuhr der Colonel fort, ›all's gut, was ends gut. Wir hab no Post, no, aber –‹ Wieder machte er eine Pause und gab dem Sergeant, der das Protokoll führte und grinsend hinter seiner Schreibmaschine hockte, einen Wink. Der Mann stand auf, öffnete eine Seitentür und rief: ›Come on in, Doc!‹ Herein kam – mein Engel! Der Boden schwankte unter meinen Füßen, die Barackenwände drehten sich wie ein außer Kontrolle geratenes Riesenrad. Samuel kam mir lächelnd, mit ausgebreiteten Armen entgegen, in denen ich in die seligste Ohnmacht meines Lebens sank.«

*

Eine Woche später sind Samuel und Thea in London. Drei Monate später heiraten sie nach jüdischem Ritus. Aus Emma Theodora Elfriede von Westerbrink, verwitwete Hagemann, wird Thea Levison. Auch wenn diese Ehe kinderlos bleiben wird, müssen die beiden ein außergewöhnlich glückliches Paar gewesen sein. Sie arbeitet von nun an in Samuels Praxis als Assistentin an der Seite ihres Mannes. Als dieser sich Anfang der Siebzigerjahre zur Ruhe setzt, ziehen die beiden nach Cornwall in ein romantisches Cottage, wo Thea ihre Liebe zum Gartenbau entdeckt und an ihren Memoiren zu arbeiten beginnt.

*

1982 stirbt Samuel. Thea bleibt noch einige Jahre allein im Cottage, zieht dann jedoch nach Bristol, wo die Familie eines Bruders von Samuel lebt.* In einer Seniorenresidenz ist Thea Levison fünfundneunzigjährig am 12. April 2005 friedlich gestorben. Als man sie fand, saß sie aufrecht in einem Lehnstuhl mit Blick auf den Ärmelkanal. Über ihren schönen, altersmilden Zügen lag noch jenes ihr eigene, feine Lächeln; in der linken Hand hielt sie eine rote Teerose, die sie vormittags geschnitten hatte, in der rechten jedoch ein Foto Samuels, das dieser ihr 1942 bei seinem Abschied aus Berlin geschenkt hatte.

---

* Meine Großeltern (Anmerkung der Verfasserin)

16

Ich hatte mein Bestes getan, um das Schlechteste zu geben. Mehr war ohne Brechreiz einfach nicht drin, aber sehr viel abgeschmackter ging ja wohl auch kaum. Der Feierabendwhiskey schmeckte mir trotzdem, vielleicht sogar erst recht.

Umberto Eco, unter allen postmodernen Schlaumeiern der ungekrönte König, ist einmal der Frage nachgegangen, was eigentlich selbst für intellektuell und ästhetisch belastbare Leute das Faszinierende an einem ästhetisch maximal mediokren Film wie *Casablanca* sei – ein mit Klischees und Kitsch, öliger Phraseologie und zu Floskeln verkommenen Archetypen hemmungslos überfrachteter Streifen. Gerade weil, so Ecos gerissene Argumentation, die Archetypen allesamt aufgeboten würden und *Casablanca* unzählige andere Filme, Texte, Mythen ausbeute, empfinde das Publikum unwillkürlich »das Echo der Intertextualität«. Wie eine Duftwolke ziehe dieser Film andere Situationen, Plots und Erzählungen hinter sich her, die das Publikum mehr oder minder bewusst abrufe und nun in *Casablanca* hineinprojiziere. Und fertig ist der Kultfilm. »Wenn alle Archetypen schamlos hereinbrechen, erreicht man homerische Tiefen. Zwei Klischees sind lächerlich, hundert Klischees sind ergreifend. Denn irgendwie geht einem plötzlich auf, dass die Klischees miteinander sprechen und ein Fest des Wiedersehens feiern. Wie höchster Schmerz an die Wollust grenzt und tiefste Perversion an die mystische Energie, gewährt äußerste Banalität einen Blick aufs Erhabene.«

Auch *Casablanca* schürft tief in der Klischeeader der kackbraunen Bonanza. Beispielsweise spiegelt sich in Peter Lorres abgrundtraurigem Dackelblick die ganze Verlorenheit des Exils, und der geschniegelte tschechische Widerstandskämpfer Victor Laszlo beweist, dass man auch als von der Gestapo gehetzter Antifaschist eine erstklassige Figur abgeben kann; dass Ingrid Bergman ihm dabei nicht immer die Stange hält, sondern mit Humphrey Bogart rummacht – welche Frau wollte ihr das verdenken?

Die Klischees in meinem beziehungsweise Rachels Exposé hatte ich nicht gezählt, aber hundert waren es allemal. Homerische Tiefen waren also garantiert. Ob Rachel sich dieses Tiefgangs bewusst sein würde oder nicht, war völlig sekundär. Sie hatte in der Inszenierung nur die Hauptrolle zu spielen, und da es sich um eine Rolle handelte, die sie im wirklichen Leben liebend gern ausfüllen wollte, würde sie sich total damit identifizieren und war die perfekte Besetzung. Ich war Produzent, Regisseur und Drehbuchautor in Personalunion. Und Rachel war der Star. Mein Star. Dass ihre literarische Bildung im Wesentlichen aus Lücken bestand, war da nur von Vorteil. Stars müssen nicht zwangsläufig dumm sein, aber »die meisten Stars verfügen über keine besondere Schulbildung.«

Das behauptet nicht etwa ein von Bildungsdünkel verblendeter Universitätsprofessor, sondern der erfolgreiche Hollywood-Drehbuchautor William Goldman (der, nebenbei bemerkt, mit *Die Brautprinzessin* auch einen der witzigsten Romane aller Zeiten verfasst hat). »Das soll nun nicht heißen«, so Goldman in seinem Buch *Das Hollywood-*

Geschäft, dass Stars »nicht klug wären. Ich habe noch nie einen Star getroffen, der nicht gescheit und schlau war und gerissener, als ich es je sein werde.« Während sich jedoch andere junge Leute im Studium mit interstellarer Kernphysik, Wirtschaftswissenschaft, Jura oder James Joyce befassen, beschäftigen sich angehende Stars mit der Frage, wie sie beim Film oder am Theater die Hauptrolle ergattern können. Und wenn sie einen Film oder ein Theaterstück sehen, denken sie vielleicht auch ein bisschen über das Werk nach – »aber gewöhnlich kreisen ihre Gedanken um jenes berühmte Theaterklischee: ›Die Rolle hätte ich auch spielen können.‹ Jeder stellt sich vor, wie er in der Rolle wäre und ob die Rolle ihm etwas bringt und was geändert werden könnte, damit sie ihm etwas bringt; weil sie alle früh angefangen haben, wissen sie vor allem eines: Wie man es schafft, dass es einem etwas bringt.«

Ich war mir sicher, dass Rachel solche Fragen und Überlegungen um- und antrieben. Ihre Schreiberei war vermutlich nur eine Ersatzhandlung und las sich ja auch so. Als sie mir in der Sushi-Bar ihre Lebensgeschichte aufgetischt hatte, war auch von einem abgebrochenen Schauspielstudium die Rede gewesen, und dabei hatte sie fast noch melancholischer ausgesehen als in jenem Moment, da ich kritisch über ihr Manuskript gesprochen hatte. Die Schauspielerei war offensichtlich ihr Lebenstraum, und die Maskenbildnerei war lediglich ein matter Kompromiss, um den Kontakt zur Schauspielerei nicht ganz zu verlieren und eines Tages womöglich doch noch entdeckt zu werden. Und ich hatte sie entdeckt! Jetzt würde sie als Schauspielerin eine Schriftstellerin sein. Zwei Fliegen mit einer Klappe – was angesichts der Sachlage natürlich kein schöner Vergleich war. Zwei Schmetterlinge in einem Kescher. Oder, um's mit Rachels denglischen Metaphern zu verballhornen: Den Kuchen haben und zugleich essen. Das Beste beider Welten.

Nachdem ich den Text ausgedruckt hatte, überlegte ich, ob ich jetzt schon im *Bühnen-Bistro* erscheinen sollte. Den ganzen Abend bis Schichtende dort herumzulungern, war vielleicht etwas peinlich. Manchmal ist es ganz gut, Frauen warten zu lassen. Allzu großes Interesse konnte ins Gegenteil Umschlägen, oder ums Neudeutsch zu formulieren: Cool kommt besser. Ich duschte, rasierte mich und dieselte mich gründlich mit dem teuren Rasierwasser ein. Obwohl ich in der vergangenen Nacht kaum geschlafen hatte, war ich nicht müde. Der Schaffensrausch hatte mich aufgekratzt, dazu kam die Vorfreude, Rachel zu treffen. Aber Arbeit macht hungrig, und so ging ich in den Ratskeller.

Der auf Altdeutsch gebürstete Laden ist für seine gewaltigen Portionen gutbürgerlicher Küche berühmt. Da die Spargelzeit begonnen hatte, entschied ich mich für frischen Stangenspargel mit Ammerländer Schinken, Salzkartoffeln und zerlassener Butter. Als ich mir die dritte, buttertriefende Stange in den Mund schob, fiel mir ein, irgendwo gelesen zu haben, Spargel wirke als ein natürliches Aphrodisiakum. Schon bemerkenswert, wie das säuische Getümmel des Unterbewusstseins gelegentlich noch die Ernährungsgewohnheiten dominiert. Zum Dessert aß ich Eis mit heißen Himbeeren, deren Anblick ich gleichfalls mit etwas Erotischem assoziierte; ich kann mich aber nicht mehr daran erinnern, was es war, und wenn ich es könnte, würde ich es sowieso nicht verraten. Bei der Verdauungszigarette forderte plötzlich die durchgearbeitete Nacht ihren Tribut, und mich überkam eine bleischwere Müdigkeit, die ich mit einem doppelten Espresso bekämpfte.

Schon während des Essens war mir aufgefallen, dass der junge Kellner mehrfach zu mir hinübergesehen hatte, als würde er mich kennen oder wiedererkennen. Als er die Rechnung brachte, sagte er: »Sie sind doch dieser Schriftsteller, dieser Dings, stimmt's?«

Bescheidenheit verbietet es einzugestehen, dass derlei Erkanntwerden meiner notorischen Autoreneitelkeit schmeichelt.

»Ich glaube schon«, sagte ich.

»Toll«, sagte er. »Ich studiere nämlich Germanistik und bin auch in so einer Gruppe für kreatives Schreiben, und da wollte ich Sie mal fragen –«

»Nein«, sagte ich und schob das Geld über den Tisch.

»Nein? Sie wissen doch noch gar nicht, was ich Sie fragen will.«

»Sie wollen fragen, ob ich mal einen Ihrer Texte lesen kann.«

Er schüttelte heftig mit dem Kopf. »Ach was. Aber es ist so, dass unsere Dozentin uns Ihren Roman *Kopfreise* empfohlen hat.«

»Ach? Tatsächlich?« Offenbar eine kluge Frau.

Er nickte. »Aber der ist ja nun leider vergriffen, und da wollte ich Sie fragen, ob Sie vielleicht noch ein Exemplar übrig haben, das Sie mir verkaufen können?«

Ein Exemplar? Mein Verlagswechsel zu Lindbrunn hatte seinerzeit bei Strohbold mächtige Verärgerung ausgelöst, die unter anderem darin zum Ausdruck kam, dass Strohbold zur Strafe meiner Untreue die Furie des Verschwindens heraufbeschwor, indem man eine sogenannte Lagerbereinigung durchführte, meine dort erschienenen Titel sämtlich aus dem Programm warf und mir die Restauflagen zum Ramschpreis anbot. Und nun stapelten die sich bei mir im Keller. Von *Kopfreise* hatte ich noch zirka zweihundert Exemplare, verstaubt, aber immerhin in Plastik verschweißt.

»Tja«, sagte ich nachdenklich, »*Kopfreise* – ich bin mir nicht sicher. Da müsste ich mal in meinem Archiv nachschauen. Seitdem der Titel vergriffen ist, hat er sich ja zu so einer Art Kultbuch entwickelt und ist kaum noch zu bekommen.«

»Doch«, sagte er, »das Buch gibt's noch massenhaft, Secondhand, zu Billigpreisen bei ZVAB und Amazon im Internet. Aber ich dachte, wenn ich eins direkt von Ihnen kriege, dass Sie mir es dann vielleicht signieren.«

»Na klar«, sagte ich, »kein Problem. Ich glaube, ich hab noch zwei oder drei Stück. Für Sie sogar zum halben Preis.«

Er strahlte. Wie leicht es doch war, einen Menschen glücklich zu machen, der sich für gute Literatur interessiert. Mein Karma strahlte auch. Er gab mir Geld für Buch und Porto, schrieb seine Anschrift auf und fragte, ob ich auch eine persönliche Widmung hineinschreiben würde. Ich nickte. Er setzte sich an den Tisch und schrieb. Und schrieb. Schrieb einen Zettel seines Bestellblocks voll und gab ihn mir.

»*Für Puckilein*«, stand da.

»Sind Sie das?«, fragte ich.

Er errötete. »Das ist meine Freundin.«

»Ach so. *Für Puckilein zum Geburtstag von ihrer Schmusemaus. Ich liebe Dich noch mehr als alle Bücher. Dein Lukas Domcik.*« Ich schüttelte den Kopf und sagte: »Das geht so aber nicht.«

»Wieso nicht?«

»Wenn ich das mit *Dein Lukas Domcik* signiere, sieht es doch so aus, als wäre *ich* die Schmusemaus Ihres Puckileins.«

Er sah mich verblüfft an. »Stimmt irgendwie. Dann schreiben Sie einfach Ihren Namen rein. Den Rest mach ich schon selbst.«

Gegen elf kreuzte ich im *Bühnen-Bistro* auf und stellte erfreut fest, dass dort nur wenig Betrieb herrschte, was auf ein relativ frühes Schichtende hindeutete. Rachel stand neben Egon hinterm Tresen und lächelte mir sichtlich erfreut entgegen. Ich grüßte mit einer lässigen Geste, verzog mich an einen der hinteren Tische und breitete demonstrativ das Exposé, mein Notizbuch und einen Kugelschreiber vor mir aus. Signal: Der Poet geruht zu arbeiten.

»Hi!« Rachel kam an den Tisch und tippte mir mit der Hand leicht auf die Schulter. Die Berührung vertrieb meine Müdigkeit so schnell, als wäre in meinem Kopf ein Schalter umgelegt worden. Sie sah mich erwartungsvoll an und schielte auch auf mein Handwerkszeug.

»Hallo«, sagte ich. »Ich bin wohl zu früh, was?«

»In anderthalb Stunden ist hier Schluss«, sagte sie lächelnd und deutete auf das Manuskript. »Ist es das? Das Exposé?«

Ich nickte. »Ich muss noch ein bisschen dran feilen.«

»Super«, sagte sie. »Und was trinkst du?«

Ich bestellte noch einen doppelten Espresso, Mineralwasser und, damit es nicht allzu nüchtern-unpoetisch aussah, einen Cognac. Als Rachel die Getränke brachte, saß ich, die Lesebrille auf der Nase, den Stift in der Hand, tief über aufgeschlagenes Notizbuch und Manuskript gebeugt und tat, als bemerkte ich sie gar nicht. Signal: Auf der Suche nach dem treffenden Wort.

»Bitte«, sagte sie leise, fast ehrfürchtig oder zumindest beeindruckt.

Ich sah sie an, als müsste ich meinen Blick aus den

Fernen dichterischer Visionen ins Nahe, ach so köstlich Nahe ihres Anblicks zurückzwingen.

»Wie heißt das Ganze denn eigentlich?«, fragte sie und setzte die Getränke ab.

»Wie heißt was?«, stellte ich mich dumm.

»Na, das Buch oder was du da mit mir schreiben willst.«

»Ach so, ja.« Ich blätterte das Manuskript auf die Titelseite zurück. »Bitte.«

Sie las stirnrunzelnd, halblaut. »Rachel Levison? Wer soll das denn sein?«

Zwischen den tief auf den Hüften sitzenden Jeans und dem T-Shirt blitzte ihr Bauch auf. »Du«, sagte ich und tippte mit dem Stift Richtung Nabel.

Sie kicherte. »Ich?«

»Erklär' ich dir nachher«, sagte ich. »Erklär ich dir alles nachher in Ruhe.«

»Ein Alias«, sagte sie, »das find ich voll cool«, und schwebte wieder gen Tresen.

Na bestens. Es hätte mich aber auch nicht gewundert, wenn sie beim Durchmarsch zu Ruhm und Reichtum auf der korrekten Nennung ihres Namens bestehen würde. Vielleicht war es ihre Neigung zur Schauspielkunst, die ihr das Spiel mit einer fremden Identität sympathisch machte? Während ich weiterhin dichterische Hingabe mimte, indem ich im Manuskript allerlei überflüssige Streichungen und Ergänzungen vornahm, beobachtete ich Rachel aus den Augenwinkeln und stellte befriedigt fest, dass auch sie immer mal wieder zu mir hinübersah. Meine Müdigkeit war verflogen, und also genehmigte ich mir ein Bier.

Als Rachel es brachte, flüsterte sie: »Noch eine halbe Stunde. Ich bin schon total aufgeregt.«

Und ich erst! Derart zutraulich hatte Rachel sich mir gegenüber noch nie gezeigt. Mit dem Vorschlag eines

Erfolg versprechenden, gemeinsamen Projekts hatte ich offensichtlich an der richtigen Schraube gedreht. Jetzt bloß nichts überdrehen, sagte ich zu mir selbst. Gegen halb eins war ich der letzte Gast. Egon stellte bereits die Stühle auf die Tische.

Rachel hatte bei mir kassiert, ihre Abrechnung erledigt und kam, die Lederjacke locker über die Schulter geworfen, an den Tisch, setzte sich aber nicht. »Ich bin fertig«, sagte sie.

»Gut«, sagte ich, »dann können wir jetzt ja.«

Sie nickte.

»Aber wohin?«, fragte ich.

»Zu mir«, sagte sie.

»Zu –«, das war ja nicht zu fassen, »– dir?«

»Warum nicht?«, sagte sie. »Sind doch nur fünf Minuten zu Fuß.«

Gestern Abend war es zur Blücherstraße auch nicht viel weiter gewesen, doch da hatte sie ein Taxi genommen. Zu ihrem Und-überhaupt-Regisseur? Egal jetzt, heute Abend war mein Abend, unser Abend. Ich staunte, wie einfach das alles war, sagte: »Gute Idee« und raffte hastig meine Dichterutensilien zusammen.

Die Nacht war ganz mild, der Mai nahte schon mit Macht. Im Theaterpark blühten erste Rhododendren, leuchteten wie ein Versprechen weiß aus der Dunkelheit. Rachel hakte sich bei mir ein. Die Berührung ihrer Hand auf meinem Arm wie, wie – Offenbar hatte ich mein Klischeepulver restlos im Exposé verschossen.

»Na los«, sagte sie, »erzähl mal. Wieso heiß ich nicht mehr Bringman, sondern Levison?«

»Sagt dir der Name George Forestier etwas?«

Sie zog die Nase kraus. »Ist das nicht so 'n französischer Schauspieler von früher?«

»Nicht ganz«, sagte ich. »Oder kennst du vielleicht Suramarit? Sisowatha Suramarit?«

»Nee.« Sie lachte. »Ist das 'ne Hip-Hop-Band oder was?«

Ich lachte auch. »Das ist eine kambodschanische Prinzessin«, begann ich und erzählte ihr in groben Zügen vom Fall George Forestier und vom großen Suramarit-Dressler-Schwindel. »Und in unserem Projekt«, kam ich zum Schluss und legte dabei meine rechte Hand auf ihre, die in meiner linken Armbeuge lag, »bist du sozusagen der Fremdenlegionär oder besser die Prinzessin, eine englisch-jüdische Prinzessin. Ich bin nur der Drehbuchschreiber.«

»Cool«, sagte sie, »total cool. Aber worum's eigentlich geht, hab ich noch nicht gerafft. Oh, da sind wir schon.«

Wir standen vor einem dieser hässlichen Apartmenthäuser aus den Siebzigerjahren, die wie akkurat gestapelte Schuhkartons aussehen, aber als wir auf die Haustür zugingen, wirkte das Gebäude auf mich wie ein Märchenschloss, hatte ich doch eine Prinzessin im Arm. Rachel bewohnte ein Einzimmerapartment. Die Küchenzeile war durch einen Tresen vom Wohnbereich abgetrennt. Einbauschränke, ein kleiner Schreibtisch, ein schmales Bücherregal, eine Couch, in einer Nische das breite, niedrige Bett mit einem Quilt als Tagesdecke, auf dem hellgrauen Teppichboden ein paar Zeitschriften und Bücher, eine Silbervase mit langstieligen weißen Seidenrosen. Alles wirkte so sauber und aufgeräumt, als würde die Wohnung gar nicht benutzt.

»Ist ja nur für ein paar Wochen«, sagte sie, als müsse sie sich für die Ordnung entschuldigen, und deutete auf Fotos an den Wänden, verschiedene Porträts eines Mannes und Aufnahmen von Theaterproben und Aufführungen, alle in Schwarz-Weiß. »Das ist mein Vermieter, ein Schauspieler. Der ist für einige Monate mit einem Tourneetheater unterwegs.« Sie ging zur Küchenzeile, stellte einen Wasserkocher an und holte eine Teekanne und zwei Becher aus dem Regal.

Ich hockte mich an den Tresen und sah ihr zu. Als der Tee fertig war, setzte sie sich lächelnd auf die andere Tresenseite. »Und jetzt erzähl mir noch einmal alles ganz von vorn«, sagte sie. »Und schön langsam, damit ich das richtig kapiere.«

»Du müsstest aber vorher noch das Exposé lesen«, sagte ich und schob das Manuskript über den Tresen.

»Ich dachte, du schreibst das Zeug und ich spiele dann die Rolle der Schriftstellerin.«

»Ja, schon, aber du musst doch wissen, worum es geht, was du angeblich geschrieben haben sollst. Es ist ja auch nicht lang.«

»Okay«, sagte sie und begann zu lesen.

Wie recht William Goldman doch hatte! Schauspieler interessieren sich nicht für das Werk, sondern nur für die Rolle, die sie spielen, für das, was ihnen die Rolle bringt und einbringt. Elizabeth Taylor war dafür berühmt, dass sie die Drehbücher nie vollständig las, sondern lediglich die Szenen und Dialoge mit ihrer Beteiligung. In was für einem Film sie überhaupt mitgespielt hatte, begriff sie erst dann, wenn sie den fertigen Film sah. Rachel las mit ernstem Gesicht, zog manchmal Stirn und Nase kraus wie ein Schulmädchen, schüttelte auch gelegentlich den Kopf, vielleicht missbilligend, vielleicht aus Unverständnis, und manchmal lächelte sie vor sich hin.

Als sie fertig war, trank sie einen Schluck Tee und steckte sich eine Zigarette an. »Die Story ist ja irgendwie cool«, sagte sie, »aber diese ganzen Nazisachen kapier ich nicht so richtig. Meinst du wirklich, dass die Leute so was wollen?«

»Und wie«, sagte ich und steckte mir auch eine Zigarette an. »Das wird ein Hit. Garantiert. Aber nur mit dir.«

»Tja«, sagte sie nachdenklich und blies Rauch gegen die Decke, »die Engländer sind ja auch alle irgendwie total nazigeil. Prince Harry mit Hakenkreuz am Arm und so. Manche glauben wahrscheinlich, dass in Deutschland immer noch Hitler regiert.«

»Na bitte«, sagte ich, »das nennt man Völkerverständigung. Dann wird das Buch bestimmt auch ins Englische übersetzt. Kannst du ja selbst machen.«

»Nee, lieber nicht«, kicherte sie. »Ich mein, ich schreibe manchmal ganz gern, aber irgendwie war *Wilde Nächte* nur mal so 'n Versuch.«

Ich nickte. Wie einsichtig sie plötzlich war, wie selbstkritisch. Vermutlich sah sie jetzt die Chance gekommen, mit ihrer wahren Leidenschaft Erfolg zu haben – als Schauspielerin. »Ich seh dich auch viel eher als Schauspielerin«, bohrte ich weiter das dünne Brett, »ich glaube, da hast du wirklich Talent. Ach was, Talent. Ich weiß, dass du das kannst.«

»Meinst du wirklich?« Sie sah mir tief in die Augen, aber die Frage war wohl rhetorischer Natur. Ich meinte es so und wusste, dass auch sie von sich überzeugt war.

Ich nickte. »Du wirst alle um den Finger wickeln.«

Sie strahlte, drückte die Zigarette aus und sagte entschlossen: »Ja. Ich weiß, dass ich das kann. Ich hab es immer gewusst. Mrs Knightworth lag völlig falsch.«

»Wer ist denn Mrs Knightworth?«

»Ach, das war diese dämliche Bitch von der Schauspielschule, damals in Bristol.«

»Verstehe«, sagte ich. »Ja, die hat sich wirklich in dir geirrt.«

»Die haben sich alle geirrt«, sagte sie.

»Genau«, sagte ich. »Und jetzt zeigen wir's denen mal.«

Sie blickte mir noch einmal tief in die Augen, als suche sie dort nach der Wahrheit. Oder nach der Lüge. Was fand sie? Ich lächelte und wollte nach ihrer Hand greifen, aber da stand sie plötzlich auf. »Entschuldige mich einen Moment. Der Tee. Du weißt schon.«

Sie verschwand im Badezimmer. Ich wartete, nippte am Tee. Die Toilettenspülung rauschte. Ich trommelte mit den Fingerspitzen auf der Tresenplatte ein Solo. Wieder drang Rauschen durch die Badezimmertür. Diesmal anhaltender. Die Dusche. Heftig schlug mein Herz im Gegenrhythmus zu den Fingerspitzen. Hatte ich diesen Herzschlag nicht schon einmal gespürt? Sehr wohl. Damals, vor über fünfunddreißig Jahren, als ich durchs Korridorlabyrinth des Theaters zur Garderobe der Schauspielerin Kaplan geirrt war, wo meine Angebetete soeben dem Intendanten in die Arme fiel. Das Rauschen brach ab. Stille. Ich konnte meinen Herzschlag hören.

Die Tür öffnete sich. Ich hielt den Atem an. Rachel trug jetzt das Oberteil eines schwarz-blau gestreiften Herrenpyjamas, dessen obere beide Knöpfe nicht geschlossen waren und das ihr bis zur Mitte der Oberschenkel reichte. Sie ging an der Küchenzeile vorbei, setzte sich auf die Bettkante und schlug die Beine übereinander. Die sonst lockigen Haare waren ganz glatt und glänzten vor Nässe, auf ihrer Stirn schimmerten Wassertropfen, und an ihrem Hals glitzerte der kleine Diamant. Im Zimmer breitete sich ein Duft von Pfirsich und Sandelholz aus. Mit einem Lichtschalter an der Wand knipste sie das Deckenlicht aus und eine kleine Lampe neben dem Bett an.

»Und du glaubst wirklich, dass diese Hochstapelei funktioniert?«, sagte sie dann unvermittelt und legte den Kopf fragend und etwas kokett zur Seite.

Ich nickte heftig, brachte aber kein Wort heraus. Mein Mund war staubtrocken, meine Hände wurden feucht.

»Komm her«, sagte sie und klopfte zwei-, dreimal leicht neben sich auf den Quilt, als wollte sie eine Katze anlocken. »Erklär mir mal die Details.«

Ich löste mich vom Küchenhocker wie aus einer Erstarrung, und während ich die wenigen Schritte auf sie zuging, zog sie die Beine hoch, kreuzte sie übereinander und saß dann im Schneidersitz da, sah mir mit leicht geöffneten, feucht schimmernden Lippen herausfordernd und dennoch distanziert entgegen – genau dieser Blick, der zwischen Verachtung und Gier changierte, genau jene Pose, in der meine Ur- oder Idealvorstellung erotischer Verführungsmacht Fleisch wurde. Sie wissen inzwischen, was ich meine: Ich bin ja anfangs schon einigermaßen ausführlich auf dies unauslöschliche Standbild meiner Obsessionen eingegangen.

Ich setzte mich neben sie, griff nach ihrer Hand, die sie mir nicht entzog, und begann stockend, dann immer flüssiger, sämtliche Aspekte meines Plans vor ihr auszubreiten, bis ich mich in eine Art Begeisterungstaumel gefaselt hatte. »Und vielleicht«, spielte ich schließlich meinen höchsten Trumpf aus, »lässt sich der Stoff auch verfilmen.«

»Verfilmen! Oh ja, oh ja.«

»Die wichtigste Frage, die ein Autor seinem Projekt stellen muss, lautet doch heuzutage: Was würde Hollywood dazu sagen?«

»Hollywood«, seufzte sie.

»Das klappt«, sagte ich, »mit dir und mir zusammen klappt das. Wir sind die Idealbesetzung in dieser Inszenierung. Ein Traumpaar.«

Sie legte eine Hand auf meine Schulter und fuhr mit

den Fingerspitzen die Konturen meines Ohrs ab. »Und was bringt mir das?«, flüsterte sie.

»Redest du etwa von Geld?« Auf harte Fakten *dieser* Art konnte ich mich kaum noch konzentrieren.

Sie brachte ihre Lippen ganz dicht an mein Ohr und wisperte im Duft von Sandelholz und Pfirsich: »Ja.«

»Ich –, ich –, viel«, keuchte ich beliebig und besinnungslos.

»Wie viel?« Ihre Lippen berührten mein Ohr.

»Sehr, sehr viel –«

»Ja dann«, hauchte sie, »dann komm –«

17

Ein neues Kapitel beginne ich hier und jetzt aus rein dramaturgischen, die Spannung ins Unerträgliche steigernden Gründen – ein Trick, der zwar uralt ist, aber, wie man an dieser Stelle bemerken wird, immer noch bestens funktioniert. Sie haben hastig die Seite umgeschlagen, um Nuancen und Details meines Tête-à-Têtes mit Rachel zu erfahren, und ich werde Sie auch nicht enttäuschen, sondern liefere alles, aber auch wirklich alles, was *Sie* sich nur vorstellen können und wollen. Bitte sehr:

Das ist natürlich eine Anleihe bei Arthur Schnitzler, und auf die Gedankenstrichzeilen im *Reigen* bin ich aus gegebenem Anlass schon einmal zu Beginn meiner Beichte zu sprechen gekommen. Vielleicht erinnern Sie sich noch daran? Diese Gedankenstriche sind jedenfalls so ziemlich das Genialste, was der geniale Erotomane Schnitzler je geschrieben hat: Keine Auslassungspünktchen, die Dauer und Unendlichkeit versprechen würden, sondern Gedankenstriche, die direkt aufs unausweichliche Ende verweisen.

Der lange Gedankenstrich oder Geviertstrich »–« (Englisch: *dash;* Französisch: *tiret),* gelegentlich auch als Spiegelstrich oder Anstrich bezeichnet, nicht zu verwechseln mit dem kurzen Bindestrich oder dem Minuszeichen, das länger als der kurze, aber immer noch kürzer als der lange Gedankenstrich ist, appelliert an die Fantasie der Leser, fordert Sie also auf, selbst zu denken und sich vorzustellen, was da auf Rachels Bett so alles geschah oder hätte geschehen können. Und indem Sie sich das vorstellen und mit Ihren eigenen Erfahrungen oder Wünschen kombinieren, wird aus meiner exklusiven Privatvorstellung eine Koproduktion zwischen Ihnen und mir. Aus solchen Erwägungen schloss schon Charles Baudelaire das Widmungsgedicht an den Leser seiner *Blumen des Bösen* mit der Apostrophe: »Hypocrite lecteur, – mon semblable, – mon frère!«*

Als ich die Zeile eben nachschlug, geriet ich blätternd immer tiefer in Baudelaires Pariser Labyrinthe und stieß schließlich auch auf das Gedicht *L'amour du mensonge (Die Lust an der Lüge),* dessen letzte Strophe so lautet:

Mais ne suffit-ilpas que tu sois l'apparence,
Pour réjouir un cœur qui fuit la vérité?
Qu'importe ta bêtise ou ton indifférence?
*Masque ou décor, salut! J'adore ta beauté.***

Mit dem unsterblichen Maskenbildnerinnentyp à la Rachel hatte also auch Baudelaire – mein Bruder – einschlägige Erfahrungen gemacht. Und ergab die Passage nicht sogar ein treffendes Motto für meinen Bericht?

Im fahlen Zwielicht des Aprilmorgens war ich erwacht

---

* »Scheinheiliger Leser, – meinesgleichen, – mein Bruder!«
** Zu Deutsch von mir schlecht und recht so zusammengereimt:
»Reicht's dir denn nicht, der schöne Schein zu sein,
ein Herz zu laben, das vor Wahrheit scheut zurück?
Was schert mich deine Dummheit, dein Gleichgültigsein?
Als schöne Maske sei willkommen, als Dekorstück.«

und tastete nach meiner Uhr, die irgendwo in der Gemengelage aus Rachels Pyjama und meinen Klamotten auf dem Fußboden lag. Der kleine Zeiger befingerte die Fünf, der große hatte soeben die Elf geküsst. Mittwoch also. Meine Frau würde heute aus Berlin zurückkommen. Zeit, sich auf die Socken zu machen. Rachel lag auf dem Rücken, ein paar Haarsträhnen berührten die Wimpern ihrer geschlossenen Augen, die Decke bis unters Kinn gezogen. Tiefes, lautloses Atmen. Ich zog mich so leise wie möglich an und schlich auf Zehenspitzen zur Tür. Als ich sie öffnete und mich noch einmal umsah, richtete Rachel sich im Bett auf. Die Decke verrutschte. Halb nackt und halb schlafend musterte sie mich mit einem fremden, fragenden Blick, als wollte sie sagen: Wer ist das denn? Der Blick tat mir weh und wirkte zugleich wie die Befreiung aus einem Bann. Heute, da ich daran zurückdenke, kann ich mich kaum noch an Details der durchwachten und durchgemachten Stunden jener Nacht erinnern, aber den Blick werde ich nie vergessen. Er wird immer mit mir ziehen, vielleicht als Hoffnung, vielleicht als Qual – als ein Geist des Nocheinmal, das es nie geben wird.

Während der vergangenen beiden Nächte hatte ich kaum geschlafen, spürte aber keine Müdigkeit, sondern die aufgekratzte, leicht windschiefe Präsenz der Übernächtigung. Der Sonnenaufgang lüftete die schwarz-weißen Masken auf den Dingen. In dämmernden Vorgärten blühten duftend, weiß und ziegelrot die in der Nacht aufgebrochenen Rhododendren. Frühe Vögel zeterten durch die Morgenkühle. Die weiße, durchbrochene Mittellinie auf der Waterloostraße – eine Gedankenstrichzeile. Und Rachel würde also mit mir auf den Gedankenstrich gehen, den ich gezogen hatte.

Obwohl es zu Hause nicht viel anders aussah als vor

Annes Abreise, machte ich mich ans Aufräumen, goss die Blumen im Wintergarten, sammelte das wenige Geschirr zusammen, das ich in den letzten Tagen benutzt hatte, und stellte es akkurat in die Geschirrspülmaschine. Auf dem Herd stand noch der Bohneneintopf. Ich hob mit spitzen Fingern den Deckel an. Kein schöner Anblick. Im oberen Bereich war die Masse weich, roch faul und ließ sich in den Müll kratzen, doch im unteren Bereich musste zwischen Topfboden und Eintopf eine chemische Reaktion stattgefunden haben, die Edelstahl und Bohnen untrennbar zu einem neuen Element verschmolzen hatte. Was tun? Einen Presslufthammer hatte ich nicht zur Hand, und ich bin auch kein bildender Künstler, der derlei Restmüll kurzerhand zum *object trouvé* geadelt und auf der nächsten Documenta ausgestellt hätte. In meinem Zustand putzmunterer Übermüdung mischte sich die Meditation über Topf und Eintopf allerdings auch mit dem Verdacht, dass meine Strategie in Sachen Tante Thea gewisse Ähnlichkeiten zur geschäftstüchtigen Scharlatanerie solcher »Avantgardisten« aufwies. Samt seines abstrusen Inhalts konnte man Tante Theas Koffer nämlich durchaus und irgendwie auch als *object trouvé* begreifen. Oder jedenfalls so ähnlich.

Vor Jahren hatte ich mal ein Buch zum Thema gelesen. Da mal nachschlagen. Versteckt zwischen *Video in der Kunst ist keine Video-Kunst* und *Über die Dummheit in der modernen Malerei* verstaubte Christian Kellerers Werk *Object Trouvé und Surrealismus,* in dem es unter anderem heißt, dass zum *object trouvé* »vorzüglich halb zerstörte Dinge geeignet sind, deren Verwendungszweck und Ursprung nicht mehr in die Augen springt, die also sich in einem Verfremdungszustand befinden. Ferner macht man die Erfahrung, dass gerade auch einförmig klobige

Gebilde in der Zerstörung oft besonders geglückte Verfremdungen in Form von abwechslungsreichen, subtilen Gestaltauflösungen ergeben. Als Motto solcher Befreiungen angesichts von unerwartet veränderter Materie könnte man wählen: ›Die Welt ist zerstört – Es lebe die Schöpfung!‹ – Es ist das alte Stirb-und-werde-Motiv allen Geschehens auf einer gesteigerten Bewusstseinsebene.«

Stirb-und-werde inklusive gesteigerter Bewusstseinsebene, jawohl. Das klang doch irgendwie seriös und strich theoretischen Legitimationsbalsam auf die wunde Stelle jener Bewusstseinsebene, die man als schlechtes Gewissen bezeichnet. Auf der hörte ich immer mal wieder sogenannte innere Stimmen, die mich mit üblen Schmähungen verhöhnten: Fälscher, Hochstapler, Betrüger – und einmal sogar, laut und deutlich, Holocaust-Industrieller.

Dergleichen Skrupel gingen Rachel natürlich voll am süßen Arsch vorbei. Sie interessierte sich exklusiv fürs Was-bringt-mir-das und schien in der Rolle, die sie demnächst spielen sollte, den Beginn einer Weltkarriere zu sehen. Die Einzelheiten meines Drehbuchs hatten sie nicht sonderlich interessiert, aber sie hatte eingewilligt, meinen Regieanweisungen penibel zu folgen. Finanziell einigten wir uns darauf, bei allen Einnahmen halbe-halbe zu machen. Der nächste Schritt sah vor, dass ich zwanzig bis dreißig Seiten des Textes schreiben würde, den sie dann zusammen mit dem Exposé an Lindbrunn schicken sollte – als Köder fürs komplette Projekt. Ich war mir sicher, dass Ralf Scholz anbeißen würde. Alles Weitere würde sich dann mehr oder weniger von selbst ergeben, was ja tatsächlich der Fall war, auch wenn die Sache dann jene unvorhergesehene Wendung nahm, die – aber ich greife vor.

Die Fairness gebietet es allerdings, an dieser Stelle darauf zurückzugreifen, dass Rachel sehr deutlich machte, für ihr Engagement nur ausnahmsweise in Ganzkörperwährung zu zahlen. Für diese eine Nacht hatte sie ihr Bett als Casting-Couch benutzt, aber unser zukünftiges Verhältnis wollte sie als unsentimentale, platonische Geschäftsbeziehung verstanden wissen.

In einem einigermaßen erschöpften Moment hatte sie plötzlich gefragt: »Und was sagt deine Frau dazu?«

»Woher weißt du, dass ich verheiratet bin?«

»Von Renate aus dem Bistro.«

»Ach so –« Renate, die blöde Plaudertasche.

»Also?«

»Also was?«

»Was sagt deine Frau dazu?«

»Wozu?«

»Zu dieser ganzen – Affäre.«

Ich zuckte schweigend mit den Schultern.

»Okay«, hatte Rachel gesagt, »ich verstehe. Mein Freund sagt auch nichts dazu. Weil ich ihm nichts sagen werde.«

»Wer ist denn dein –«

»Den kennst du sowieso nicht«, hatte sie gesagt. »Und außerdem ist Ende der Woche Schluss mit dem Praktikum hier. Die drei Wochen sind vorbei. Ich muss zurück nach Bristol.«

»Du gehst – zurück?«

»Starr mich nicht so entgeistert an. Was hast du denn gedacht? Für unser Projekt spielt das doch überhaupt keine Rolle.«

»Aber – ich dachte –«

»Dachtest was? Du hast bekommen, was du wolltest.«

»Aber –«

»Willst du noch 'ne Zugabe?« Dabei war sie mir mit der Zungenspitze über Hals und Kinn bis zu den Lippen gefahren, als hätte sie ein Siegel darauf legen wollen.

»Ich –, ja –«

Und dann hatte sie die Zugabe gegeben wie eine routinierte Schauspielerin, deren Kunst darin besteht, sich die Routine nicht anmerken zu lassen. Erinnern Sie sich an die Bemerkung, dass Gedankenstriche aufs unausweichliche Ende verweisen? So war das gemeint. Und für unser Projekt, da hatte Rachel recht gehabt und sollte recht behalten, war es viel glaubwürdiger, wenn sie ihre Rolle von England aus spielte.

Schließlich schmetterte ich den Topf in die Mülltonne, was ein hohles Poltern verursachte. Dann griff ich zum Staubsauger und fuhrwerkte damit durch die ganze Wohnung, saugte sogar die Bücherregale samt *Object trouvé und Surrealismus* ab, bis irgendwann auch die inneren Stimmen wie abgesaugt waren. Es lebe die Schöpfung! Nach einem leichten Frühstück mit Toast und Tee stellte ich mich unter die Dusche und schrubbte alles herunter, den Staub, den Schweiß der vergangenen Nacht, die Restaromen *L'eau d'Issey pour homme – Lotion après rasage* und besonders den Duft nach Pfirsich und Sandelholz, der meiner Frau sonst als Erstes in die Nase steigen würde. Als ich mich abtrocknete, sank endlich als niedrige, graue Wolke bleischwere Müdigkeit. Ein misstrauischer Blick in den Spiegel warf die Frage auf, die ich im Morgengrauen aus Rachels Blick gelesen hatte: Wer ist das denn? Die Frage war nicht so ohne Weiteres zu beantworten.

Ich legte mich ins Bett und schlief traumlos wie ein Stein – bis am Spätnachmittag meine Frau mich weckte und besorgt fragte, ob ich etwa krank sei?

18

Von: lukas.domcik@gmx.de
An: rbringman@yahoo.com
Gesendet: 13. Mai 2005 21:14
Betreff: Projekt

Liebe Rachel,
in den beiden angehängten Word-Dateien findest Du unter »1. Kapitel – Kindheit in einem versunkenen Land« die ersten 24 Seiten des Textes. Ein Vorwort schreibe ich erst, wenn der gesamte Text fertig ist. Unter »Anschreiben« findest Du den Brief an den Verlagsleiter. Druck das bitte aus, setze Deine Anschrift ein, unterschreibe das Anschreiben und schicke alles per Post an den Verlag <u>zu Händen Herrn Ralf Scholz persönlich.</u> Sobald Du eine Antwort bekommst, gib mir Nachricht. Du musst aber damit rechnen, dass es eine Weile dauert. Unaufgefordert eingesandte Manuskripte unbekannter Autoren brauchen manchmal eine gewisse Bearbeitungszeit. Anschließend wirst Du aber keine »unbekannte Autorin« mehr sein, das verspreche ich Dir.
Ich hoffe, Du hast Dich in Bristol wieder gut eingelebt. Was machst Du da eigentlich? An unsere gemeinsame Nacht denke ich oft zurück.

Den liebevollen Blick, den Du mir zum Schluss
geschenkt hast, werde ich nie vergessen.
Bis hoffentlich bald!
Dein Lukas

Das Anschreiben an Ralf Scholz lautete folgendermaßen:

Sehr geehrter Herr Scholz!
Während meines letzten Deutschlandbesuchs, der mich aus beruflichen Gründen an mehrere Theater und Opernhäuser führte, erzählte ich einem Dramaturgen von dem Projekt, an dem ich derzeit arbeite. Da es sich wesentlich um ein deutsches Thema handelt, das ich aufgrund der Quellenlage auch auf Deutsch abfasse, suche ich für die Publikation nunmehr einen namhaften deutschen Verlag. Der befreundete Dramaturg empfahl mir, mich unter Umgehung des Lektorats direkt an Sie persönlich zu wenden, da Ihr Verlag schon mehrfach mit großem Erfolg Stoffe und Projekte aus dem Komplex Nationalsozialismus, Zweiter Weltkrieg und Holocaust realisiert habe.
 Bei Lektüre des beigefügten Exposés werden Sie bemerken, dass es sich um Docufiction handelt. Ich weiß nicht, ob dieser Begriff in der deutschen Buchbranche gebräuchlich ist. Im angelsächsischen Sprachgebiet steht er jedenfalls für jene immer erfolgreicher werdende Kombination aus authentischem Material mit gewissen erzählerischen Freiheiten und Zuspitzungen. Man könnte vielleicht auch von einer Biografie in Romanform sprechen.
 Der Inhalt wird im Exposé kurz Umrissen. Damit Sie auch eine Vorstellung davon bekommen, wie die Sache dann konkret umgesetzt wird, füge ich als Leseprobe einige Manuskriptseiten der ersten Fassung bei.
 Es würde mich sehr freuen, wenn Sie sich für dies Projekt erwärmen könnten.

*In Erwartung Ihrer Antwort und mit freundlichen Grüßen
Rachel Bringman-Levison*

Um die Camouflage bis ins Detail wasserdicht zu machen, hatte ich bei der Abfassung dieses Briefs überlegt, in Rachels Rolle die sogenannte neue Rechtschreibung zu benutzen, gegen die ich mich bislang als heroischresistent erwiesen habe. Der Gedanke war mir bereits während der Arbeit am Exposé gekommen, aber nach zwei, drei Seiten hatte ich ihn wieder verworfen. Mit Lüge und Fälschung, Hochstapelei und Schaumschlägerei konnte ich schmerzfrei leben, nachdem ich die inneren Stimmen mundtot gemacht hatte. Das waren ehrwürdige, schriftstellerische Methoden, notwendige Fiktionalisierungen, ohne die keine Literatur zu machen war. Illusionsfördernde Lügen, hat Lion Feuchtwanger hinsichtlich des historischen Romans einmal bemerkt, sind der Wahrheit oft dienlicher als die gerichtsnotorische Wirklichkeit. Aber was zu viel war, war zu viel. Der grobe Sprachverhunzungsunfug namens neue Rechtschreibung kam mir nicht ins Haus, jedenfalls nicht zu Lebzeiten. Was meine Kinder als Erben meiner Rechte einst mit meinem Werk veranstalten, ist mir egal. Nach mir die Sintflut.

Außerdem war es ja auch durchaus plausibel, wenn Rachel als Ausländerin mit deutschem Familienhintergrund (fast hätte ich hier *background* geschrieben) sich der alten, rechtschaffenen Rechtschreibung bediente. Während meines Aufenthalts in Japan hatte ich gestaunt, mit welcher Selbstverständlichkeit die dortigen Germanisten noch die härtesten Fälle starker Konjunktive benutzten, die hierzulande quasi ausgestorben sind: Bükest du einen Topfkuchen und wär ich ein Vögelein, flog ich zu dir und äße die Krümelein. Dieser Beispielsatz stammt übrigens nicht von mir, sondern von Herrn Professor Dr. Eizaburo Miramatsu (der bei dieser Gelegenheit herzlich gegrüßt sei). Das aber nur mal so nebenbei.

*

From: rbringman@yahoo.com
To: lukas.domcik@gmx.de
Sent: May 16, 2005 9:14 PM
Subject: Re: Projekt

Lukas, ich hab alles so getan wie du gesagt, ich hab der breef an den verleger gesendet mit das manuscript und mein signature, der text du geshriben hat gefaelt mir sehr gut, spezial der absatz wo Thea lernt wie man pferdritet und der flirt mit der cousin im wald. momentlich ich arbeite in Bristol als hair stylist weil ich ferzweifelt geld brauch, hoffenlich antwortet der verleger unzueglich und erlaubt vorshuss wie du gesagt, machs gut. Rachel

In der Tat hatte ich in der Casting-Nacht Rachel gegenüber auch den Lockruf eines Vorschusses ertönen lassen, was vielleicht etwas voreilig gewesen war. Wem das Herz voll ist, dem geht sprichwörtlich der Mund über. Man kennt das ja. So sicher ich mir war, dass Ralf Scholz auf die Sache anspringen würde, so zweifelhaft bis ausgeschlossen schien es mir allerdings, dass er einer unbekannten und vermutlich in Vertragsfragen unerfahrenen Autorin von sich aus Vorschuss anbieten würde. Welcher Verleger täte (starker Konjunktiv) das schon aus freien Stücken? Da würde man schon mit dem Zaunpfahl winken müssen, gegebenenfalls einen anderen Verlag zu kontaktieren, oder auch gleich mit den ärgsten Daumenschrauben drohen, sprich: einen Literaturagenten einzuschalten. Diese Strategie hatte ich anfangs auch erwogen, weil durch einen Agenten zwischen Rachel und Verlag eine Art Pufferzone oder Niemandsland entstanden wäre, die es dem Verlag schwerer gemacht hätte, zu schnell direkten Kontakt zu Rachel aufzunehmen, was so lange zu verhindern war, bis nicht der komplette Text vorlag.

Allerdings wollen die Agenten von den Autoren immer nur das Beste, nämlich deren Geld, und ich vermag nicht einzusehen, warum ich die 15 Prozent Honoraranteil, den Agenten fordern, nicht selbst sinnvoll verprassen soll. Gleichwohl räume ich ein, dass bereits die bloße Existenz von Agenten auch für agentenfreie Autoren wie mich segensreich sein kann. Immerhin habe ich die Erfahrung gemacht, dass die Drohung, den nächsten Vertrag durch einen Agenten aushandeln zu lassen, den Verlag dazu bringt, den Wünschen des Autors entgegenzukommen. Jedenfalls ein bisschen.

*

Im Übrigen ging ich davon aus, dass es ein Weilchen dauern würde, bis der termingehetzte Ralf Scholz sich die Sache zu Gemüte führte. Vielleicht würde er sie erst einmal auch ans Lektorat delegieren, um eine zweite Meinung einzuholen. Die Reaktion kam jedoch derart prompt, wie ich es bei Ralf Scholz noch nie erlebt hatte, gegenüber neuen Werken seiner Hausautoren schon gar nicht. Im Manuskript hatte ich gerade erst die Stelle erreicht, an der Thea in der eisigen Memel endgültigen Abschied von der schnöden Welt nehmen will, als Rachels E-Mail –

Aber lesen Sie selbst.

From: rbringman@yahoo.com
To: lukas.domcik@gmx.de
Sent: June 3, 2005 11:23 AM
Subject: Project

lukas, ich weitersende hier das e-mail das mr.
scholz gestern gesendet hat. es scheint dass
alles sehr gut arbeitet, sende mir bald ein text
wie ich mr. scholz erwiedern soll und vergess
aber bios nicht das vorshuss. Rachel

Forwarded message from:
Rscholz@lindbrunn-verlag.de
To: rbringman@yahoo.com
Sent: June 2, 2005 16:03 PM
Subject: Ihr Manuskript »Vom Memelstrand (…)«

Sehr geehrte Frau Bringman-Levison!
Ich danke Ihnen sehr herzlich für die Einsendung
Ihres Exposés und der Textprobe Ihres Projekts
»Vom Memelstrand zum Themseufer«, und ich danke
Ihnen für das große Vertrauen, das Sie damit
unserem Verlag entgegenbringen. Wie Sie auf
Grund meiner schnellen Reaktion vielleicht
schon ahnen, bin ich von der Sache begeistert
und völlig überzeugt. Das gilt besonders
auch für das von Ihnen klug gewählte Genre
der Dokufiktion, das für die Bewältigung des
ebenso dramatischen wie bewegenden, unerhörten
Schicksals Ihrer verstorbenen Großtante die
einzig angemessene Form ist. Ich sehe in Thea
Levison das weibliche Gegenstück zu Oskar
Schindler!

Aus Ihrer Textprobe spricht stilistische
Eleganz, auch eine gewisse notwendige Routine.
Ich nehme deshalb an, dass Sie keine Debütantin
sind. Wenn ich Sie recht verstehe, sind
Sie zweisprachig. Gibt es womöglich bereits
Publikationen von Ihnen in englischer Sprache?
Wie dem auch sei: Ich möchte dies Projekt sehr
gern mit Ihnen realisieren, und zwar so schnell
wie möglich. Es dürfte am Markt hervorragend zu
positionieren sein. Wenn es Ihnen recht ist,
schicke ich Ihnen einen Vertragsentwurf zu. Über
Details können wir dann in aller Ruhe reden.
Sollten Sie bereits weiteren Text haben, würde
ich Sie bitten, mir den so bald wie möglich
zukommen zu lassen.
Übrigens werde ich Ende des Monats aus
geschäftlichen Gründen in London sein. Ein
Abstecher nach Bristol wäre leicht einzurichten.
Es wäre mir eine Ehre und Freude, wenn es bei
der Gelegenheit zu einem persönlichen Gespräch
kommen könnte.
In Erwartung Ihrer Antwort bin ich mit
freundlichen Grüssen Ihr
Ralf Scholz

Stilistische Eleganz und notwendige Routine. Danke für die Blumen. Und die Assoziation zu Oskar Schindler war derart bekloppt, dass ich mich wunderte, nicht schon selbst darauf gekommen zu sein. Ralf Scholz hatte jedenfalls angebissen und den Köder geschluckt. Jetzt würde ich ihn nachträglich anfetten und zugleich mit ein paar Widerhaken versehen. Daran würde er schwer zu verdauen haben.

Von: lukas.domcik@gmx.de
An: rbringman@yahoo.com
Gesendet: 3. Juni 2005 22:34
Betreff: Projekt/Vertrag

Liebe Rachel!
Habe ich etwa zu viel versprochen? Die Sache
verläuft genau nach Plan. Lass Scholz ein
paar Tage zappeln und schick ihm dann eine
E-Mail mit dem Text, den ich unten einfüge.
Ein persönliches Treffen zwischen Dir und ihm
darf aber erst zustande kommen, wenn ich das
Manuskript komplett durchgeschrieben habe und Du
es auch kennst. Sonst gibt es Komplikationen.
Im Anhang ist eine Word-Datei mit mehr
ausformuliertem Manuskript, das Du an Scholz
weiterschicken kannst.
Wie geht es Dir persönlich? Ich denke oft an
Dich und würde Dich so gern einmal wiedersehen.
Herzlich, Dein Lukas

Das Folgende ist der Text Deiner Antwort an
Scholz. Kopier das einfach in eine E-Mail.

Sehr geehrter Herr Scholz,
herzlichen Dank für Ihre schnelle und positive
Antwort. Ich freue mich sehr, dass mein Projekt
in Ihnen und Ihrem Verlag einen kompetenten und
renommierten Partner finden soll. Im Anhang finden
Sie weitere ausformulierte Passagen des work in
progress. Übrigens irren Sie sich, wenn Sie in
mir eine professionelle Autorin sehen. Dies ist
in der Tat mein erstes Werk, aber ich hoffe,

dass es nicht das letzte sein wird. Schicken Sie
mir bitte den Vertragsentwurf. Ich werde ihn
hier prüfen lassen.
Ich bin von Beruf Maskenbildnerin, habe aber
derzeit kein festes Engagement und benötige
deshalb einen Vorschuss, um weiter am Manuskript
arbeiten zu können. Ich dachte dabei an 80 000
Euro, zahlbar in zwei Raten à 40 000, die erste
fällig bei Vertragsabschluss, die zweite bei
Manuskriptablieferung. Unter diesen Bedingungen
könnte ich Ihnen das komplette Manuskript bis
Ende des Jahres liefern.
Ein Treffen mit Ihnen in Bristol wäre mir
natürlich sehr willkommen, aber der Termin
passt leider nicht. Ich bin in den kommenden
Wochen auf einer längeren USA-Reise, wo ich
mich übrigens auch mit Vertretern eines
amerikanischen Verlags treffen werde.
In der Hoffnung auf gute Zusammenarbeit und mit
freundlichen Grüßen
Rachel Bringman-Levison

Natürlich rechnete ich nicht damit, dass Lindbrunn diese Vorschussforderung erfüllen würde, wusste aber aus Erfahrung, dass Unbescheidenheit die beste Voraussetzung für ein bescheidenes Ergebnis ist. Die Formulierung, Rachel würde den Vertrag »prüfen lassen«, sollte ein zarter Fingerzeig sein, dass die Debütantin professionelle Hilfe im Rücken hatte. Und die »Vertreter eines amerikanischen Verlags« würden Ralf Scholz zur Eile drängen, seinen Ehrgeiz anstacheln und seinen Geiz etwas zügeln.

*

Die Arbeit am Manuskript ging mir, wie man so sagt, flott von der Hand. Letzte Bedenken wichen einer Art Schreibrausch; bei gelegentlichen Stockungen auf der extrem schwierigen Suche nach dem treffenden Klischee ersetzte Hemmungslosigkeit die mangelnde Inspiration. Um der Wahrheit wiederum die Ehre zu geben: Je weiter ich die Sudelei trieb, desto mehr Spaß hatte ich daran. Ist der Skrupel suspendiert, schreibt sich's doppelt ungeniert.

Weil ich normalerweise zwischen zwei größeren Arbeiten eine Regenerationspause brauche, um den Akku wieder aufzuladen, wunderte sich meine Frau, dass ich mich nach Abschluss des Romans *Der König von Elba* unverzüglich ans nächste Werk machte. »Die Inspiration«, sagte ich, »ist wie eine Katze. Sie kommt nicht, wenn man sie ruft, sondern sie kommt, wann sie will.«

»Manchmal habe ich das Gefühl, dass du deine Arbeit mehr liebst als mich«, sagte Anne. »Oder deine Figuren. All diese schönen, jungen Frauen, die da in deinen Romanen auftauchen.«

»Unsinn«, sagte ich und dachte an Fanny-Isabelle Ardant-Adjani und an Rachel Bringman-Levison und sogar ein bisschen an die junge Tante Thea, die im Manuskript natürlich unglaublich gut aussieht – allerdings blond und vollbusig und somit gar nicht mein Genre ist.

```
From: rbringman@yahoo.com
To: lukas.domcik@gmx.de
Sent: June 14, 2005 7:53 PM
Subject: Project/Contract


der verlag hat der vertrag gesandt in pdf-file.
der vorshuss ist aber nicht was wir gefragt
haben, was sagst du? r.
```

Forwarded message from:
Rscholz@lindbrunn-verlag.de
To: rbringman@yahoo.com
Sent: June 14, 2005 10:23 PM
Subject: Verlagsvertrag

Sehr geehrte Frau Bringman-Levison!
Anbei schicke ich Ihnen den Entwurf des Verlagsvertrags für unser Projekt »Vom Memelstrand (…)«. Wenn Sie damit einverstanden sind, geben Sie mir Nachricht. Ich schicke Ihnen den Vertrag dann gegengezeichnet in doppelter Ausführung in Schriftform zu.
Ihren Vorschusserwartungen vermag unser Haus leider nicht voll zu entsprechen. Wir sind kein Konzernverlag mit internationalen Partnern, sondern ein selbstständiges, mittelständisches Unternehmen mit einem anspruchsvollen literarischen Programm. Und wir glauben, dass Ihr Werk eben deshalb bei uns sehr gut aufgehoben wäre.
Wenn Sie folgenden Kompromiss akzeptieren können, würde mich das sehr freuen: Bei Abgabe des kompletten Manuskripts erhalten Sie einen Vorschuss von Euro 40000. Zu den weiteren Details vergleichen Sie bitte den Vertragstext. Ich bin zwar zuversichtlich, dass der Titel Verkaufszahlen erreichen wird, die über den Vorschuss weit hinausgehen, doch ist die Situation auf dem Buchmarkt derzeit schwer kalkulierbar.
Bedanken möchte ich mich auch für die zweite Manuskriptlieferung, die mich ebenfalls

überzeugt hat.
In der Hoffnung auf gute Zusammenarbeit und mit
freundlichen Grüssen
Ihr
Ralf Scholz

Dass Lindbrunn mit 40 000 Euro die Hälfte der Forderung bot, entsprach in etwa meinen Erwartungen. Dass man nicht schon bei Vertragsabschluss, sondern erst bei Ablieferung des ganzen Textes zahlen wollte, fand ich zwar schofelig, verstand jedoch, dass Scholz bei einer ihm völlig unbekannten Autorin nicht die Katze im Sack kaufen wollte. Ansonsten handelte es sich um Lindbrunns mehr oder weniger fairen Standardvertrag. Als Abgabetermin war der erste Dezember festgesetzt, als Erscheinungstermin das kommende Frühjahr.

Ich schrieb eine E-Mail an Rachel inklusive einer vorformulierten Antwort an Scholz, dass wir, das heißt Rachel B. Levison den Vertrag akzeptierte, und schickte auch weiteres Manuskript mit.

Rachel reagierte postwendend.

From: rbringman@yahoo.com
To: lukas.domcik@gmx.de
Sent: June 14, 2005 11:07 PM
Subject: Re: Project/Contract

lieber lukas, ich hab das an der verlag gesant
wie du sagst, aber wenn wir das geld nur im
december kriegen bin ich total pleite, ich
brauch jetzt schnell geld. ich will dich deshalb
fragen ob du mir ein vorshuss geben kannst,
das kriegst du dann zuruck von das geld von

lindbrunn im december. ich brauche so ziemlich
3000 euro wegen diverse auslagen. ich denke auch
gern an dich und unser nacht, das war schoen und
bestimmt gibt bald ein widersehn. liebe grusse
von deine rachel

Meine erste Reaktion war: Spinnt die denn? Vorschuss von *mir*? Wir waren schließlich Fifty-Fifty-Partner. Andererseits war ich Produzent, Drehbuchautor und Regisseur in Personalunion, und Rachel war nur der Star, sozusagen meine Kreatur, der ich verpflichtet war, für die ich eine gewisse Verantwortung trug. Außerdem war die Sache schon so weit gediehen und ich hatte bereits so viel Arbeit investiert, dass es eine mittlere Katastrophe gewesen wäre, wenn Rachel jetzt hingeschmissen hätte. 3000 Euro waren auch relativ bescheiden, wenn ich daran dachte, was Till und Marie mir im Laufe des Jahres aus den Rippen zu leiern pflegten. Und dann waren da auch noch die letzten Sätze ihrer E-Mail, die mir selig benebelnd durchs Hirn lullten, ich denke auch gern an dich und unser nacht. Ein Vorschuss auf das baldige Wiedersehen? das war schoen und bestimmt gibt bald ein widersehn. Eine Investition in weitere wilde Nächte? liebe grusse von deine rachel. Ja, warum denn eigentlich nicht? Im Dezember wäre das Geld ja schon wieder da.

Am nächsten Tag schickte ich ihr per Einschreiben einen Scheck. Ein paar Tage später bedankte Rachel sich per E-Mail (»voll suess von dir«), und dann wurde das Geld auch ordnungsgemäß von meinem Konto abgebucht. Dem Brief mit dem Scheck hatte ich Vollidiot auch noch ein für und an sie geschriebenes Liebesgedicht beigefügt (»sehr shoene lyric«). Eine Kopie habe ich aufbewahrt und mir eben noch einmal durchgelesen. Es ist so grottenschlecht, dass ich es hier unmöglich zitieren kann, Wahrheit hin oder her. Auch der Nachwelt möchte ich es mit Rücksicht auf meinen Nachruhm nicht zumuten. Ich verschiebe es jetzt aus dem Ordner in den Papierkorb. Und im Papierkorb klicke ich auf »Endgültig löschen«.

»Möchten Sie *Der letzte Blick, mit dem du* wirklich löschen? Ja – Nein.«

Ja doch. Ja!

19

Im Juli verbrachten Anne und ich drei Wochen auf Zakynthos. Wenn Sie Ihren Vergil im Kopf haben, wissen Sie ja Bescheid: »I am medio apparet flucto nemoroso Zacynthos.«* Von Waldreichtum konnte zwar keine Rede mehr sein, aber die Insel gefiel mir trotzdem. Nach dem Frühstück und vor dem Abendessen arbeitete ich täglich ein bis zwei Stunden am Manuskript, saß auf der von Weinlaub beschatteten Hotelterrasse mit Blick aufs Blau des Ionischen Meers und sog mir allerlei Details über Theas und Siggis Hochzeitsreise auf der »Steuben« aus den Fingern. Die Buchten von Zakynthos verwandelte ich in Fjorde, die Olivenbäume in nordische Wälder, womit ich dann umgekehrt der Insel wieder den vergilschen Waldreichtum andichtete. Neben der Hotelanlage grasten auf karger Weide ein paar freundliche Esel, die mir als Elche gute Dienste leisteten und ein weiteres Mal zum Einsatz kamen, als es um Siggis Heldentod bei der polnischen Kavallerieattacke ging. In Angriff nahm ich auch die Lebensborn-Episode. Der Patron einer Taverne, vor der immer ein paar Kinder spielten und in der wir manchmal aßen, stand Pate für den kinderreichen Gynäkologen Dr. Friedhelm Hofer, »ein temperamentvoller, gestenreicher Mann, dem sein dichtes, schwarzes, an den Schläfen

---

* »Waldreich erhebt sich mitten im Meer die Insel Zakynthos.«

silbern meliertes Haar und die dunklen Augen, mit denen er Thea zu verschlingen schien, ein fast mediterranes Aussehen verliehen. Humanistisch hochgebildet, vertrat er die Auffassung, dass gerade ›der Grieche an und für sich, also der Hellene‹, dem Typus des Urariers zuzuschlagen sei, und untermauerte seinen Pangermanismus gern durch einschlägige Zitate aus ›unserem‹ Homer.«

Übrigens wunderte sich Anne keineswegs, dass ich auch im Urlaub arbeitete. Es ist nämlich so, dass meine Lebensutopie darin besteht, die Beine hochzulegen, abwechselnd in den Himmel und aufs Meer zu schauen, dabei ein Zigarillo zu paffen und ein Gläschen trockenen Martinis abzusaugen – und sonst gar nichts. Schon gar nicht schreiben! Ich meine, wer schreibt schon gern? Der Verwirklichung dieses Ideals kommt jedoch stets in die Quere, dass ich nach spätestens drei Tagen gelebter Utopie von dem dringenden Bedürfnis geschüttelt werde, die Schönheit dieser Existenzform schriftlich festzuhalten. Gebe ich diesem Bedürfnis nicht nach, werde ich depressiv und ausgesprochen ungnädig, erst mir selbst und dann auch anderen gegenüber. So schreibe ich dann um des lieben Friedens willen also wieder und weiter.

So sieht's halt aus, und deshalb sieht Anne es auch sehr gern, wenn ich arbeite. Sie erkundigt sich nie danach, *was* ich gerade schreibe, weil sie weiß, dass ich darauf nicht antworte. Das ist keine schreibautistische Verstocktheit, sondern eine Art Selbstschutz. Ich habe nämlich die Erfahrung gemacht, dass es einem entstehenden Text schadet, über ihn zu plaudern. Der Text bekommt dann eine Dimension, die er gar nicht hat oder haben soll. Indem man ihn ausspricht, zerredet man ihn, verspricht ihn, und am Ende sind alle enttäuscht, wenn was ganz anderes im Buche steht. Also hatte Anne keine Ahnung, dass ich unter der Sonne Griechenlands durch Fjorde schipperte oder unser Hotelzimmer zum Lebensbornheim verwandelte.

Die Tage rollten dahin, und es wurde ein ebenso erholsamer wie ertragreicher Urlaub.

*

Daheim ist, wo die Rechnungen ankommen. Bei unserer Rückkehr erwarteten uns davon jede Menge, garniert mit ein paar Ansichtskarten anderswo urlaubender Freunde. Auch die Korrekturfahnen vom *König von Elba* waren eingetroffen, um bis vorgestern erledigt zu werden. Ich schaffte es bis übermorgen. Lindbrunns Programmvorschau für den Herbst entnahm ich, dass »der tragikomische Roman einer Leidenschaft, der zugleich das psychologische Duell zweier unterschiedlicher Lebensentwürfe« sei, nicht als Leseexemplar zur Verfügung stand, keinen Aktionsrabatt für den Buchhandel eingeräumt bekam, kein Plakat und offenbar überhaupt keine Werbung irgendwelcher Art. So viel zum Thema Autorenpflege. Spitzentitel des Programms war Jo Wolframs *Passion der Düfte,* »die romanhafte Autobiografie eines großen Modeschöpfers und radikalen Ästheten – ein fulminantes literarisches Debüt«. So viel zum Thema »selbstständiges, mittelständisches Unternehmen mit einem anspruchsvollen literarischen Programm« (O-Ton Scholz).

E-Mails hatte ich täglich in einem Internet-Café auf Zakynthos abgerufen, was Anne irritiert hatte. »Wartest du auf was Bestimmtes?« Nachrichten Rachels waren jedoch nie gekommen, wofür es an sich auch keinen Grund gab, aber ein zartes Billett à la »shoene lyrics« hätte mich dennoch erfreut. Dafür gab es aber Grüße von Till (Semesterferien auf Trekkingtour in Guatemala: »voll geil«) und Marie (Semesterferien in Neuseeland: »überwältigend, leider auch überwältigend teuer; könntet Ihr mir vielleicht kurzfristig mit 1000 Euro oder so aushelfen?«). Business as usual hatte mich wieder.

An Rachel schickte ich fünfzig Seiten Manuskript. Sie antwortete erst nach drei Wochen und entschuldigte sich für die späte Reaktion damit, dass sie »auf risen« gewesen sei. Daher dann wohl der dringende »vorshuss«-Bedarf. Und wieso gab es »auf risen« keine Internet-Cafés? Sogar auf Zakynthos gab es eins.

*

Bis Mitte September hatte ich weitere achtzig Seiten rausgeklopft, womit ich gut im Plan lag; bis zum Abgabetermin würde ich es auf zirka 350 Seiten gebracht haben, und das musste dann reichen. Mir allemal. Die neue Lieferung e-mailte ich an Rachel, die das Zeug wie gewohnt an Lindbrunn durchexpedierte.

Ende des Monats schickte Rachel mir eine E-Mail von Ralf Scholz.

Sehr geehrte, liebe Frau Bringman-Levison!
Vom Fortschritt Ihres Werks bin ich sehr
angetan – wir alle hier im Verlag sind es. Bei
unserer Strategie- und Marketing-Konferenz ist
nun die glänzende Idee aufgekommen, das Buch mit
authentischen Fotos aus dem Leben Thea Levisons
zu illustrieren und aufzuwerten. Sollten Sie
also über geeignete Fotos Ihrer Großtante
verfügen, wäre ich Ihnen sehr dankbar, wenn Sie
uns alles erreichbare Bildmaterial schicken.

```
Wir würden dann hier in der Herstellung eine
sinnvolle Auswahl treffen.
Mit Dank für Ihre Mühe und den herzlichsten
Grüssen bin ich wie stets
Ihr
Ralf Scholz
```

Beigefügt hatte Rachel folgende, im Prinzip überraschend kluge Notiz:

```
lukas, das kann ja nicht arbeiten sogar wenn du
fotos von deine tante hast, weil deine richtig
tante ist doch nicht die orginal tante von das
buch, respective ist dein original tante nicht die
buch tante, was soll wir da tun? sag shnell. rachel
```

Tja, was tun? Lindbrunns Idee war gut und würde den Schwindel noch wasserdichter machen. Stichwort: authentisch. Aber woher nehmen? So wenig einem nackten Mann in die Tasche zu greifen ist, so unmöglich lassen sich Fotos einer weitgehend fiktiven Figur beschaffen. Also schrieb ich:

```
Sehr geehrter Herr Scholz,
Ihre Idee mit den Fotos ist in der Tat glänzend,
aber leider muss ich Ihnen mitteilen, dass der
Nachlass meiner Großtante kein Fotomaterial –
```

Moment mal! Da gab es doch dies verstaubte Album in Tante Theas Koffer! Auf der Suche nach Reichtümern hatte ich damals in Berchtesgaden mit spitzen Fingern, stumpfem Blick und flauem Magen darin geblättert. Da einfach noch mal reinschauen.

Das Album war bestoßen und brach schon aus der Bindung, den schwarzen, stockfleckigen Pappseiten entstieg säuerliches Gemüffel. Die Fotos, viele mit den seinerzeit beliebten, gezackten Rändern, waren nicht eingeklebt, sondern steckten in Fotoecken. Manche der Bilder waren gar nicht kommentiert, unter andere war mit Kreidestift nur die Jahreszahl gesetzt worden, aber die meisten hatten Legenden wie »Sommerferien auf Langeoog«, »Abiturfeier 1938« oder »Mama und Papa mit Onkel Ewald und den Hunden«. Für meine Zwecke ausbeutbares Material gab es eigentlich nur aus Theas BDM-Zeit, Mädchengruppen in Trachten, in Gymnastiktrikots oder mit gestärkten Schürzen. Die Lebensborn-Episode war fotografisch nicht dokumentiert, und mit den verwaschenen Farbfotos aus der Nachkriegszeit, die Tante Theas Glück mit ihrem katholischen Hühnerbaron festhielten, war schon gar nichts anzufangen. Leider. Das passte doch alles hinten und vorne nicht.

Ich klappte das Album zu und wollte es schon wieder in den Koffer legen, als ich mich ein weiteres Mal an die zupackende Handwerkerweisheit erinnerte: Was nicht passt, wird passend gemacht. Und so wurde dann aus »Sommerferien auf Langeoog« ein »Sommer an der Ostsee« oder aus »Spaziergang im Schwarzwald« ein »Masurischer Spaziergang«. Drei der BDM-Fotos sprachen für sich; eins markierte ich mit der Zeile »Aufbruch zum Reichsparteitag«. Dann gab es noch einige Aufnahmen von einer Harzreise im Winter, auf der man sich offenbar bei einer Pferdeschlittenfahrt vergnügt hatte. Die fand nun in Ostpreußen statt. Auf einem dieser Winterbilder hatte Thea eine schneebedeckte Pelzmütze auf und hielt ein Pferd am Zügel. Das ergab »Unter unsäglichen Strapazen im Treck nach Pillau«. Und so weiter und so fort. Insgesamt kam ich auf eine Ausbeute von dreizehn weitgehend nichtssagenden Schnappschüssen, die, durch meine Legendenbildungen dramatisiert, der erfundenen Thea auf den fiktiven Leib geschneidert wurden.

Ich packte die Fotos in einen an Rachel adressierten Umschlag und fügte folgendes Anschreiben bei:

Sehr geehrter Herr Scholz,
Ihre Idee mit den Photos ist in der Tat glänzend, aber leider muss ich Ihnen mitteilen, dass sich im Nachlass meiner Großtante nur sehr wenige Photos fanden. Vermutlich wurden persönliche Unterlagen bereits bei ihrer Verhaftung durch die Gestapo konfisziert, und der Großteil aus dem Familienbesitz musste dann auf der Flucht vor der Roten Armee im Gutshaus zurückgelassen werden. Auch in den Nachkriegswirren und schließlich bei der Übersiedlung nach England dürfte etliches Material verlorengegangen sein.

Die wenigen Bilder, die sich erhalten haben, stelle ich Ihnen hiermit gern zur Verfügung. Ich habe sie zu Ihrer Orientierung annotiert, soweit dies zweifelsfrei möglich war.

Ich hoffe, das Material genügt Ihren Zwecken.
Einstweilen verbleibe ich mit freundlichen Grüßen
Ihre

Rachel wurde instruiert, den Brief zu unterschreiben, die komplette Sendung umzutüten und mit ihrem Absender und Lindbrunns Anschrift zu versehen. Und dann ab per englischer Post.

20

An einem kühlen, regnerischen Oktobernachmittag erschien ich in Frankfurt (Main) auf der Buchmesse. Unterwegs zum Verlagsstand passierte ich mehrere Hallen. In einer herrschten Klimaverhältnisse wie bei einem Brand im Regenwald, in der nächsten wie in einer Großraumsauna für Pfeifenraucher, und die Halle, in der Lindbrunn Flagge zeigte, war ein Durchlauferhitzer. Am Stand selbst ging es relativ ruhig zu. Ich begrüßte die mir bekannten Verlagsmitarbeiter, lernte wie jedes Jahr ein paar neue kennen und vermisste wie jedes Jahr ein paar alte, die inzwischen zu anderen Verlagen gewechselt waren oder Babypausen machten. Ralf Scholz war nicht am Stand, wurde jedoch in Kürze erwartet.

Dafür war aber immerhin *Der König von Elba* da, verlor sich jedoch in drei (in Ziffern: 3) Exemplaren zwischen den anderen Neuerscheinungen, die gleich paletten- und regalweise präsentiert wurden, wobei der Löwenanteil natürlich an Jo Wolframs Spitzentitel *Passion der Düfte* fiel. Wie ein Ertrinkender nach dem Rettungsring griff ich zu meinem Roman, den ich als fertiges Buch noch nicht in der Hand gehabt hatte, freute mich über das gelungene Umschlagbild, schlug den Band auf und erblickte – nichts. Nichts außer blütenweißen, leeren Seiten. Mein *König von Elba!* Ein Blindband! Ich schlug das zweite Exemplar auf. Leer und öd. Das dritte. Weißes Rauschen. Mir wurde schwindelig. Da war er schon, *Der König von Elba,* aber erschienen war er noch nicht. Ich torkelte, das Buch in der Hand, zu einer der Sitzbänke vor den Regalen.

Eine mir bis dato unbekannte Verlagsmitarbeiterin näherte sich mir vorsichtig, wie auf Zehenspitzen. »Ist Ihnen nicht gut? Sie sehen so – blass aus. Kann ich etwas für Sie tun?«

»Wasser«, sagte ich heiser, »ein Glas Wasser bitte.«

Die Frau ging hinter den Standtresen und tuschelte dort mit Gerd Lachmeier, dem Vertriebschef. Er blickte zu mir hinüber, wurde ebenfalls blass und eilte dann zu mir. »Herr Domcik«, stammelte er, »das Wasser kommt sofort. Das ist Beate aus der Werbung. Die ist neu. Die weiß gar nicht, wer Sie sind. Ist Ihnen schlecht?«

Ich schwitzte so stark, dass mir fast das Buch aus der Hand rutschte. »Es – geht schon wieder.«

Beate aus der Werbung kam mit dem Wasser und verzog sich wieder zum Tresen. Ich trank. Herr Lachmeier sah mich fragend, vielleicht sogar besorgt an.

»Was –«, sagte ich und hielt das Buch hoch, »was soll das?«

»Wie? Was? Das ist doch Ihr neuer Roman.«

»Soweit ich mich entsinnen kann, besteht mein neuer Roman aber aus beschriebenen Seiten, und zwar sehr gut beschriebenen Seiten, während dies Buch hier völlig leer ist.«

»Ja, äh, wieso«, stotterte Lachmeier, »hat Ihnen das denn niemand gesagt?«

»Was gesagt?«

»Dass wir mit der Produktion nicht rechtzeitig –, also wir hatten alle Hände voll zu tun mit *Jos Passion* beziehungsweise, ich meine, Sie haben auch die Korrekturfahnen so spät eingereicht, dass wir es einfach nicht mehr rechtzeitig – Ralf Scholz wollte doch – ja, um Himmels willen, warum hat Ihnen das denn niemand gesagt?«

Ich sagte auch nichts, sondern glotzte dumpf eins der überdimensionalen Jo-Wolfram-Poster an, die im Dutzend den Stand dominierten und posaunten:

Ein großer Modemacher macht große Literatur.
Passion der Düfte – eine leidenschaftliche Lektüre.

»Am besten, Sie reden mit Ralf Scholz persönlich«, murmelte Lachmeier und verkrümelte sich ins Standgetümmel, das deutlich angeschwollen war und nahezu beängstigend wurde, als nun ein Fernsehteam Kamera, Scheinwerfer und Mikrofone installierte.

Beate aus der Werbung beugte sich im Dienst der Autorenpflege zu mir hinab und sagte: »Es tut mir leid, Herr Dohmsack, aber könnten Sie sich bitte woanders hinsetzen. Wir brauchen gleich den Platz hier fürs Interview.«

Ich nickte und stand langsam auf. Zeit zu gehen, denn da kamen sie schon: Ralf Scholz Arm in Arm mit Jo Wolfram, umschwirrt von einer Journalistentraube, erleuchtet vom Blitzlichtgewitter. Neben dem korpulenten, jovial lächelnden Scholz wirkte der schlanke, ibizabraune Wolfram geradezu hager. Sein Dauergrinsen war wie ins Gesicht geschweißt, und die brillanten dritten Zähne blitzten strahlend im Scheinwerferlicht.

Ich ließ mich ziellos ein paar Gänge weitertreiben und strandete am Strohbold-Stand. Ein paar altgediente Strohbolde erinnerten sich meiner noch schwach aus gemeinsamen Tagen. Man bot mir Kaffee an. Nein, danke. Ein Glas Prosecco? Ja, bitte. Lauwarm und aus dem Plastikbecher schmeckte der Prosecco so, wie lauwarmer Prosecco aus Plastikbechern schmeckt. Die altgediente

Strohbold-Pressedame sagte, sie habe es stets bedauert, dass ich damals zu Lindbrunn gewechselt sei. Und ob ich mich da denn eigentlich wohlfühlte?

Eine Antwort blieb mir erspart, weil in diesem Moment der Kritiker Mathias Schwarz an mich herantrat. Das verblüffte mich, weil ich mit ihm verkracht war. Er hatte nämlich vor einigen Jahren einen meiner Romane übel verrissen, was weiter nicht der Rede wert gewesen wäre, hätte Schwarz bei unserem ersten Zusammentreffen nach seinem Verriss nicht davon geschwallt, dass der Roman natürlich auch »absolut hinreißende Passagen« hätte. Und warum, hatte ich irritiert nachgefragt, hätte er das in seiner Rezension verschwiegen? Weil man »als Kritiker klar auf den Punkt kommen muss«, hatte er seelenruhig versetzt, worauf ich ihn mit der Bemerkung »Sie sind ein Arschloch« stehen gelassen hatte.

Nun also stand er plötzlich wieder vor mir und grüßte verlegen grinsend per Handschlag. Wollte wohl gut Wetter machen, und weil ich nur mir selbst gegenüber wirklich nachtragend bin, ging ich auf sein Wie-geht's-denn-so-und-lange-nicht-mehr-gesehen-Geplauder ein. Und wenn der Mann seine Infamie von damals bereute, konnte er ja in Zukunft doppelt nützlich sein. Stichwort: Kritikerpflege. Und siehe da!

»Ihr neuer Roman«, sagte er, »diese Elbasache, die hat mich völlig überzeugt.«

»Das freut mich«, sagte ich. »Sie haben vermutlich die Druckfahnen gelesen?«

Er machte eine wegwerfende Handbewegung. »Fahnen sind doch 'ne Zumutung. Ich rezensiere grundsätzlich nur fertige Bücher.«

»Aber meinen Roman, ich meine das gedruckte und gebundene Buch, das haben Sie schon gelesen?«

»Natürlich«, sagte er, »und das ist 'ne Sache von Rang, ich werde –«

»Die ist nicht von Rang«, sagte ich, »sondern von mir.« Und weil der lauwarme Prosecco zu schade war, ihm ins Gesicht gekippt zu werden, wandte ich mich grußlos ab und irrte weiter durchs Lügenlabyrinth.

Um 18 Uhr sollte ich mit dem *König von Elba* im Lesezelt antreten. Da das Buch nicht rechtzeitig fertig geworden war, ging ich davon aus, dass Lindbrunn die Lesung abgesagt hatte, wollte mich aber vergewissern und erschien deshalb gegen 17 Uhr 30 noch einmal an »meinem« Stand, wo man mich überraschenderweise bereits erwartete.

»Ja, wo bleiben Sie denn?«, sagte Frau Münzing, die stellvertretende Marketingleiterin, halb ungeduldig, halb erleichtert. »Sie müssen doch gleich lesen.«

»Woraus denn?«, sagte ich. »Aus 'nem Blindband?«

»Aus den Fahnen natürlich«, sagte die Münzing humorlos und drückte mir eine Kopie des Umbruchs in die Hand. »Ich soll Ihnen auch von Herrn Scholz ausrichten, dass er selbstverständlich zu Ihrer Lesung kommt und anschließend mit Ihnen zum Essen gehen möchte. Das passt Ihnen hoffentlich.«

»Was nicht passt«, sagte ich, »wird passend gemacht.«

Im Lesezelt war vor mir Susanne Metecker aufgetreten, die während der Siebzigerjahre mit allerlei Betroffenheitslyrik und Verständigungsprosa sehr erfolgreich gewesen, dann aber lange von der Bildfläche des Literaturbetriebs verschwunden war. In den Neunzigerjahren tauchte sie, die blonden Haare dunkel gefärbt, wieder auf, und zwar unter dem Pseudonym Zsúzsannah von Metács-Kèrty. Ungar waren ihre Texte immer schon gewesen – da lag ein magyarisches Alias nahe. Sie schrieb jetzt quietschbunte, historische Romane und ausufernde Familiensagas und hatte im Lesezelt den zweiten Teil ihrer historischen Familiensagatrilogie vorgestellt, ein 1200 Seiten dickes und zirka drei Kilo schweres Buchbrikett mit dem Titel *Die Augurin von Thule*.

Als ich ankam, strömte viel dickes und schweres Damenpublikum aus dem Zelt, und das Gehen und Kommen setzte sich zu Beginn meiner Lesung auch noch eine Weile fort, doch nach etwa zehn Minuten wurde aus dem Gehen ein Bleiben, die Unruhe legte sich, man lauschte recht hingebungsvoll, lachte sogar an den dafür vorgesehenen Stellen und sparte am Schluss durchaus nicht mit Beifall. Hätte das Buch auf dem Verkaufstisch gelegen, wären schätzungsweise dreißig bis fünfzig Exemplare verkauft und durch meine Signatur veredelt worden. Diese Signaturen sind natürlich auch eine Form der Entwertung, weil ein signiertes Exemplar nicht mehr umgetauscht werden kann. Das aber jetzt nur mal so unter uns.

Ralf Scholz war nirgends zu entdecken. Als ich zum Ausgang ging, kam er mir jedoch mit ausgebreiteten Armen entgegen, quetschte mich an sich und sagte etwas atemlos: »Na endlich, mein Lieber! Glückwunsch. Ich hab noch den Applaus gehört. Jetzt trinken wir mal in aller Ruhe ein Gläschen.« Und damit steuerte er zielstrebig den Halleneingang an.

»Moment mal«, sagte ich, »was heißt hier ein Gläschen, und was willst du denn noch in der Messehalle? Die Münzing hat mir gesagt, dass wir jetzt gemeinsam essen gehen.«

»Ja, klar«, sagte Scholz, »das war auch so geplant. Aber du weißt ja, wie das auf der Messe ist. Es kommt einem dauernd was Unvorhergesehenes dazwischen. Ich muss mich heute Abend mit einer amerikanischen Agentin treffen, die sonst keinen Termin mehr frei hat. Enorm wichtiges Projekt, das wir da einkaufen. Aufstrebende US-Autorin mit ungeheurem Potenzial. Der Name ist mir grad entfallen. Es soll sogar schon ein paar Manuskriptseiten geben.«

Inzwischen hatte er mich ans Stehtischchen einer Snackbar bugsiert. »Jetzt hörst du mir mal zu«, zischte ich giftig, »dass euch bei Lindbrunn mein *König von Elba* so sehr am Herzen liegt, dass ihr ihn noch nicht mal gedruckt habt, ist eine Sache. Es ist aber eine andere, wenn du hier auch noch –«

Ralf Scholz kennt mich, und er wittert die Momente, in denen meine Langmut kurzatmiger wird. Also legte er mir beschwichtigend bis vereinnahmend den Arm auf die Schulter und erstickte meinen Protestversuch mit der jovialen Frage: »Was trinkst du?«

»Bier«, sagte ich, »aber wenn du glaubst, dass du damit aus dem Schneider –«

Doch da hatte er sich bereits zum Tresen auf- und davongemacht. Ich kochte. Als er mit zwei Gläsern Pils zurückkam, blickte er mir fest in die Augen und sagte: »Du hast ja recht. Tut mir leid. Das ist wirklich dumm gelaufen mit der Produktion, aber du hast dir auch mit den Fahnen zu viel Zeit gelassen. Erst mal Prost.«

»Ich rede nicht nur von diesen kümmerlichen drei Blindbänden. Ich rede davon, dass der Verlag für den *König* nichts, aber auch gar nichts tut. Keine Werbung, keine –«

»Ich hab den Beifall nach deiner Lesung gehört«, unterbrach er mich, »das war ja fast schon eine Ovation.«

»Eben drum«, sagte ich. »Da müsst ihr doch das Eisen schmieden, wenn es –«

»Eben drum ist gut«, sagte er. »Eben drum braucht nämlich ein Titel wie deiner überhaupt keine Werbung.

Der muss sich, nein, der wird sich durch Mund-zu-Mund-Propaganda verkaufen wie geschnitten Brot. Bessere Werbung gibt's doch gar nicht.«

»Und warum kriegt ein eitler Schriftstellerdarsteller wie Jo Wolfram die volle Werbedröhnung?«

Ralf Scholz zuckte mit den Achseln und gab keine Antwort, was auch nicht nötig war, weil ich die Antwort kannte. Um Titel wie die von Wolfram oder der amerikanischen Autorin »mit ungeheurem Potenzial« an Land zu ziehen, muss ein Verlag sehr hohe Vorschüsse bieten, und um diese Investitionen dann zu amortisieren, wird der geballte Werbeetat für genau diese Titel ausgegeben. Unsereiner wird als Plus-minus-null-Nummer abgebucht. Es ärgerte mich jetzt, dass ich mit dem Tante-Thea-Projekt nicht höher gepokert hatte. 40 000 Euro waren ja eigentlich ein Witz. Was der radikalästhetische Modemann für seinen Schmarren wohl eingesackt hatte? Mindestens das Dreifache.

Mein Verlagsleiter schaute demonstrativ auf seine Armbanduhr und trank das Bier aus. »Nach der Messe«, sagte er, »setzen wir uns mal wieder in aller Ruhe zusammen und kaspern neue Projekte aus. Hast du dich inzwischen mal im Genre Dokufiktion umgesehen? Ich glaube, so etwas würde dir liegen. Ich hab da jetzt eine Sache angeschoben, die garantiert ein Riesenhit wird.«

»Ach ja?«

»Unglaublicher Stoff. Wenn ich so alt wie mein Sohn wäre, würde ich sagen: voll geil. So eine Art biografischer Roman über eine ostpreußische Gräfin und Nationalsozialistin, die zur Widerstandskämpferin wird und Juden rettet und einen von denen dann sogar heiratet. Das Dritte Reich von innen mit 'ner Prise Schindlers Liste und 'nem Schuss Vertriebenenschicksal plus jede Menge –«

»Ist ja toll«, sagte ich verkniffen.

Ralf Scholz sah mich misstrauisch an. »Ob du's glaubst oder nicht: Das ist wirklich toll. Das ist sogar richtig gut geschrieben, absolut professionell, obwohl die Autorin 'ne Debütantin ist. Die kommt aber ganz groß raus. Und weißt du, was das Beste ist?«

Ich schüttelte den Kopf.

»Wie die aussieht! Die sieht so was von gut und telegen aus, das glaubst du nicht. Die Medien werden sich um sie reißen.«

Hatte Scholz sie etwa schon kennengelernt? Hatte es da hinter meinem Rücken ein Rendezvous gegeben? Rachel und Ralf? Schöne Alliteration, aber kein schöner Gedanke. Was war das für ein schmerzlichgiftiges Gefühl, das mir vom Magen zu Kopf stieg? Eifersucht?

»Du kennst sie also persönlich?«, fragte ich lauernd.

»Nein, noch nicht. Sie wohnt in England. Zur Leipziger Messe erscheint das Buch; dann lassen wir sie natürlich einfliegen. Aber«, er griff in die Innentasche seines Jacketts, »sie hat mir ein Foto geschickt. Hier.«

Es fiel mir schwer, das Zittern meiner Hände zu unterdrücken, als ich nach dem Foto griff. Warum hatte Rachel mir nichts davon gesagt? Das verstieß gegen die Regeln. Ich war der Regisseur. Es war ein Bild, wie auch ich es besser nicht hätte inszenieren können. Es war die gleiche Pose, der gleiche, zwischen Anmut und Melancholie changierende Blick mit dem Stich ins Schmerzliche, der mich damals in der Trattoria umgehauen hatte.

»Und?«, fragte Ralf Scholz.

»Und was?«

»Ist das nicht der Hammer?«

»Nicht mein Typ«, presste ich hervor, und *diese* Lüge tat mir weh.

»Alter Spielverderber«, sagte er. »Gib her.«
»Was?«
»Das Foto.« Er wollte es mir aus der Hand nehmen, ich hielt es fest, und fast wäre es zerrissen. »Mensch, Lukas«, sagte er und wischte mit dem Handrücken über das Foto, als müsse er es von meiner Berührung desinfizieren, »so ein Projekt, das müssten wir auch mal anpacken. Du könntest das. Das weiß ich. Ich glaube an dich. Und jetzt«, er sah noch einmal auf seine Rolex, »muss ich aber wirklich los. Wir sehen uns dann ja morgen Abend auf der Verlagsparty.«

»Nein«, sagte ich.

Er zog die Augenbrauen hoch. »Was heißt nein?«

»Nein heißt, dass ich zu arbeiten habe. Ich schreibe.«

»Aber doch nicht während der Messe.«

»Doch, doch«, sagte ich, »ich schreibe jetzt nämlich Dokufiktion.«

»Mein Gott, Lukas«, er schüttelte wie resignierend den Kopf, »manchmal kannst du richtig zynisch sein.«

21

Von: lukas.domcik@gmx.de
An: rbringman@yahoo.com
Gesendet: 2. Dezember 2005 20:14
Betreff: Manuskript

Liebe Rachel!
In der Anlage findest du das komplette Manuskript. Die früheren Abschnitte habe ich noch einmal überarbeitet. Bitte schick das Ganze jetzt an Lindbrunn mit dem beigefügten Anschreiben. Ich gehe davon aus, dass der Vorschuss noch in diesem Jahr ausgezahlt wird. Überweise mir dann meine 50 Prozent auf folgendes Konto: Postbank Hamburg, BLZ 200 100 20, Nr. 375220318. Das weitere Vorgehen stimmen wir ab, sobald Lindbrunn geantwortet hat.
Der Verlag wird Dich zur Leipziger Buchmesse im Frühjahr einladen, um das Buch dort zu präsentieren. Ich werde natürlich auch kommen, und dann können wir unseren großen Coup gebührend feiern. Zu zweit. Ich freue mich schon sehr auf Dich.
Dein Lukas

Dieser Text ist für Deine E-Mail an Lindbrunn:

Sehr geehrter Herr Scholz,
anbei also das komplette Werk. Wie Sie bemerken werden, habe ich in den früheren Teilen noch einiges geändert. Nun bin ich erschöpft von der Arbeit und freue mich sehr auf das Buch!
Und ich freue mich auch, dass wir uns auf der Leipziger Messe endlich einmal persönlich begegnen werden. Bitte lassen Sie dort im Hotel für mich ein Doppelzimmer reservieren, da ich in Begleitung kommen werde.
Mit herzlichen Grüßen
Rachel Bringman-Levison

Die Begleitung im Doppelzimmer – die würde natürlich ich sein.

*

Ungeduldig wartete ich auf Rachels Antwort und Lindbrunns entzückte Reaktion auf mein Meisterwerk. Die Tage schmolzen dahin wie nasser Schnee. Weihnachten rückte näher. Till und Marie kamen zu Besuch.

Als Weihnachten immer noch keine Nachricht da war, setzte ich eine weitere E-Mail an Rachel ab. Diese Mail wurde postwendend beantwortet, wenn auch nicht in der erwarteten Weise, sondern so:

This message was created automatically by mail delivery software (Exim). A message that you sent could not be delivered to one or more of its recipients. This is a permanent error.

```
The following address(es) failed:
rbringman@yahoo.com
SMTP error from remote mailer after RCPT
TO:<rbringman@yahoo.com>: host mx4.yahoo.com
[65.54.244.104]: 550
Requested action not taken: mailbox unavailable
```

Mailbox unavailable? Da musste ich mich wohl bei der Adresse vertippt haben. Ich schickte die E-Mail erneut los. Ergebnis: `This message was created automatically by mail delivery software`. Dritter Versuch. `This message was created automatically`. Vielleicht war Rachels PC kaputt? Oder sie hatte eine neue E-Mail-Adresse? Und warum hatte sie mir die nicht mitgeteilt? Ja, warum nicht? Warum?

Anne kam in mein Arbeitszimmer. »Was sitzt du denn Heiligabend noch am Computer? Gleich ist Bescherung.«

Schöne Bescherung, in der Tat. Ein Verdacht stieg in mir auf, ein grundübler Verdacht, der mein Weihnachtsfest verpestete. Ich bemühte mich halbwegs erfolgreich, mir nichts anmerken zu lassen. Aber wie's da drinnen aussah –

Trüb und frostig kam das neue Jahr. Feuerwerk zerplatzte im Nachthimmel. Ich hätte auch zerplatzen können.

*

Mitte Januar hatte ich immer noch keine Antwort. Stattdessen plumpste mir per Post Lindbrunns Programmvorschau fürs Frühjahr auf den Schreibtisch. Den Umschlag zierte, Sie ahnen es bereits, das Umschlagmotiv meines Werks, eine Collage aus sechs Fotos. Zwei Motive stammten aus meinem Fundus respektive Tante Theas Album, nämlich erstens eine Gruppe von BDM-Mädels in Dirndln und Schürzen, die mit verzückten Gesichtern die rechten Arme zum »deutschen Gruß« recken, und zweitens das Winterbild mit Pferd, das übrigens manipuliert worden war, weil man nun im Hintergrund allerlei dick vermummte Elendsgestalten vorbeiziehen sah. Stichwort: Treck. Zwei weitere Fotos zeigten eine brennende Synagoge, Stichwort: Holocaust, und einen Reichsparteitag Marke Riefenstahl, Stichwort: Faszination Faschismus. Schließlich gab es noch Big Ben, Stichwort: Themseufer, und ein Gutshaus wie aus der Unox-Reklame, Stichwort: Memelstrand. Oben rechts stand eine einzelne Textzeile: *Ein deutsches Frauenschicksal von homerischer Tiefe.* Homerische Tiefe? Irgendjemand im Verlag musste auch mal Umberto Eco gelesen haben.

Das Ganze war so geschickt zusammengebastelt, dass das Abgeschmackte fast geschmackvoll, das Dumpfe dezent und das Triviale edel literarisch wirkte. Werbeabteilung und Umschlagredaktion hatten sich wahrlich nicht lumpen lassen. Innen waren die ersten beiden Doppelseiten dem Opus gewidmet. Und wie.

Startauflage 100 000

Rachel B. Levison
Vom Memelstrand zum Themseufer
Die Odyssee einer tapferen Frau durch
tausendjährige Zeit
Roman eines Lebens

348 Seiten; flexibles Ganzleinen mit Schutzumschlag, Lesebändchen und 16 Fotos; € 22,95; Erscheinungstermin Feb-

ruar; Weltrechte: Lindbrunn; Übersetzungen in mehrere Sprachen in Vorbereitung. Auch als Hörbuch, gelesen von Birgit Sentner: 5 CDs im Schmuckschuber. Große Lesetournee durch Deutschland, Österreich und die Schweiz. TV-Auftritte in Vorbereitung. Plakat 1: Das Buch. Plakat 2: Die Autorin. 10-seitiger, illustrierter Pressefolder. Wir werben in Der Spiegel, Die Zeit, Frankfurter Allgemeine Zeitung, Süddeutsche Zeitung, Brigitte, Gala, Petra, Woman, Frau im Spiegel. 50 Exemplare mit Aktionsrabatt. Verkaufsdisplays. Reichhaltiges Dekomaterial.

Das Porträtfoto der Autorin kannte ich schon – Ralf Scholz hatte es mir auf der Frankfurter Buchmesse aus der Hand reißen müssen. Neu waren mir jedoch einige aparte Details in Rachels Kurzvita:

Rachel B. Levison *ist in Bristol geboren. Sie entstammt einer deutsch-jüdischen Familie, die in den Dreißigerjahren nach England emigrieren musste. Nach einem Studium der Theaterwissenschaft in London arbeitete sie an verschiedenen Theatern in England und Deutschland. Derzeit ist sie als freie Dramaturgin und Schriftstellerin tätig.* **Vom Memelstrand zum Themseufer** *ist ihr erstes Buch.*

Und nun zum Vorschautext, der sehr zu Recht sogenannten Schmonze, die wohl auch in der Innenklappe des Buchumschlags abgedruckt werden würde.

Ein deutsches Schicksal in Zeiten von Terror und Krieg, Flucht und Vertreibung. Die tief bewegende Geschichte einer großen, verbotenen Liebe. Das Lebensdrama einer tapferen, aufrechten Frau. Ein biografisches Epos von existenzieller Wucht und homerischer Tiefe.

Nach behüteter Kindheit auf dem ostpreußischen Familiengut erliegt Emma Theodora Elfriede Gräfin von Westerbrink, genannt Thea, der nationalsozialistischen Verführung und heiratet einen Nazi. Als BDM-Führerin in München wird sie immer tiefer ins verbrecherische Regime verstrickt und verbringt nach dem Tod ihres Mannes ein Jahr in einem der berüchtigten Lebensborn-Heime der SS. Bei einem Besuch in Berlin gerät sie in Widerstandskreise, läutert sich zur glühenden Antifaschistin und rettet zahlreichen verfolgten Juden das Leben. Als sie bei Kriegsende nach Ostpreußen zurückkehrt, muss sie vor den anrückenden Sowjets fliehen und überlebt bei ihrer Evakuierung den Untergang der »Steuben«. In den Nachkriegswirren interniert, wird sie von dem jüdischen Arzt Samuel Levison entlastet, mit dem sie eine verbotene, leidenschaftliche Liebe verbindet und dem sie einst zur Flucht nach England verhalf. Sie folgt ihm nach London und heiratet ihn. Aus der Gräfin von Westerbrink wird Thea Levison.

Basierend auf den autobiografischen Aufzeichnungen dieser erstaunlichen Frau, die auch erhebliches literarisches Talent zeigte, hat ihre Großnichte Rachel B. Levison einen biografischen Roman geschaffen, der mit der Schicksalshaftigkeit der Welt und den braunen Schatten der deutschen Vergangenheit versöhnt. Die kompositorische Virtuosität, die sogartige Verve und das elegante Stilbewusstsein erzeugen eine lustvolle Leseerfahrung, die in der deutschen Gegenwartsliteratur beispiellos ist.

Noch Fragen? Ich hatte keine mehr, sondern starrte nur noch eine Weile gedankenverloren das Porträt dieser ganz und gar erstaunlichen Debütantin an.

Auch im Februar traf weder eine Nachricht von Rachel ein, noch landete das Geld, das sie mir schuldete, auf meinem Konto – immerhin 50 Prozent, also 20 000 Euro vom Lindbrunn-Vorschuss zuzüglich 3000 Euro »Vorshuss«, den sie mir aus den Rippen geleiert hatte.

Maske oder Dekorationsstück? Ach, Baudelaire – Nur eine abgewichste Hochstaplerin.

Was zu viel war, war zu viel.

22

Unter Ralf Scholz' Durchwahl meldete sich niemand. Also rief ich die Sammelnummer des Verlags an. »Domcik hier. Ist Herr Scholz zu sprechen?«

»Ach, Herr Domcik«, flötete Lindbrunns Telefonistin, die immerhin wusste, wer ich war, »nein, Herr Scholz sitzt in der Vertreterkonferenz.«

»Dann holen Sie ihn bitte da raus und sagen, dass ich ihn dringend sprechen muss.«

»Aber doch nicht jetzt«, sagte die Telefonistin entsetzt. »In der Konferenz darf auf keinen Fall gestört werden. Sie wissen doch, wie wichtig die Vertreter sind.«

»Ich bin aber wichtiger«, raunzte ich.

»Natürlich, aber – nein, das geht auf keinen Fall.«

Ich legte auf, überlegte einen Moment und wählte dann Ralf Scholz' Handynummer, die er mir mal in einem seiner Jovialitätsanfälle offenbart hatte. Ein guter Verleger, hatte er damals gesagt, müsse für seine Autoren Tag und Nacht erreichbar sein. Mal sehen.

»Ja? Was ist denn?« Seine Stimme gedämpft und unwirsch.

»Lukas hier, ich –«

»Wer?«

»Lukas Domcik. Ich muss dich dringend sprechen.«

»Bist du wahnsinnig?«, flüsterte er und sagte dann laut: »Ich sitz hier in der wichtigsten Konferenz des Jahres.« Das sprach er vermutlich so prononciert aus, damit es alle mitbekamen. Vertreterpflege.

»Es ist aber noch wichtiger«, sagte ich. »Und zwar für den ganzen Verlag.«

»Herrgott, Scheiße!«, fluchte er. »Nicht jetzt, Lukas. Ich ruf dich heute Abend an.«

»Jetzt!«, insistierte ich. »Wenn du jetzt keine Zeit für mich hast, hast du gleich einen Autor weniger.«

»Ach, komm schon«, sagte er besänftigend und etwas gequält, ganz leidender Angestellter jetzt. Solche leeren Drohungen waren ihm wohl nicht fremd. »Ich melde mich nachher und –«

»Es geht um euren Superspitzenbestsellertitel, es geht um euer Autorinnenmodel, diese Rachel B. Levi–«

»Ja wie, was? Also Moment mal, bleib dran –«

Ich hörte nichts mehr. Wahrscheinlich hielt er die Hand über die Muschel.

Nach einer halben Minute meldete er sich wieder. »Also, was ist los? Aber beeil dich. Ich steh hier auf dem Flur.«

»Das ist 'ne lange Geschichte«, sagte ich, »aber weil du's bist, verrate ich dir schon mal die Pointe des Plots. Der Autor von *Vom Memelstrand zum Themseufer,* das bin ich.«

Drei Sekunden lang schwieg er.

»Hast du mich nicht verstanden?«, setzte ich nach.

Er seufzte tief und gequält auf. »Lukas, ich kenne deinen Humor zur Genüge, aber das ist überhaupt nicht witzig.«

»Ich rede nicht von Humor. Ich mache keine Witze. Dies Manuskript, das ihr jetzt so pompös auf den Markt drücken wollt, ist eine Fälschung. Und diese Rachel ist nur eine Strohpuppe. Meine Strohpuppe.«

»Bist du –«, sagte er sanft, »ich meine, geht es dir irgendwie nicht gut? Wo liegt das Problem?«

»Ich bin weder blau noch durchgeknallt«, sagte ich. »Ich kann es dir beweisen. Ich habe das Manuskript hier im PC. Soll ich es dir mailen? Ich kenne alle Details, jede Einzelheit des Vertrags, den du mit dieser –, dieser Person gemacht hast, die du über den Tisch gezogen hast mit läppischen 40 000 bei Manuskriptabgabe, die du –«

»So, so, so«, unterbrach er mich, »was du nicht alles weißt. Ich rede normalerweise nicht mit Autoren über die Konditionen in anderen Verträgen, aber um dies idiotische Gespräch abzukürzen, spitz mal hübsch die Ohren. Frau Levison hat bei Vertragsabschluss einen Vorschuss von 25 000 bekommen, und bei Abgabe des Manuskripts im Dezember noch einmal 45 000. Macht also summa summarum stolze 70 000.«

Ich schluckte. »Siebzig– aber das ist doch völlig unmöglich.«

»Das war für uns auch nur schwer zu schlucken«, sagte er, »aber darunter hätten wir die Sache nicht bekommen. Diese Frau hat beinhart verhandelt, das kannst du dir gar nicht vorstellen. Möglich, dass sie einen amerikanischen Agenten im Hintergrund hatte. Aber warum erzähle ich dir das eigentlich alles? Schluss jetzt mit dieser Farce, ich muss wieder –«

»Siebzigtausend«, wiederholte ich stumpfsinnig.

»Lukas«, sagte er wieder in dem besänftigenden Dompteurston, »lass uns demnächst mal in aller Ruhe über alles reden. Ist ja alles halb so schlimm. Hast du schon die tolle Rezension deines *Königs* in der FAZ gelesen? Das ist auf 'nem guten Weg. Das wird schon, mach dir keine Sorgen. Entspann dich mal. Lies 'n gutes Buch, mach 'n schönen Spazier–«

Ich legte auf. Was ging hier vor? Mit zitternden Fingern öffnete ich den PC-Ordner *Tante Thea*, in dem ich sämtliche Manuskripte des Projekts abgespeichert hatte, aber auch alle E-Mails und den Vertrag. Ich öffnete die PDF-Datei, die Rachel an mich weitergeschickt hatte. Na bitte, 40 000 bei Vertragsabschluss. Dieselbe Summe in Ralf Scholz' E-Mail vom 14. Juni. Wenn Sie folgenden Kompromiss akzeptieren können, würde mich das sehr freuen: Bei Abgabe des kompletten Manuskripts erhalten Sie einen Vorschuss von Euro 40 000. Zu den weiteren Details vergleichen Sie bitte den Vertragstext. Wieso redete Scholz also von 70 000? Wer belog hier wen? Nervös scrollte ich durch den ganzen Schriftwechsel, erwischte dabei einmal die Backspace-Taste, noch einmal. Zeichen verschwanden. Natürlich! Wenn etwas einfach zu manipulieren war, dann solche Dateien. Rachel hatte die Texte und Summen einfach verändert, hatte redaktionelle Eingriffe der kriminellen Art vorgenommen, hatte zu ihren Gunsten gestrichen und umformuliert. Und ich Dummdackel hatte das für bare Münze gehalten. Verführt von einer Maske, verblendet von einem Dekorationsstück, abgezockt von einer dreisten Betrügerin. Ach, ach, ach –

Und Scholz musste glauben, dass ich den Verstand verloren hatte; dass ich eifersüchtig auf den absehbaren Erfolg des Spitzentitels war, auf die Marketing- und Werbeorgie, die Lindbrunn damit abzog; dass ich, typisch frustrierter Autor, ein missgünstiger Querulant war. Und vielleicht stimmte das sogar. Mein Gott, war das peinlich. Was tun? Das Manuskript an Scholz mailen, damit er meinen Wahnsinn wenigstens ernst nahm? Und dann? Kam ich dann nicht selbst womöglich in Teufels Küche? Die Sache war mir über den Kopf gewachsen, in dem ein Riesenrad rotierte, dessen Gondeln Bezeichnungen wie Betrug, Schadensersatz, Fälschung, Haftung trugen. Ich benötigte dringend professionelle Hilfe, aber nicht, wie

Ralf Scholz denken musste, einen Therapeuten – ich brauchte jetzt juristischen Beistand.

Zurückgelehnt in seinem Schreibtischsessel, die Lesebrille auf der Halbglatze, murmelte Rechtsanwalt und Notar Dr. Siegfried Becker gelegentlich »aha« und »so-so« und manchmal auch »tja-tja-tja«, während ich ihm den komplizierten Kasus auseinanderklamüserte. Ich beschönigte nichts, schonte mich selbst nicht und hielt mich strikt an die Wahrheit – mit einer Ausnahme: Mein Verhältnis zu Rachel stellte ich als eine rein platonisch-partnerschaftliche Geschäftsbeziehung dar. Die »nackte« Wahrheit, ich erwähnte es eingangs, ist mir nicht geheuer, und außerdem musste Becker auch nicht alles wissen, allein schon deshalb nicht, weil seine Frau gelegentlich mit Anne Tennis spielt. Was da möglicherweise als Beckers Bettgeflüster durchgesickert wäre, war ja gar nicht auszudenken.

»Und das ist alles?«, fragte Becker, als ich meine Bekenntnisse abgeschlossen hatte.

Ich nickte in stummer Erschöpfung.

»Gibt's da denn auch irgendwas Schriftliches?«, fragte er.

»Und ob.« Ich griff zu Tante Theas Koffer, den ich mitgebracht und neben dem Stuhl abgestellt hatte, legte ihn mir auf den Schoß, klappte den Deckel auf und packte aus. Theas Konvolute. Das Fotoalbum. Das Exposé. Das Manuskript. Den Vertragsentwurf. Die Programmvorschau. Sämtliche E-Mails, aus denen ich allerdings die eher romantischen Passagen getilgt hatte. Alles fein säuberlich ausgedruckt und nach Datum sortiert.

Becker bestaunte mit hochgezogenen Augenbrauen den Papierberg, den ich ihm da auf den Schreibtisch stapelte. Dann ließ er sich die Lesebrille von der Stirn auf die Nase rutschen, griff zu Vertragsentwurf und E-Mails und blätterte unter erneuten Ahas und Sosos darin herum. »Kurioser Fall«, sagte er schließlich, legte die Papiere zurück auf den Schreibtisch und schüttelte den Kopf. »Höchst kurios. Aber eins mal gleich vorweg: Mit diesen E-Mails lässt sich eigentlich gar nichts anfangen. Zwar gelten Vereinbarungen per E-Mail inzwischen durchaus als justitiabel. Aber die Korrespondenz bestand ja zwischen dem Verlag und dieser Frau. Und was nützt uns ein ausgedruckter Vertrag oder Vertragsentwurf? Der ist ja nicht einmal unterschrieben. Wer hat denn das Original?«

»Na ja«, sagte ich, »ein Exemplar dürfte Ra-, dürfte diese Frau Bringman haben, und das andere hat der Verlag.«

Becker kratzte sich die Halbglatze, griff zu einem Bleistift und tippte sich mit der stumpfen Seite gegen die Schneidezähne, als klopfe er auf diese Weise in seinen Gehirnwindungen an. Dann blickte er zur Zimmerdecke, als erwarte er eine höhere Eingebung. Schließlich sah er mir über den Brillenrand fest in die Augen und sagte: »Am besten, Sie tun gar nichts.«

»Wie? Was? Gar nichts?«

Er nickte mit dem Anflug eines Lächelns. Sardonisch? Schadenfroh? »Was für Ansprüche wollen Sie denn geltend machen? Wie wollen Sie die begründen? Ohne jede schriftliche Fixierung, ohne Unterschriften, ohne Vertrag? Haben Sie denn wenigstens mit dieser einfallsreichen Dame irgendwelche rechtsverbindlichen Vereinbarungen getroffen?«

»Ich, äh – ehrlich gesagt, nein, aber –«

»Gegenüber Frau Bringman haben Sie keine rechtsverbindlichen Ansprüche, bestenfalls moralische.« Das letzte Wort betonte er, oder vielleicht kam mir das auch nur so vor. »Diese Frau hat sie an der Nase herumgeführt und wohl auch betrogen. Das war dumm von Ihnen, aber Dummheit ist leider nicht strafbar. Strafbar gemacht haben Sie sich aber trotzdem. Gegenüber Lindbrunn haben Sie überhaupt keine Ansprüche. Der Verlag hätte Ihnen gegenüber jedoch Ansprüche auf Schadenersatz, wenn die Sache auffliegt. Stellen Sie sich mal vor, die müssten den Titel vom Markt nehmen. Und dann wird prozessiert. Und Sie stehen vor aller Welt als Fälscher da, wären öffentlich blamiert und als Autor vielleicht erledigt. Das könnte höchst unangenehm für Sie werden. Und richtig teuer. Das können Sie einfach nicht wollen. Deswegen gebe ich Ihnen den guten Rat: Tun Sie gar nichts. Machen Sie's wie in der Feuerzangenbowle: Da stelle mer uns janz dumm.«

Und damit konnte ich dann wieder einpacken. Tante Theas Konvolute, Fotoalbum und so weiter, Stapel für Stapel zurück in den Koffer.

Becker sah mir dabei zu. »Kuriose Sache«, sagte er noch einmal. »So etwas hätte ich Ihnen gar nicht zugetraut. Jedenfalls werde ich das Buch lesen, wenn es erscheint.«

23

Der Drops war gelutscht, erwies sich als bittere Pille und hinterließ einen lange anhaltenden, ätzenden Nachgeschmack. Nach erfolglosen Versuchen, Rachel postalisch und telefonisch zu erreichen, kapitulierte ich und buchte das ganze Unternehmen unter der Rubrik »dumm und teuer gelaufen« ab. Dass es meine eigene Dummheit war, machte die Sache nicht leichter. Bei Ralf Scholz absolvierte ich einen telefonischen Canossa-Gang und entschuldigte mich kleinlaut, ausgerechnet in der allerwichtigsten Konferenz des Jahres gestört zu haben: Ich sei restlos überarbeitet gewesen, und mein zuvor bereits strapaziertes Nervenkostüm sei endgültig gerissen, als ich in der Vorschau gelesen hätte, mit welchem Pomp, Aplomb und Werbetrara der Titel einer Debütantin in die Welt gepaukt und trompetet wurde. Mit einem Wort: Neid.

Ich kroch also zu Kreuze, womit ich meine Verhandlungsposition fürs nächste Buch unter eigener Identität zwar nachhaltig schwächte, aber das war immer noch besser, als mit Schadensersatzklagen überzogen zu werden oder beim Verlag in Zukunft als Psychopath zu gelten. Zwar genießen Autoren bei Verlagen durchaus eine gewisse Narrenfreiheit, sind sie doch die Narren, von denen die Verlage leben. Exzentrisches Gehabe und bizarre Auftritte in der Öffentlichkeit werden als aufmerksamkeitserregende Synergieeffekte immer wieder gern genommen und als künstlerisch akzeptiert. Allerdings gibt's da Grenzen. Kirsten Bolkhoffs Forderung beispielsweise, bei Lesungen aus ihrem Bestseller *Liebe, Tod und Kerzenschein* selbst in den größten Sälen nur Kerzen aus biologisch-dynamischem Bienenwachs als Beleuchtung zuzulassen, erwies sich spätestens dann als kontraproduktiv, als das Kulturzentrum einer mittelgroßen Provinzstadt niederbrannte. Und auch der Kollege Ottmar Theilhans, der bei seinen Besuchen im Verlag darauf bestand, von einem livrierten Chauffeur im elfenbeinfarbenen Jaguar vom Bahnhof abgeholt zu werden und bei Lektoratsgesprächen Champagner, Austern und kandierte Passionsfrüchte kredenzt zu bekommen, überzog schließlich seinen Geniekredit. Während einer Buchmesse verlangte er nämlich vom Verlag, ihm neben dem üblichen Imbiss auch noch drei Frauen vom Format Heidi Klums und Kokain im neutralen Büttenbriefumschlag aufs Hotelzimmer zu liefern. Bei Koks und Weibern hätte der Verlag vermutlich noch mitgespielt, aber als Theilhans darauf bestand, das gesamte Arrangement müsse von einem Presse- und Medienaufgebot als Homestory vermarktet werden, war Schluss mit lustig. Und wollte ich weiterhin *Vom Memelstrand zum Themseufer* als mein Werk reklamieren, würde ich eben als der größenwahnsinnigste Neidhammel aller Zeiten in die Literaturbetriebsgeschichte eingehen. Als Nächstes will er *Felix Krull* geschrieben haben, dann *Das Parfüm* – warum nicht gleich die Bibel? Oh nein, ihr Lieben. Da stelle mer uns janz dumm. Ich entsagte.

Kurz vor der Leipziger Buchmesse schickte mir der Verlag, zusammen mit einigen anderen Titeln aus dem Frühjahrsprogramm, *Vom Memelstrand zum Themseufer* ins Haus, eine autorenpflegerische, wohl auch versöhnlich gemeinte Geste. Als ich jedoch die Plastikfolie aufriss, mit der das Buch eingeschweißt war, rissen in mir auch die alten, nur notdürftig vernarbten Wunden wieder auf. Das war doch mein Werk! Und die angebliche Autorin war meine Erfindung, mein Star, meine Kreatur! Und auch das schöne Geld, das nun in Strömen fließen würde oder schon floss, war meins! Alles meins! Ich musste mit Rachel reden. Vielleicht war alles nur ein Missverständnis, ein Kommunikationsproblem. Vielleicht wartete auch sie darauf, endlich mit mir über alles reden zu können. Sie stand in meiner Schuld. Ich musste nach Leipzig.

»Was willst du denn da?«, fragte Anne. »Du gehst doch sonst nur auf die Buchmesse, wenn du selbst einen neuen Titel hast. Und hinterher beklagst du dich immer, wie grauenhaft diese Messen sind.«

»Ich, äh – Leipzig liest. Ich meine, ich lese. Eine Lesung im Rahmen der Veranstaltungsreihe *Leipzig liest*. Da finden derart viele Lesungen statt, dass man auch Autoren ohne Neuerscheinung präsentiert.«

Eigentlich war es ja eher umgekehrt, insofern eine Neuerscheinung ohne Autorin präsentiert werden sollte, was aber außer mir und Rachel als Darstellerin der Autorin niemand wusste.

Spontan wie sie war, kam meine Entscheidung natürlich viel zu spät, um noch ein Zimmer in dem Hotel zu bekommen, in dem Lindbrunn seine Mitarbeiter und die zur Messe geladenen Autoren einzuquartieren pflegt und in dem also vermutlich auch Rachel logieren würde. Das Hotel war seit Wochen restlos ausgebucht. Ganz Leipzig war ausgebucht. Nach allerlei Internetrecherche und nervigen Telefonaten mit der Leipziger Touristik-Information erwischte ich noch ein Privatzimmer. Die Wohnung befand sich in einer Plattenbausiedlung am Stadtrand. Eine Detailmalerei dieser urbanen Tristesse erspare ich mir und Ihnen. Meine Wirtin war eine Hartz-IV-Empfängerin und alleinerziehende Mutter dreier Kinder, die während der Messe auf und neben der braunen Breitcordsitzecke campierten, während mir das winzige Kinderzimmer zur Verfügung gestellt wurde, pro Nacht 80 Euro ohne Frühstück, mit Frühstück 90 Euro. Nach einem flüchtigen Blick in die vollgemüllte Küche entschied ich mich für ohne, stellte meinen Koffer ab, ließ mir den Hausschlüssel geben und fuhr mit einem Taxi zur Messe.

Schon im Eingangsbereich der großen Glashalle hingen gleich mehrfach die beiden Plakate mit dem Buchumschlag und Rachels schön-schmerzlichem Konterfei. Eingedruckt war die Information, dass die Autorin heute Abend in der Leipziger Oper aus ihrem preisgekrönten Opus lesen werde. Preisgekrönt? Das ging ja noch schneller, als Ralf Scholz lektorieren konnte. Der Lindbrunn-Stand befand sich in Halle 3 und wurde soeben von zwei bis drei Schulklassen belagert. Im Gewimmel fiel ich nicht weiter auf, wurde vom Verlag ja auch nicht erwartet, und setzte mich ganz am Rande auf eine Bank. Lindbrunns Messeauftritt stand, wenig überraschend, ganz im Zeichen des Spitzentitels. Überall Plakate und Deckenfahnen, mit Fotocollage und Rachels Antlitz versehene Verkaufsaufsteller und Pappdisplays, und die Regale waren zu 80 Prozent mit Exemplaren *Vom Memelstrand zum Themseufer* bestückt. Die anderen Titel des Frühjahrsprogramms fristeten als Mauerblümchen ein Schattendasein.

Neben mir unterhielten sich zwei Lehrer darüber, dass man mit diesem Buch sowohl den nächsten Deutsch- als auch Geschichts-Leistungskurs bestreiten wolle. »Zwei Fliegen mit einer Klappe«, sagte der eine, und der andere pflichtete heftig nickend bei: »Interdisziplinäres Curriculum, sag ich doch schon seit Jahren.«

Jemand tippte mir auf die Schulter. Ich drehte mich um und blickte in Doris Wagners kürbisfarbene Kunstbräune. »Ja, das ist aber eine Überraschung«, flötete sie. »Was machen *Sie* denn hier, Herr Domcik?«

»Einen Messebesuch«, sagte ich giftig, »man muss sich ja auf dem Laufenden halten.« Dann bereute ich die Bemerkung aber auch gleich. Was sollte ich mich mit der Wagner anlegen, die ja von nichts wusste und für nichts etwas konnte? Oder wusste sie womöglich etwas von meinem peinlichen Anruf? Hatte Ralf Scholz dichtgehalten? Oder hatte er mich im Verlag längst als Nörgler und Ermächtigungsfantasten geoutet?

Doris Wagner schien aber ahnungslos zu sein. »Schön, dass Sie dabei sind«, sagte sie. »Es kann sogar sein, dass wir hier irgendwo noch ein paar Exemplare vom *König von Elba* haben. Ein Bestseller ist das ja nicht gerade, aber immerhin. Die Presse war doch eher positiv.«

Das stimmte. Abgesehen von den obligatorischen Verfolgern vom Dienst war der Roman freundlich rezensiert worden. Und gemessen am entschiedenen Null-Einsatz des Verlags hatte er sich sogar ganz ordentlich verkauft.

»Und der *Memelstrand*«, sagte ich beiläufig, »ist also die Bonanza dieses Frühjahrs, was?«

Die Wagner nickte begeistert. »Das übertrifft noch unsere kühnsten Erwartungen«, jubelte sie. »Die Vorbestellungen waren unglaublich gut, und jetzt kommen in fast allen Messebeilagen Rezensionen. Das wird ein Bestseller. Sehr, sehr schön. Für uns alle.«

»Und die Autorin hat sogar schon einen Preis gewonnen, nicht wahr?« Ich deutete auf eins der Plakate mit dem Aufdruck.

»Ja, ist das nicht wunderbar?«, strahlte die Wagner. »Frau Levison bekommt den Leipziger Buchpreis zur europäischen Verständigung. Das passt doch auch wirklich, weil sie ja als Engländerin noch diesen deutsch-jüdischen Background hat. Außerdem sind wir nominiert für den BuchMarkt-Award.«

Das passte noch besser, weil es eine deutsch-englische Wortmissgeburt ist. »BuchMarkt-Award? Was ist das denn überhaupt?«

»Ein Preis für gute Werbung und PR rund ums Buch. Den kriegt Lindbrunn für all das, was wir uns für *Memelstrand* einfallen ließen und getan haben und noch tun werden.«

»Großartig«, lächelte ich mit zusammengebissenen Zähnen. »Sie alle im Verlag haben da aber auch wirklich einen tollen Job gemacht. Glückwunsch.«

»Danke, Herr Domcik. Wir freuen uns auch. Sonst gehen die Preise ja immer an die Autoren, aber diesmal haben wir's wirklich verdient. Sie können sich gar nicht vorstellen, wie wir für diesen Titel ackern.«

Das wollte ich mir so genau auch gar nicht vorstellen, sondern stand auf, um mir etwas Alkoholisches zuzuführen, um meinen Seelenschmerz zu betäuben.

»Und heute Vormittag«, ließ mich die Wagner aber noch nicht von der Streckbank, »war ein Herr vom Bund der Vertriebenen am Stand und hat sich nach der Frau Levison erkundigt. Man will ihr nämlich auch die Ehrenplakette des Bunds der Vertrie–«

»Entschuldigen Sie«, unterbrach ich die Wagner, »ich muss mal – mir ist so, ich weiß nicht –«

»Ja, Gott«, sie nickte verständnisvoll, »die Luft hier drin ist ja auch zum Schneiden. Nicht ganz so schlimm wie in Frankfurt, aber –«

Aber da hatte ich mich bereits abgewandt, taumelte in einer diffusen, somnambulen Geistesverschattung durch die Gänge, durch Tausende und Abertausende von Büchern, und fand mich schließlich am Tresen einer Messebar vor einem doppelten Cognac wieder. Bis zum Abend tankte ich noch ein paar Drinks nach, bis ich mich fit genug fühlte, zur Lesung aufzubrechen, um dort endlich mit Rachel unter vier Augen alles zu klären. Showdown in der Oper.

Kurz nach sieben kam ich am Augustusplatz an. Die poststalinistische Prächtigkeit der Neuen Oper strahlte von innen und außen. Die Wände des Foyers waren mit den Plakaten zugekleistert. Wohin ich auch schaute – überall blickte mir Rachels Fotogenität entgegen. Oder muss es Fotogenialität heißen? Dann kann man sich aber leicht versprechen und landet unversehens bei Fotogenitalität. An der Kasse standen jedenfalls schon einige Literaturbegeisterte, und von Minute zu Minute drängte mehr lesendes Volk herein. Ausverkauft war die Bude allerdings noch nicht, sodass ich eine Eintrittskarte für 12 Euro bekam. Dann lehnte ich mich unauffällig an eine Säule und beobachtete den Eingang, um Rachel abzupassen. Um halb acht fiel mir ein, dass sie vielleicht den Bühneneingang benutzen würde. Was tun? Ich konnte mich ja schlecht in zwei Stücke zerreißen, obwohl mir so ähnlich zumute war. Sie kommt vorne rein, dachte ich plötzlich, das lässt *die* sich nicht nehmen; sie will ihren Auftritt zelebrieren. Roter Teppich. Blitzlichtgewitter. Presserummel. Fantaumel. Hollywood eben.

Ich hatte mich nicht geirrt. Um zwanzig vor acht erschien sie im Foyer, begleitet von Lindbrunns Pressedame, der Marketingfrau, dem Vertriebsleiter und natürlich Ralf Scholz, dessen Gesichtsausdruck verriet, dass er in Seligkeit schwamm. Rachel trug einen leichten, beigen Trenchcoat, der aber nicht zugeknöpft war, sodass ich darunter ein eng anliegendes, nachtblaues Kleid mit tiefem Dekolleté sah, an ihrem schlanken Hals den Diamanten – und was unter dem Kleid war, daran erinnerte ich mich in diesem Moment so genau, als hätten wir uns in jener Nacht nie getrennt. Im Foyer entstand Bewegung, Getuschel, Geraune. Man drehte die Köpfe der eintretenden Gruppe entgegen. Ein paar besonders Enthusiasmierte stürmten mit aufgeschlagenen Exemplaren *Memelstrand* auf Rachel zu, wurden aber von den Verlagsleuten abgedrängt und vertröstet: Nach der Lesung werde Frau Levison alle Signaturwünsche gern erfüllen.

Die Gruppe schlenderte in Richtung meiner Säule, und als sie fünf Meter von mir entfernt war, trat ich entschlossen vor und stellte mich in den Weg. Die Verlagsleute sahen mich ungläubig staunend an. Rachel wurde blass und griff nach Ralf Scholz' Arm.

»Hallo Rachel«, sagte ich, um ein Lächeln bemüht, das aber vermutlich misslang. »So sieht man sich wieder.«

Sie drängte sich schutzheischend wie ein scheues Reh an Scholz' Massigkeit und flüsterte ihm etwas zu.

»Lukas«, sagte Scholz streng, fast energisch, »was in Teufels Namen machst du hier? Was soll das?«

»Ich möchte nur mal kurz mit Rachel sprechen«, sagte ich, »und zwar allein.«

»Du bist ja verrückt«, sagte Scholz und schien jetzt wirklich besorgt um mich zu sein. »Frau Levison hat mir eben gesagt, dass sie dich nicht kennt. Und jetzt beruhige dich und mach hier bitte keinen Aufstand.«

Ich drängte mich neben Rachel und zischte ihr ins Ohr:

»Du kennst mich nicht, du kleine Schlampe? Hast mich noch nie gesehen, was? Nie im Leben?«

»Lassen Sie mich bitte in Frieden«, sagte sie kalt und akzentuiert.

»Hau ab, Lukas«, sagte Scholz. »Sonst hol ich –«

Ich griff nach Rachels Schulter, wollte sie schütteln, bis sie mich erkannte, wollte sie wachrütteln aus ihrem Traum, griff nach ihrem Hals, und als Scholz meinen Arm wegdrückte, versuchte ich, mich an dem Kettchen mit dem Diamanten festzuhalten. Es zerriss. Scholz stieß mich weg. Ich stolperte, rutschte, fiel. Hinter mir hörte ich Rachels aufgeregte Stimme. »A stalker!«, kreischte sie. »That's gotta be a stalker!«

Als ich mich wieder aufrappelte, standen zwei uniformierte Männer vor mir, breitbeinig, die starken Arme vor den Lederjacken gekreuzt. Meine Skepsis gegen die Wiedervereinigung wuchs. Die Lederjacken nahmen mich in die Mitte und eskortierten mich zum Ausgang, wobei ich das Kettchen mit dem Diamanten fest in der geballten Faust barg. Auf dem Augustusplatz herrschte reger Betrieb. Es hatte zu regnen begonnen. Das Pflaster blinkte grell im Licht der Scheinwerfer und Straßenbeleuchtung, obwohl es draußen noch gar nicht dunkel war. Aufbau Ost eben. In einer funzeligen Altstadtpinte trank ich lange und einsam vor mich hin. Der kleine Diamant glitzerte auf dem Tresen. Mein nächstes Buch würde wohl nicht mehr bei Lindbrunn erscheinen.

Ich weiß nicht mehr, wie spät oder früh es war, als ich in der Plattenbausiedlung ankam und im Kinderzimmer unterkroch. Auf dem Fußboden lagen Plastikspielzeug und Comic-Hefte, aber auch ein halbes Dutzend Bände Karl May. Wie hatten die sich denn hierher verirrt? Las das Zeug überhaupt noch jemand? Ich griff wahllos zu und blätterte. *Winnetous Erben*. Tante Theas Erbe. Passte, wackelte und hatte Luft. Ausgerechnet Karl May! Das war doch auch mal ein Bestsellerautor gewesen. Und ein Hochstapler.

24

»Verführt, verblendet und vom Heilsversprechen der Nazis fanatisiert, waren nicht zuletzt die Frauen. Warum gerade bei ihnen die Propaganda verfing, zeigt dies Buch. Es zeigt aber auch, wie eine starke, selbstbewusste Frau sich aus der Verstrickung befreit und mit ihrer Zivilcourage zu einer der vielen namenlosen Heldinnen in Zeiten des Unrechts wurde. (...) kein Geschichtsbuch, keine Autobiografie, kein Roman, sondern alles in einem. Die Entdeckung des Jahres.«
Brigitte

»In der Katastrophen- und Trümmerlandschaft der deutschen Geschichte wird seit Generationen nach Stoffen geschürft, die literarisch oder filmisch verwertbar sind. Nach der Generation der unmittelbar Betroffenen, unter denen Grass, Böll und Kempowski monolithisch hervorragen, kamen die ideologiekritischen Rächer der Söhne und Töchter an die Reihe. Seit geraumer Zeit schürfen die Enkel, und neben sehr viel Geröll, das in diesen Versuchen, das Unsägliche zeitgemäß auf den Begriff zu bringen, mitgeschwemmt wird, stößt der Leser gelegentlich auf Goldadern. Dazu gehört Rachel Levisons dokufiktionale Lebensgeschichte ihrer Großtante, einer Frau, die als rasende Mitläuferin der NS-Diktatur begann, um im Widerstand zu landen, und zahlreichen Juden zum Ret-

tungsanker wurde. Es dürfte nur eine Frage der Zeit sein, bis die höchstspannende Story verfilmt wird. Wenn das Wort vom Fräuleinwunder in der deutschen Literatur jemals angebracht war, dann gegenüber dieser hinreißenden, jungen Autorin.«
Der Spiegel

»Ein Star ist geboren.«
Gala

»(...) beweist dies ganz und gar erstaunliche Debüt einmal mehr, dass es das Leben ist, das die besten Geschichten schreibt. (...) Diese Geschichten so aufzubereiten, dass sie uns Heutige wieder und noch einmal betreffen, bedarf es freilich hoher, literarischer Disziplin und Kunstfertigkeit. Rachel Levison verfügt über beides in derart erstaunlichem Maß, dass man hier schon nicht mehr von Talent reden möchte, sondern von früher Meisterschaft.«
Frankfurter Allgemeine Zeitung

»Ein authentisches Liebes- und Lebensdrama vor dem historischen Hintergrund deutscher Zeitgeschichte, voll von großartigen Figuren, poetisch und fesselnd.«
elle

»Schon der alte Fontane wusste, dass Finden besser als Erfinden ist. (...) Und je tiefer der staunende Leser in diese wunderbar erzählte Biografie einer ungewöhnlichen Frau eintaucht, desto unwahrscheinlicher will es ihm scheinen, dass es sich um keine romaneske Erfindung handelt, sondern um authentisch Erlebtes. Das mag an der Erfahrungsarmut unserer Gegenwart liegen, die solche Schicksale nicht mehr zur Entfaltung bringt.

Mit Sicherheit liegt es aber auch an der Erzählkunst der Autorin, die dokumentarisches Material atmosphärisch zu beleben weiß und ihren Atmosphärenzauber immer wieder auf den Boden der grausamen Tatsachen zurückbringt.«
Die Zeit

»Ein wunderbares Buch! Ernster Hintergrund, aber Spannung garantiert. (...) Eine tolle Autorin! Jung, attraktiv, aber lebensklug und gebildet. Und schreiben kann sie auch.«
Woman

»Man muss kein Prophet sein, um Rachel B. Levison eine große Karriere vorherzusagen. So viel Stilbewusstsein in der Behandlung eines überaus heiklen Themas gab es in der deutschen Literatur seit Jahren nicht mehr. (...) Hier ist jedenfalls das Kunststück gelungen, aus der dunkelsten Epoche unserer Vergangenheit ein ungewöhnliches Leben ins Licht der Gegenwart zu holen, ohne es zu verklären und dennoch in seiner vollen, dramatischen Wucht vor unsere Zeitgenossenschaft zu stellen. (...) Sollte noch eine Kandidatin für den Friedenspreis des Deutschen Buchhandels gesucht werden – hier wäre eine.«
Süddeutsche Zeitung

Soweit einige Stimmen aus jener Presse, in denen Lindbrunn Anzeigen geschaltet hatte. Diese Rezensionen waren samt und sonders mit Rachels verkaufsförderndem Foto verziert. Gegen den Wind und fotoresistent kreuzten allerdings ein paar Blätter, die vom Kuchen des Werbeetats nichts abbekommen hatten.

»(...) ist also dieser Griff in den braunen Schmalztopf unserer Vergangenheit keineswegs der dringend notwendige, produktive Umgang mit einem kollektiven Trauma, sondern für kritische Leser eher ein traumatisches Erlebnis. (...) Nach Lektüre dieser Überdosis Melodram ist man heftig geneigt, Martin Walsers provokanten Einlassungen zur Holocaust-Industrie ihre Berechtigung zuzusprechen.«
Frankfurter Rundschau

»Um einen Bestseller zu landen, reicht es im korrupten Literaturbetrieb inzwischen wohl schon aus, ein apartes Gesicht zu haben, eine halbwegs interessante, möglichst multikulturelle Biografie vorweisen zu können und routiniert ein Thema abzukochen, das immer noch als »heißes Eisern gilt. Mag die Köchin auch noch so schön sein – uns vergeht dabei der Appetit.«
die tageszeitung

Dass *Vom Memelstrand zum Themseufer* innerhalb einer Woche vom »nur« gut verkauften Titel zum echten Bestseller wurde (Platz 2), verdankte das Buch allerdings unserer lautesten Stimme:

»Ich habe geweint und gelacht, glauben Sie mir. Gelacht und geweint. Und nehmen Sie mir dies Wort aus meiner Kindheit nicht krumm, aber: Wer das nicht liest, ist doof!«
Lesen!

Kundenrezensionen bei *Amazon.de* gab es natürlich massenweise, durchschnittliche Bewertung: Viereinhalb Sterne – und täglich werden es mehr. Sie können ja selbst mal nachschauen. Im Mai erschien sogar ein kleiner Artikel in einem amerikanischen Nachrichtenmagazin, selbstredend mit Rachels Foto:

»(...) another proof of the rightly so called ›Fräuleinwonder‹ in contemporary German literature. Rights have been sold to various countries, an English edition is well under way. Ralf Scholz (56), senior editor of Lindbrunn, points out that film-rights are negotiated as well.«
Time Magazine

Und schließlich gab es noch Rachels Fernsehauftritte bei Beckmann (betroffen, aber sachlich), Kerner (speichelleckend), Maischberger (mitfühlend von Frau zu Frau), Harald Schmidt (völlig unzynisch), Thea Dorn (literarisch-jugendlich), Gottschalk (zotig-anbiedernd) etc. pp. Die eine oder andere dieser Sendungen dürften Sie gesehen haben, sodass ich mir die Wiedergabe des Dialogs ersparen kann. Da Rachel fast immer die gleichen Fragen gestellt wurden, gab sie der Einfachheit halber auch stets die gleichen Antworten. So etwas prägt sich natürlich ein.

25

Der Juwelier klemmte sich die Lupe vors rechte Auge, warf einen kurzen Blick auf das Objekt und nahm die Lupe wieder ab. »Zehn Euro«, sagte er und schob mir Kettchen und Stein wieder entgegen.

»Zehn? Haben Sie da nicht ein paar Nullen vergessen?«

»Wollen Sie mich auf den Arm nehmen?« Der Mann wog mindestens einen Zentner.

»Lieber nicht«, sagte ich, »aber –«

»Kette und Fassung sind aus niederkarätigem Gold«, sagte er abschätzig. »Kann man ja einschmelzen.«

»Aber der Diamant, der muss doch –«

»Junger Mann«, sagte der Juwelier, was ja sehr schmeichelhaft war, »junger Mann, das ist kein Diamant, sondern Kristallglas. So was kauft man im Nippesladen, aber nicht bei mir.«

Und deshalb bewahre ich Kettchen und Stein immer noch auf. In einer blauen *Welt-Hölzer*-Schachtel. Als Memento.

Die Geschichte meines Bestsellers ist damit zu Ende. Allerdings gab es noch zwei kleine Nachspiele, die ich Ihnen nicht vorenthalten möchte.

Vor einigen Wochen saß ich im *Café Bastian* am Markt, wo ich nach meiner zweiten Tagesschicht am späteren Nachmittag gerne einen Cappuccino trinke und die Tageszeitungen lese. Die Rubrik »Kunstmarkt« überfliege ich meistens nur, weil ich mir Kunstwerke, die mir gefallen, nicht leisten kann, und das, was ich mir leisten kann, gefällt mir nicht. Ich wollte das Blatt schon ablegen und zur nächsten Tageszeitung übergehen, als mein Blick am Schwarz-Weiß-Foto eines Gemäldes hängen blieb – ein Gemälde, das ich bei genauerer Betrachtung schon einmal gesehen hatte. Es zeigte einen kleinen Bergbauernhof, gemalt in etwas unbeholfener, auf altmeisterlich gequälter Detailtreue. Es war eindeutig jenes Bild aus Tante Theas Nachlass, das ich der Seniorenresidenz zur Kostenverrechnung überlassen hatte.

Neben der Reproduktion stand eine kurze redaktionelle Notiz: »Bei der Auktion des Münchner Kunsthändlers Veith & Co. ist das kleine Ölgemälde *Haus Wachenfeld* (s. Abb.) des weitgehend unbekannten Künstlers Luegmüller für 75 000 Euro unter den Hammer gekommen. Ein Sprecher des Auktionshauses vermutet hinter dem anonymen Bieter ›Kreise, die für solche Devotionalien hohe Preise zu zahlen bereit sind‹. Devotionalie ist das Gemälde insofern, als das Haus Wachenfeld die Keimzelle von Hitlers Berghof auf dem Obersalzberg war.«

Fünfundsiebzigtausend Euro! Schwester Hertha hatte es seinerzeit mit maximal 2000 Euro veranschlagt. Da hatte sie sich aber schwer verkalkuliert. Oder auch nicht. Wer wollte das wissen? Verkalkuliert hatte ich mich allerdings, und zwar auf allen Ebenen.

Als ich anfing, Foto und Artikel aus der Zeitung zu reißen, warf mir ein Herr vom Nebentisch einen bitterbösen Blick zu. Und damit hatte er ja auch recht. Wenn ich etwas hasse, dann solchen Zeitungsvandalismus, der unsereinem, wenn er endlich an der Reihe ist, immer nur das Unwichtige vom Tage übrig lässt. Ich ließ es also bleiben. Eine Devotionalie in Form des Nippeskettchens reichte mir.

Und das zweite Nachspiel? Als ich neulich von einem Gespräch mit meinem neuen Verlag aus München zurückkehrte, stieg in Frankfurt (Main) eine Frau zu und setzte sich im Großraumwagen auf den freien Platz neben mir. Sie war nicht das, was ich als meinen Typ bezeichnen würde – Sie wissen jetzt ja, was ich meine –, sah aber sehr erfreulich aus. Nachdem sie nett gegrüßt hatte, schob sie sich ein *Tic-Tac*-Pfefferminzbonbon in den Mund, zog ein Buch aus ihrer Reisetasche, klappte es auf und begann zu lesen.

Raten Sie mal, welches Buch das war.

Klaus Modick. Konzert ohne Dichter. Roman. Gebunden.
Verfügbar auch als eBook

Eine Chronique scandaleuse Worpswedes: Die legendäre Künstlerkolonie um 1900, erotische Verwicklungen und ein epochales Gemälde. Dieser Roman erzählt von der dramatischen Entstehung des berühmtesten Worpsweder Bildes, von der fragilen Freundschaft zwischen dem Maler Heinrich Vogeler und dem Dichter Rainer Maria Rilke, von den Frauen, der Liebe und der Kunst.

»Dieser Roman öffnet dem Leser die Augen und Ohren für die Wahrheiten von Kunst und Leben.« *Denis Scheck, Druckfrisch*

Leseproben und mehr unter www.kiwi-verlag.de

Klaus Modick. Klack. Roman. Taschenbuch.
Verfügbar auch als eBook

Die Agfa Clack hat alles festgehalten: Bilder aus dem Jahr, in dem für den Bürgersohn Markus in der norddeutschen Provinz alles anders wurde, weil Clarissa aus Apulien in sein Leben trat. Klaus Modick erzählt unterhaltsam, detailscharf und farbecht, wie es sich angefühlt hat, im Wirtschaftswunder zwischen Mauerbau und Kubakrise aufzuwachsen – und zum ersten Mal verliebt zu sein.

»Ein genussvoller Spaß, weil Modick nicht nur präzise erzählt, sondern sich auch traut, zuweilen sehr, sehr komisch zu sein.« *Stern*

Leseproben und mehr unter www.kiwi-verlag.de